Doppelfährte

Norbert Heinrich Holl

Doppelfährte

Roman

Die Deutsche Nationalbibliothek verzeichnet diese Publikation in der Deutschen Nationalbibliographie, detaillierte bibliographische Daten sind im Internet unter http://dnb.dnb.de abrufbar.

Titelbild:
Die alte Volksschule in Weiperath
(mit freundlicher Genehmigung des Hunsrücker Holzmuseums)

Dieses Buch ist auch
als E-Book erhältlich.

© Juli 2018 Norbert Heinrich Holl
ISBN: 978-3-7528-2063-8
Herstellung und Verlag:
BoD GmbH, Norderstedt | www.bod.de
Covergestaltung, Layout und Satz:
Matthias Gerschwitz | www.gerschwitz.com
Gesetzt aus der Jenny.

I

Mein Vater verschwand an dem Tag, an dem er Chiara Valeria besuchen wollte.

Obwohl ich mit Frau Valeria wenig zu tun hatte, dachte ich mir für sie immer besondere Gefühle aus. Sie war zugeknöpft bis zum faltigen Altweiberkinn und von eigenbrötlerischem Wesen. Man behauptete ja, die Schweizer seien allen Ausländern gegenüber misstrauisch, wenig mitteilsam, anstrengend, und Frau Valeria kam aus der Schweiz, so dass mein Vater und auch ich für sie Ausländer waren. Die wenigen Male, die ich sie gesehen hatte, war es unter Vorbehalt geschehen. Unsere zufälligen Begegnungen schienen für diese Dame eine Art Versteckspiel zu sein. Sie ging nicht offen mit mir um. Vielleicht wartete sie darauf, dass ich sie anbettelte, auch mir Nachhilfeunterricht im Italienischen zu erteilen. Wenn ich, was wie gesagt sehr selten geschah, ihrem undefinierbaren Lächeln gegenüberstand, hatte ich den Eindruck, ich solle schnell einen Haken schlagen, um ihr auszuweichen. Doch an diesem Abend war es anders.

An dem Tag, als mein Vater Unterricht bei Frau Valeria hatte, und in den beiden vorausgegangenen Wochen befand ich mich in einem Ausnahmezustand, um einen dramatischen Ausdruck zu gebrauchen, auf dessen Ursachen ich vielleicht später eingehen werde. Jedenfalls verbrachte ich meine Zeit bei meinen Eltern und bekam unmittelbar mit, dass er nach dem Mittagessen vom Tisch aufstand, die Wohnungstür hinter sich ins Schloss zog, in sein Auto stieg und ohne ein Wort des Abschieds wegfuhr. Ich hatte seinem Aufbruch zunächst keine Bedeutung beigemessen, sondern angenommen, er habe eine Besorgung zu erledigen, die ihm plötzlich eingefallen sei. Doch mein Vater war sechsundsiebzig Jahre alt, so dass ich den Vorgang auch nicht auf die leichte Schulter nehmen durfte.

Etwas kam noch hinzu, um aus diesem Tag einen besonderen zu machen. Mein Chef, Herr Kindermann, der den Kinderbuchverlag leitete, hatte mit der Belegschaft einen Betriebsausflug nach Hanau organisiert, um die angeblich berühmten Grimm-Exponate im Schloss Philippsruhe zu besichtigen. Ich hatte mich jedoch geweigert, das Museum zu betreten, und dem Chef stattdessen angeboten, ein paar Überstunden abzudrücken. Denn ich war der Spezialist für französische Perrault-Märchen und hielt die Brüder Grimm, die angeblich so wunderbare urdeutsche Märchen erfunden hatten, für ausgebuffte Plagiatoren und Usurpatoren.

Als mein Vater plötzlich vom Tisch aufstand und fortging, hätte ich mir nicht träumen lassen, wie sehr sich das, was ich für den Einfall eines vergesslichen alten Mannes hielt, auf mein Leben auswirken würde. Einstweilen begnügte ich mich, nur kurz aufzuschauen und im Gesicht meiner Mutter, sie war einundsiebzig, nach einer Erklärung zu suchen. Doch sie hielt die Augen auf Teller und Besteck gesenkt, sah nicht gekränkt aus und bedachte den unhöflichen Aufbruch nicht einmal mit einem Achselzucken. Nach dem Essen ging ich zurück in mein ehemaliges Jugendzimmer, wo ich während der letzten zwei Wochen untergebracht war, und arbeitete weiter an meiner Perrault-Übersetzung. Erst als mein Vater bis zum späten Nachmittag nichts von sich hören ließ, fing meine Mutter an, sich Sorgen zu machen, und fragte mich, ob ihm etwas zugestoßen sei – als ob ich das wüsste! Halb im Scherz sagte ich, es gebe immer eine zweite Möglichkeit, er könne seine körperliche Beschaffenheit verändert und sich einfach in Luft aufgelöst haben. In Märchen passiere so etwas ständig. Vielleicht sei er unsichtbar geworden und wie ein fernes Rauchzeichen in der Atmosphäre zerflattert. Aber ich konnte Mutter mit solchen flapsigen Bemerkungen nicht beruhigen und blieb mit meinen Visionen von Körpern ohne Augen oder von Augen ohne Körper allein.

Wie die meisten Bekannten meines Vaters, so war auch seine

Italienischlehrerin Frau Valeria schon eine Dame vorgerückten Alters. Aber obwohl ich ihr misstraute, gebe ich zu, es war etwas Helles an ihr. Ich glaube, es waren ihre blauen, klaren Augen, denen man ansah, dass sie in der Jugend auf sonnendurchglühte Alpengipfel geschaut und weißgesäumte Lämmerwölkchen gezählt hatte. Als junges Mädchen musste sie hübsch gewesen sein, auch das verrieten die Augen. Doch jetzt war ihr Gesicht mit so feinen Rünzelchen durchzogen, dass es aussah, als hätte sie ein Moskitonetz darüber gezogen. Die weißhaarige Schweizerin, die Wert darauf legte, als *Signora* angeredet zu werden, stammte meines Wissens aus dem Tessin. Allerdings war ich ihr, wie gesagt, nur zwei, höchstens drei Mal begegnet. Einmal hatte sie mit ihrem Schüler, meinem damals siebzigjährigen Vater, bei uns im Wintergarten gesessen, und als ich eintrat, bekam ich noch mit, dass sie die blühenden Astern im Garten hinter dem Haus bewundert hatte. Das zweite Mal besuchte sie uns aus einem Grund, den ich vergessen habe, vielleicht gab es auch keinen besonderen Grund, und abermals saß sie mit Vater und Mutter im Wintergarten und trank Tee. Allerdings hatte es kurz zuvor geregnet, und vielleicht hatte die Signora gerade in dem Moment, als ich meinen Kopf zur Tür hinein schob, meinem Vater gewinnend zugenickt und auf Italienisch ausgerufen: »Che splendore!«, weil viele violette Tropfen an den Gräserspitzen glitzerten. Das poetische Farbenspiel, hatte mein Vater ihr daraufhin vermutlich nüchtern erklärt, meiner Mutter zuliebe auf Deutsch, das leuchtende Violett und das düstere Indigo würden zu dieser Tageszeit durch den besonderen Einfallswinkel des Sonnenlichts verursacht. Ich war in Eile, begrüßte sie kurz und verabschiedete mich wieder, weshalb ich außer ihren weiß aufgebüschelten Haaren und ihrem ungnädigen Blick keine Erinnerung an sie bewahrte. Übrigens sei zu Vaters Italienischunterricht bemerkt, dass er das Erlernen der Fremdsprache allein aus Liebhaberei betrieb und zwar seit früher Jugend, also nicht aus beruflichen Gründen.

Gegen Abend hatte sich meine Mutter eine halbe Stunde aufs Ohr gelegt, um ihr Herzklopfen zu beruhigen. Ich stand gerade in der Dusche, da läutete das Telefon. Triefend vor Nässe und Flocken von Seifenschaum verspritzend nahm ich den Hörer auf, und eine spröde Frauenstimme fragte ziemlich ins Blaue: »Aber warum ist er nicht gekommen?« Nach kurzem Überlegen erkannte ich die Signora, und wirklich, sie klang, als wäre vor Angst alles Leben aus ihr entwichen. Ich möchte nicht behaupten, vor Schreck wie gelähmt gewesen zu sein. Doch ich gebe zu, die Frage kribbelte mir unangenehm am Rückgrat hoch.

»Was meinen Sie damit, Frau Valeria?«, fragte ich, obwohl bereits eine kalte Ahnung in mir aufstieg. Was konnte der Anlass sein, wenn die Lehrerin bei uns anrief? In meinem Rücken schwang das Uhrpendel und verrichtete geräuschlos sein Sekundenwerk. Es sollte mich beruhigen. Aber wenn die sonst so verschlossene Frau Valeria abends um – wie spät war es eigentlich? – unverhofft bei uns anrief, bedeutete es nichts Gutes. Ich bildete mir sogar ein, ihren Atem durchs Telefon pfeifen und rasseln zu hören. Und hinter dem Rasseln noch ein anderes, und dahinter ein drittes Rasseln. Nein, das war kein gutes Zeichen.

»Ja, der Signor Koller. Ihr Herr Vater. Er wollte heute um achtzehn Uhr zum Unterricht kommen. Aber er lässt auf sich warten, was nicht seine Art ist. Ich habe eine Vorahnung. Nein, es ist mehr. Es ist Gewissheit.«

»Das dürfen Sie nicht sagen. Und ja, es ist nicht seine Art«, verneinte und bestätigte ich, während ich mir die Haare mit dem Frotteetuch trocken rubbelte. »Er ist doch sonst immer sehr pünktlich. Soll ich mal bei Ihnen vorbeikommen?«

Warum erkundigte ich mich? Es war eine sinnlose Frage. Darüber war ich mir im Klaren. Denn was änderte es, ob ich kam oder nicht? Wenn es einen triftigen Grund gab, einen gewichtigen Anlass für seine Verspätung, dann musste, verflucht noch mal, auch etwas passiert sein, was mein Vater nicht vorhergesehen hatte, nicht mehr aufhalten konnte. Ganz bestimmt fand ich den Grund nicht heraus, indem ich mich ins Auto setzte und der Signora spät abends einen Besuch abstattete. Doch die Stimme, die durch das Telefon vibrierte, hatte etwas Rührendes, fast Flehendes an sich.

Als sich jetzt auch Mutter im Schlafzimmer regte und nach meinem Vater fragte, stieg echt Sorge in mir auf, etwas Unangenehmes, Unverdauliches, das plötzlich schwer in meinem Magen lag. Ein Pfropfen schien sich die Speiseröhre hoch bis in meinen Mund zu schieben und löste im Gaumen einen erschrockenen Brechreiz aus.

Ich wusste ja, dass der Besuch der Italienischstunde für meinen Vater eine sakrosankte Verpflichtung war, der er peinlich nachkam. Wenn er sich bei seiner Lehrerin einmal verspäten oder sogar vollkommen ausbleiben musste, hatte es stets etwas Ungewöhnliches zu bedeuten und jedes Mal entschuldigte er sich im Voraus. Bei einem Sechsundsiebzigjährigen, der mein Vater am letzten Tag des vergangenen Januars geworden war, durfte ich sein unentschuldigtes Ausbleiben also nicht auf die leichte Schulter nehmen.

Obwohl die Signora mich nicht ausdrücklich darum bat, ich solle sie noch am heutigen Abend aufsuchen, wenn auch nur vorsichtshalber, wenn mein Vater sich nicht daheim melde, merkte ich ihr an, dass sie mich gern noch bei sich sähe. Man wisse ja nie bei älteren Herrschaften, sagte sie am Telefon. Dabei ging sie selbst wahrscheinlich auf die achtzig zu. Ich bedankte mich, immer noch splitternackt und triefend vor Nässe, für die halbe Einladung, bevor ich mich verabschiedete und in den Bademantel schlüpfte.

Als ich mich tatsächlich abends zu ihr aufmachte, um mich zu erkundigen, ob mein Vater, ohne uns zu verständigen, doch noch zum Italienischunterricht erschienen war, empfing sie mich auf dem Sofa sitzend. Neben ihr lag eine fuchsrote Siamkatze, die mich so feindselig anstarrte, als wollte ich ihr den Platz wegnehmen. Mir fielen ihre bernsteingelben Augen auf, deren Pupillen sich zuweilen zu schwarzen Schlitzen verengten. Je nach Lichteinfall veränderte sich auch die Farbe, und dann sahen die Augen geheimnisvoll aus wie ein See aus Onyx. Als ich den Blick zu Signora Chiara wandte, bemerkte ich ihre gepflegten, im Schoß gebetteten Hände und glaubte, dass die schneeweißen Finger ein wenig zitterten, was angesichts der Aufregung, in der wir uns befanden, nicht verwunderte. Aber nein, offenbar war die Signora nur empört, weil ihr Schüler ausblieb, und nicht so sehr beunruhigt, weil er verschwunden war.

»Per favore, siediti, Signor Koller. Questo è Alfonso, mio figlio«, sagte sie mit einer Stimme, die im Italienischen plötzlich nicht mehr spröde klang, sondern glockenrein und melodisch. Ich reichte dem schweigsamen Herrn Valeria, der mir die Tür geöffnet hatte, die Hand und setzte mich auf einen Stuhl, der mir angeboten wurde und dessen Sitzfläche mit hellblauem, blumenbedrucktem Leinen bezogen war. Vielleicht eine Erinnerung an das Tessin.

Frau Valeria suchte das Zittern zwar zu verbergen, indem sie die Hände, wenn sie nicht benutzt wurden, um den Henkel der Teetasse zu greifen, wieder reglos auf dem Schoß bettete. Doch als sie den italienischen Roman, in dem sie bei meiner Ankunft gelesen hatte, auf das Beistelltischlein legte oder ein welkes Blatt von einer Topfpflanze abzupfte oder eine zugeschlagene Buchseite wieder aufblätterte und Gelehrsamkeit aus dem Papier zu knistern schien, konnte sie das Beben ihrer zierlichen Finger so wenig verheimlichen, dass ich betreten zur Seite blickte.

»Ich habe heute Abend …«

Zugegeben, ich reagierte ziemlich verstört, als ich sie das sagen hörte. Eigentlich eine vollkommen alltägliche Bemerkung, die keine tiefgründigen Hintergedanken verriet. Doch vor einiger Zeit hatte ich in einem Roman, ich glaube, er hieß ›Bilsenkraut‹, die bestürzende These gefunden, nur für Selbstmörder habe das Wort ›Heute‹ einen verlässlichen Sinn. Nur für einen Menschen, der vom Leben Abschied nähme, enthalte es das unabweisbare Signal, dass sein

Ende bevorstehe. Ich hatte während des Lesens den Gedanken weiter ausgeschmückt und mir vorgestellt, das ›Heute‹ sei der Punkt, an dem das ›Gestern‹ und das ›Morgen‹ wie fehlgesteuerte Güterzüge gegeneinander prallten. Das Wort benenne keinen festgelegten, gewissermaßen fixierten Augenblick, sondern nur einen Punkt, in dem sich das Bewusstsein auf einer Zeitskala unaufhörlich nach vorn schöbe, genau wie der sich verringernde Abstand, der zwei aufeinander rasende Güterzüge noch trennte. Diese Güterzüge waren mir von früher sehr vertraut. Doch darauf komme ich vielleicht später zurück.

Gewiss wollte ich diese romanhafte Wichtigtuerei nicht gerade in dem Moment überbewerten, da es mir allein darum ging, meinen Vater wiederzufinden. Es war auch nicht etwa Belesenheit oder sogar Lesewut, die mir den Gedanken einflößte. Denn trotz meiner Tätigkeit als Buchübersetzer war ich privat keine Leseratte. Ich hatte jedoch den Eindruck, als habe sich in dem Augenblick, da mir der teuflische Roman ›Bilsenkraut‹ einfiel, ein neuer Gedanke in meinem Kopf geregt. Wer wusste denn, ob sich mein Vater nicht in sein Auto gesetzt und in den rechtsrheinisch gelegenen Königsforst gefahren war, um dort tatsächlich auf einem verlassenen Waldweg Selbstmord zu begehen? Konnten meine Mutter und ich sicher sein, dass er noch lebte? Dass er nicht im Auto eine Überdosis Schlafmittel geschluckt hatte?

Als ich jetzt die Tessinerin selbstzufrieden auf dem Sofa sitzen sah, flammte die schreckliche Frage zum ersten Mal in meinem Kopf auf. Wahrscheinlich hatte die Signora das Buch ›Bilsenkraut‹ nicht einmal gelesen. Infolgedessen konnte ihr auch nicht bewusst sein, dass ihre unbefangene Redewendung meine bizarren Überlegungen auslösten.

»… leider nicht viel Zeit für Sie«, setzte die Lehrerin ihren missverständlichen Satz fort, und ihre zittrige Stimme verriet nichts von der Doppelbödigkeit ihrer Bemerkung. Noch immer ahnte sie nicht, dass in meinem Kopf zwei Güterzüge aufeinander knallten. Immerhin hielt sie es für erforderlich, mir eine Art Erklärung oder Entschuldigung zu liefern. Denn sie sagte noch: »Gleich fangen die italienischen Fernsehnachrichten an. Die sehe ich jeden Abend. Manchmal auch ...«

Wieder versank ich ins Grübeln. Vielleicht mochte ein Beobachter dieser Szene zu der Auffassung gelangen, dass momentan mit meinem Zeitverständnis einiges in Unordnung geraten war. Denn all diese Begriffe und Wörter wie Heute, manchmal, soeben und so weiter waren Fallstricke, über die jedermann, der über ihren Sinn nachdachte, stolpern musste. Zumindest hatte das der Bilsenkraut-Roman behauptet.

»... mit Ihrem Herrn Vater«, rechtfertigte sich die Schweizerin soeben, als ich meine dunklen Gedanken abschaltete und ihr wieder zuhörte. »Denn die Nachrichtensprecher sind besonders geschult, und daher ist die Fernsehsendung, in perfektem Italienisch vorgetragen, zugleich eine exquisite Übung für das Gehör meiner Studenten.«

Ich atmete tief ein. Auch an diesem Bandwurmsatz der *Professoressa* war einiges auszusetzen. Das fiel einem geschulten Übersetzer wie mir sofort auf. Meine Gastgeberin wusste allerdings nicht, dass ich als Leser des Bilsenkraut-Romans auch durch das beiläufig eingestreute Wort ›zugleich‹ verwirrt wurde. Denn so viele, meist unüberschaubare oder unbeabsichtigte Dinge mochten am heutigen Abend passiert sein, an dem mein Vater untergetaucht war.

»Aber Sie sind ja mit Ihrem besonderen Anliegen gekommen ...« Sie legte eine Pause ein, als wolle sie die Worte in mich einsacken lassen, und so räusperte ich mich zunächst umständlich, weil ich nicht wusste, wie ich so rasch in die Gegenwart, unsere beiderseitige Ist-Zeit, zurückfand. Unterwegs hatte ich mir ein paar Sätze ausgedacht, deren Verstehen der Signora nicht viel Zeit stehlen und sie nicht beunruhigen würde.

»Mein Vater ist schon um zwei Uhr fortgefahren. Wir wissen nicht wohin. Soweit mir bekannt ist, hat er eigentlich noch nie den Unterricht bei Ihnen versäumt.«

»Nein. Niemals. Das gehört sich nicht.« Die Signora schüttelte entrüstet den Kopf. »Mai«, fügte sie auf Italienisch hinzu.

»Non, Mamma mia, ... mai«, bekräftigte der Sohn mit verdrehten Vokalen.

Menschen, die im Tessin beheimatet sind, würden steinalt, angeblich erreichten sie spielend ihre hundert Jahre, hatte mein Vater halb im Scherz, halb anerkennend behauptet. Daher brauche er sich einstweilen nicht um eine neue Lehrerin zu bemühen. Einen leichten Schlaganfall hatte sie ihrem Schüler aus Eitelkeit verheimlicht und die Lähmung des rechten Ringfingers, den sie nicht mehr krümmen konnte, mit einem häuslichen Unfall erklärt, als sie in ihrer winzigen Altenküche ausgerutscht und unglücklich auf einen Holzschemel geschlagen sei, eine Erklärung, die in meinen Ohren ziemlich durchsichtig klang. Alfonso, ihr Sohn, der meistens stumm neben ihr saß, ging bereits auf die fünfzig zu. Soweit ich wusste, arbeitete er beim schweizerischen Film und hatte einige Drehbücher verfasst, die angeblich erfolgreich waren und auf die seine Mutter jedenfalls sehr stolz war. Von einem Signor Valeria, der Alfonsos Vater sein konnte, war bei Frau Valeria nie die Rede, sodass er entweder von der *Professoressa* geschieden oder verstorben, oder Alfonso unehelich geboren sein mochte.

Plötzlich läutete es an der Tür. Ich sprang wie elektrisiert auf, weil ich hoffte, es sei doch noch mein Vater, der sich einfach zwei Stunden verspätet hatte. Doch in der Tür zeigte sich ein mir unbekannter Junge.

»Das ist er nicht. Das erkenne ich schon am zaghaften Läuten.«, sagte die Signora, ohne sich zur Tür zu wenden, und lächelte bedauernd. »Das ist Federico, der mir von der Tierhandlung das Katzenfutter vorbeibringt. Darum kümmerst du dich bitte ...« Mit diesen Worten wandte sie sich an Alfonso, den schweigsamen Skriptenschreiber. »Und wir können noch ein paar Minuten plaudern, Signor Koller.« Das galt natürlich mir.

Aber ich war ja nicht zum Plaudern gekommen und wollte mir auch vom italienischen Nachrichtensprecher nicht die Gesprächsdauer vorschreiben lassen. Daher verabschiedete ich mich und versprach der Signora, sie unverzüglich zu verständigen, wenn mein Vater auftauchte. Dann stand ich auf.

Unter anderen Umständen hätte ich jetzt meinen Bruder Walter um Rat gefragt. Er war acht Jahre vor mir geboren und hätte acht Jahre Zeit gehabt, sich mehr Lebenserfahrungen und Reife anzueignen als ich. Bestimmt hätte er Vaters Verschwinden mit größerer Gefasstheit aufgenommen als ich und wäre auch unserer Mutter eine moralische Stütze gewesen. Doch die Möglichkeit bot sich nicht an. Die Umstände waren anders als erwünscht. Walter war nur noch ein blasser Schatten, ein von der Vergangenheit verschlungenes Gespenst. Denn er war tot geboren, und soweit ich mich erinnern konnte, hatten meine Eltern ihn nie erwähnt. Seinen Namen auszusprechen oder sein trauriges Schicksal zu beweinen, schien von beiden als Makel empfunden zu werden, als Versagen meiner Mutter, vielleicht auch meines Vaters, der einen lebensunfähigen Embryo gezeugt hatte. Dass es einen älteren Bruder überhaupt gegeben hatte, wusste ich nur von meiner redseligen Tante Imelda, Mutters Schwester, die neben einigen anderen charakterlichen Mängeln den der Geschwätzigkeit aufwies. Tante Imelda vertraute mir eines Abends, nachdem sie zwei Gläschen Eierlikör geleert hatte, trotz des Schweigegelübdes, das sie meiner Mutter hatte geben müssen, an, dass ich nicht meiner Eltern erstgeborenes Kind sei, sondern eigentlich einen älteren Bruder haben müsste, wäre er nicht leblos zur Welt gekommen. Der Kindstod dieses unbekannten Bruders schien wie ein Menetekel der Trostlosigkeit über meinen Eltern zu hängen und sie daran zu hindern, mir von Walter zu erzählen. Von ihm gab es kein Foto, keine von seinem Babykopf getrennte Haarsträhne, keine Sterbeurkunde. Selbst nach mehr als vierzig Jahren schien der in Mutter schlummernde Schmerz nur auf einen Anlass zu warten, um wieder aufzubrechen und ihr Herz zu überfluten. Manchmal genügte der Anblick einer jungen Frau, die auf dem Wochenmarkt glücklich lächelnd ihr Baby im Wagen daherschob, oder ein Blick auf die Auslagen eines Fotoateliers, das mit Säuglingsporträts Werbung betrieb, oder eine Zeitungsspalte mit Geburtsanzeigen, und schon zitterten ihre Nasenflügel in verhaltenem Weinen. Schon musste sie sich abwenden und in ein Taschentuch schluchzen. Nicht einmal in einem Grab schien dieses totgeborene Etwas zu ruhen. Wenigstens hatte Mutter den Friedhof nie besucht, mich als Kind an Allerseelen nie mit einem Strauß Astern dorthin geführt, wo Walter bestattet war. Was aus seiner winzigen Sterblichkeit geworden war, wusste auch Tante Imelda nicht. Nur sein Name war erhalten geblieben, als schattenhafter Ersatz für einen Menschen, der vielleicht doch einige Minuten geatmet hatte.

Da sich heute kaum noch jemand an Walter erinnert, auch nicht meine geschwätzige Tante Imelda, die mittlerweile, seit ihr Mann gestorben war, dem Alkohol verfiel, und weil ich den Eindruck hatte, dass meine Mutter, obwohl sie nicht mehr gut zu Fuß war und manchmal am Stock ging, ihren Schritt beschleunigte, wenn wir am Friedhof von Sankt Stephan vorbeigingen, als wollte sie ihre Erinnerungen oder meine Wissbegier von allem fortzerren, was an meinen Bruder erinnern mochte, hielt ich es für geboten, ihn an dieser Stelle zu erwähnen. Dann tat Mutter so, als sei das Gittertor, das zum Kriegerdenkmal von 1870/71 führte, mit einer rostigen Eisenkette versperrt, die sich nicht aufschließen ließe, obwohl ich sah, dass der Zugang sperrangelweit offen stand. Oder als brächen wir ein Tabu, wenn wir den sandbestreuten Weg zwischen den endlosen Gräberzeilen beträten. Doch alle wussten von Walter, nicht nur Tante Imelda, sondern auch Max und seine Frau, oder zumindest konnte ich nicht ausschließen, dass sie alle von ihm wussten, alle außer mir, und als ich heute Abend um acht Uhr von Frau Valeria fortging, wurde mein Gedanke an den unbekannten Bruder so stark, dass ich fast glaubte, er ginge neben mir die Treppe hinunter. Ja wirklich, da hätte ich ihn gern einmal um Rat gefragt.

Als ich wieder daheim war, erinnerte mich ein Rezept auf dem Beistelltisch, der vor dem Wandspiegel im Flur stand, an Dr. Meyerling. Denn zwei Tage zuvor hatte ich meinen Vater im Auto zu dem tüchtigen Kieferchirurgen gebracht, der eine Privatklinik am Hohenzollernring leitete. Mein Vater war ein rüstiger Autofahrer. Dass ich ihn an dem Morgen, den der Arzt für den Eingriff angesetzt hatte, nicht ans Steuer ließ, war eine Vorsichtsmaßnahme, die ich gegenüber jedem anderen Patienten, der sich einer komplizierten Behandlung unterzog, auch angewandt hätte. Denn ihm wurden drei Implantate in den rechten Oberkiefer eingesetzt. Wochenlang hatte er sich vor dem Eingriff geängstigt, allerdings ohne mir oder meiner Mutter ein Sterbenswörtchen zu sagen. Erst hinterher gestand er mir, er habe sich nachts in die schreckhafte Vorstellung gesteigert, der Bohrer des Chirurgen werde die dünne Knochenschicht durchbrechen und in die Mundhöhle eindringen. Natürlich hatte Dr. Meyerling die Knochendicke mit einem Laserstrahl auf Haaresbreite gemessen. Doch noch so ausführliche Belehrungen hatten meinen Vater nicht beruhigt. In der Nacht vor der Operation hatte er kein Auge geschlossen. Der Eingriff würde mindestens eine Stunde dauern, und ich wusste, dass die OP-Assistentin mehrere Betäubungsspritzen in Gaumen und Kiefer setzen würde. Auch nach Ansicht des Arztes war nicht gewährleistet, dass der Patient nach der Implantation sicher Auto fahren könne. Als Vater mich bat, ihn zur Behandlung zu bringen, war dies für mich zwar mit Zeitaufwand verbunden, denn während des Wartens konnte ich nur am Laptop an meinen Märchentexten arbeiten. Doch da ich mich seinem Wunsch nicht entziehen wollte und wahrscheinlich dasselbe von ihm verlangen würde, hatte ich mir einen halben Tag im Verlag Kindermann frei genommen.

Was das seltsame Stichwort ›Märchentexte‹ betrifft, muss ich nachtragen, dass ich seit Jahren als Übersetzer in einem Kinderbuchverlag arbeitete, der von einem Herrn Kindermann geleitet wurde. Er hatte den Märchenbuchverlag gegründet und ihm den etwas albernen Namen Kind & Kram gegeben. Mein Spezialgebiet waren französische Märchen. Anfangs hatte ich noch mit Saint-Exupery gerechnet, dessen *Der kleine Prinz* damals ein Renner auf dem Büchermarkt war. Doch allmählich war der Autor in die Jahre gekommen und hatte an Puste verloren, und jetzt widmete ich mich einem neuen, das heißt, einem uralten Schriftsteller. Vielleicht, so hoffte mein Chef, war er ja eine unentdeckte kalifornische Goldader, aus deren Ausbeute sich demnächst Dukaten prägen ließen. Es handelte sich um den in Deutschland wenig bekannten Märchendichter Charles Perrault, der allerdings erst noch wach geküsst und gerüttelt werden musste, weil er seit dreihundert Jahren tot war. Ich war recht glücklich in meinem Beruf, auch wenn der Alt-Franzose bisher nicht die Aufmerksamkeit gefunden hatte, die er verdiente. Doch wenn ich an meinem Schreibtisch saß und über mir an der Wand das gerahmte Zeugnis der staatlichen Dolmetscherschule Köln sah, die mir vor zwölf Jahren bescheinigt hatte, dass ich die Übersetzerprüfung für Französisch mit der Note ›Befriedigend‹ bestanden hatte, war ich zufrieden.

Die Wartezeit dehnte sich zu anderthalb Stunden, die ich mit Erzählungen aus Charles Perraults Fantasiealbum füllte. Herr Kindermann hatte sich in den Kopf gesetzt, die Märchensammlung *Meine Mutter, die Gans* in Deutschland heimisch zu machen. Während ich bei Dr. Meyerling ausharrte und im Wörterbuch blätterte, ging mir die Frage durch den Kopf, wie es den Brüdern Grimm und Bechstein und Ludwig Tieck, auf die wir in Deutschland stolz waren, in den Sinn gekommen sein konnte, einige ihrer berühmtesten Märchen bei Monsieur Perrault abzuschreiben. Heute würde man den Diebstahl geistigen Eigentums als Plagiat bezeichnen und sich als Verleger nicht die Finger daran schmutzig machen. Doch vor zweihundert Jahren hatte man lockerer darüber gedacht. Immer wieder sah ich auf die Uhr, die mit Schneckengeschwindigkeit vorwärts rückte, und verglich sie mit der knappen Zeitspanne, die Herr Kindermann mir freigegeben hatte.

Freigegeben hatte! Auch über diesen hinterfotzigen Ausdruck kam ich ins Grübeln. Als ob der öde Kindermann über Freiheit geböte und sie nach Gutherrenart an seine Verlagsknechte verteilen könne! Er wusste nicht mal, was Freiheit bedeutete, war von eigenen kleinlichen Sorgen eingemauert, saß bebend vor Angst hinter seinem Schreibtisch, suchte nach neuen Bestsellern und sah nicht einmal das Sonnenlicht, das seine Schreibunterlage beleuchtete. Wie ein Gnom hockte er in einem Verlies mentaler Kleinteiligkeit und liebte es umso mehr, nach Art eines hanseatischen Patriziers den Verlagsangestellten, die ihm aus der Hand fressen mussten, zu gebieten: Ich gestatte es euch: Heute seid ihr ausnahmsweise freie Menschen! Am liebsten wäre ich vor Wut in Dr. Meyerlings prächtigem Wartezimmer aufgesprungen und hätte eine Topfpflanze durchs Fenster geschmissen.

Als mein Vater schließlich aus dem Behandlungszimmer trat und von Dr. Meyerling mit kräftigem Händedruck und kameradschaftlichem Schulterklopfen verabschiedet wurde, kam er erleichtert auf mich zu und lachte mich an. »War alles halb so wild.« Soweit ich mir ein Urteil erlauben konnte, sah er weniger mitgenommen aus, als ich nach der zeitraubenden Prozedur befürchtet hatte. Doch nachdem ich ihn die Treppe hinunter begleitet hatte und er neben mir im Auto saß, musste ich ihm den Sicherheitsgurt festschnallen, weil seine Hände stark zitterten. Plötzlich ließ er den Kopf auf die Brust sinken, als sei er ohnmächtig geworden. Ich rüttelte ihn sanft an der Schulter und fragte, ob er starke Schmerzen habe.

»Aber nein«, sagte er und schlug wieder die Augen auf, als sei gar nichts passiert. Dr. Meyerling habe ihm nur am Ende der Behandlung noch eine Spritze in den Gaumen gesetzt und einige Schmerztabletten mitgegeben. Kaum hatte ich mich beruhigt und den Wagen gestartet, fing er zu meinem Schrecken an zu keuchen und Speichel oder Blut zu schlucken. Ich hatte meinen Vater, diesen baumstarken Mann, zu dem ich in meiner Kindheit respektvoll aufgeschaut hatte, noch nie schwach erlebt, und musste jetzt mit ansehen, dass er wie ein Kind schluchzte und am ganzen Körper zitterte. Ich legte ihm die Hand auf den Mund, als wollte ich ihn hindern, etwas Unbedachtes zu sagen, während ich in Wirklichkeit einen Vorwand suchte, ihn zu berühren und aufzurichten.

»Hast du doch noch Schmerzen? Ist dir flau?«, fragte ich ihn erschrocken. Er antwortete nicht, oder vielmehr, er versuchte zu sprechen, doch es kamen nur unverständlichen Laute heraus, nur ein Sabbeln und Stammeln, Töne, die sich erst nach einer Weile zu einer Mitteilung zusammenfügten, die ich begriff.

»Du darfst mich nicht belügen«, sagte ich, um ihm Mut zu machen. Ich merkte ja, ihn quälten tatsächlich nicht Zahnschmerzen, sondern die unsinnige Vorstellung, dass er jetzt ein alter Mann geworden war, abgestempelt als jemand, der mit dem Verlust seiner letzten drei im Oberkiefer übrig gebliebenen Zähne den letzten Rest Vitalität verloren hatte. In anderthalb Stunden sei er in einen pflegebedürftigen, alten Mann verwandelt worden, klagte er. Obwohl er gleichzeitig Dr. Meyerling aus tiefer Seele dankbar war, weil er ihn von Dauerschmerzen beim Kauen erlöst hatte, war er ihm bitter gram, weil er ihn zu einem Zahninvaliden gemacht hatte. Als er wieder anfing zu weinen, zog ich mein Taschentuch heraus und tupfte die Tränen von seinen Wangen, ohne dass er Widerstand leistete. Er saß brav da wie ein Kind.

»Komm, Vater, wir fahren heim.« Ich versuchte ihn aufzuheitern, indem ich Dr. Meyerlings Prognose wiederholte, er werde jetzt ›bis an sein Lebensende‹ keine Schmerzen mehr beim Kauen erleiden und dürfe sich wieder über ein saftiges Steak hermachen. »Sprich mir ja nicht vom Lebensende«, antwortete er säuerlich. Seine Widerstandskraft regte sich wieder. Ich nickte ihm zu und gab mich zufrieden. Als wir an unserem Haus angelangt waren, tätschelte ich ihm die Hand, um ihn zum erfolgreichen Eingriff zu beglückwünschen. Doch inzwischen beschwerte er sich, die Wirkung der Betäubungsspritze habe schon aufgehört, und jetzt tue ihm nicht nur der Oberkiefer, sondern die ganze rechte Hüfte vom unbequemen Sitzen im Behandlungsstuhl weh.

»Vielleicht leidest du auch nur an Phantomschmerzen«, tröstete ich ihn und war mir nicht im Klaren darüber, dass Phantomschmerzen vom leidenden Menschen als ebenso grausam empfunden werden können wie echte, die wissenschaftlich diagnostiziert wurden. Er machte eine so verächtliche Handbewegung, als sei es ein unverzeihlicher Lapsus, einem Patienten Vorträge über eingebildete Schmerzen zu halten, wenn er an echten leide. Nein, er war noch nicht über den Berg. Denn als er auszusteigen versuchte, merkte ich, dass er beinahe hingefallen wäre und sich an meiner Jacke festhalten musste. Auf einmal sagte er in bitterem Ton: »Ich glaube, ich kann das nicht. Ich kann nicht aussteigen, Thomas. Lass mich einfach einen Augenblick in Ruhe. Hier im Auto fühle ich mich am wohlsten.«

Ich gab mir Mühe, ihn sanft vom Beifahrersitz zu heben, und sagte noch: »Hör mal, ich glaube, du solltest nicht im Auto sitzen bleiben. Du musst dich zwingen, auszusteigen und dich ein bisschen zu bewegen. Du weißt, dein Hausarzt hat dich mehrmals gewarnt, dass es in unserer Familie eine Veranlagung zu Arthrose gibt.«

»Arthrose!«, wiederholte er streitsüchtig. Fast spie er das Wort aus. »Nein, Unsinn. Lass mich mit dem genetischen Quatsch in Ruhe. Ich bleibe nur ein paar Minuten sitzen. Geh schon 'rauf zu Mutter. Ich komme bald nach. Die paar Stufen schaffe ich allein.« Ich hörte, dass seine Stimme zitterte, und sah auch, dass ihm vor Erschöpfung die

Augen wieder zufielen. Daher zögerte ich, ins Haus zu gehen. Wenn ich ihn im Auto ließe, wäre er binnen Sekunden weggetreten.

»Nein, Vater, du darfst nicht aufgeben«, sagte ich, diesmal mit Nachdruck. »Bitte, mach jetzt keine Sperenzchen. Denk an Mutter, die oben auf dich wartet. Und an all die Leute, die auf der Straße vorbeikommen und dich halb ohnmächtig im Auto sehen. Die meinen sofort, du hast einen Schwächeanfall oder so was und rufen den Notarzt.«

»Den Notarzt. Der kann mir gestohlen bleiben. Ob der mich besichtigt, ist mir scheißegal«, knurrte er. »Scheißgleichgültig. Die Leute auf der Straße können denken, was sie wollen. Mir ist ja auch egal, ob die anderen einen – wie sagst du? – einen Schwächeanfall … Ist mir doch so was von kackegack!«

Eigentlich war ich bei meinem Vater rüde Ausdrücke nicht gewöhnt und die Bedeutung des Wortes ›kackegack‹ konnte ich nur erraten. Jedenfalls klang es ziemlich saftig. Daher wollte ich mich nicht entrüsten, sondern entschuldigte seinen Wutanfall mit der aufgewühlten Stimmung, in der er sich befand. Aber zugleich war ich erleichtert, weil die Kraftwörter zeigten, dass sein Widerstandswille zurückkehrte. Mit fiel Frau Valeria ein, die Signora aus dem Tessin. Ich konnte nicht erklären, warum mir ausgerechnet die zerbrechliche Dame auf einmal wie ein leuchtendes Vorbild der Entschlossenheit vor Augen schwebte. Was hätte die Italienischlehrerin, die ich kaum kannte und die mir mit ihren gezierten Redensarten, ihren betulichen Bewegungen und dem unerschütterlichen Lächeln auf die Nerven gegangen war, mir erklären können? Ihr Gesicht allerdings hatte mir verraten, dass sie in ihrem Elternhaus eine sorgfältige Erziehung genossen hatte, und dazu gehörten Selbstbeherrschung, aufrechte Körperhaltung, Ehrgeiz, präzises Denkvermögen. Sonst werde man im Leben nicht bestehen. Meine Mutter hatte mir erzählt, der alte Signor Valeria, der Vater der Lehrerin, sei Professor für Klangwerke des Barock am *Conservatoire de Lausanne* gewesen und ihre Mutter als Sopranistin an der Oper in Neuchâtel, dem hübschen *Théatre du Passage*, aufgetreten. Aufgrund dieser musikalischen Doppelberieselung war wohl auch an Vaters Italienischlehrerin einige Musik hängen geblieben. Und verlangte Musik nicht neben leidenschaftlichem Gefühl auch Disziplin und präzise Motorik bei der Führung des Taktstocks?

Jedenfalls warf auch ich meinem Vater einige Grobheiten an den Kopf, die auszusprechen ich mich vorher nie getraut hatte: »Nun aber 'raus aus der beschissenen Karre, und Marsch! Marsch ins Haus!«, schrie ich ihn erregt an. »Jetzt ist Schluss im Dom.«

Ich war erstaunt, dass ich die rüden Worte so leicht aussprach, die mir seit der Schulzeit nicht mehr über die Lippen gekommen waren und die es in meinem Sprachschatz nicht mehr gab. Aber eigentlich gab es einen Speicher des Vokabulars, wo der Müll eine Weile liegen blieb, auch wenn man nichts damit anfangen konnte. Es wunderte mich aber noch mehr, dass mein Vater sich einsichtig zeigte, gehorsam aus dem Beifahrersitz kletterte und die Autotür hinter sich ins Schloss warf. Als ich das metallische Klicken hörte, kam es mir vor, als zeige das Geräusch nicht nur Vaters Sinneswandel und die Wiederkehr seines klaren Denkens an, sondern markiere auch das Ende eines Jahre währenden Lebensabschnitts, eines geordneten Verhältnisses von oben und unten, einer in dieser Sekunde endgültig abgeschlossenen Ära, in der ich ihm aufs Wort pariert und ihm nie widersprochen hatte. Jetzt war es zum ersten Mal umgekehrt gewesen: Ich hatte ihm einen Befehl erteilt, und er hatte ihn befolgt. Wenn mein Vater das Gleiche spürte wie ich, wurde ihm mehr an Verzicht abverlangt als mir. Denn während ich mich nur auf seine Hinfälligkeit einzustellen brauchte, musste er erkennen, dass schlagartig ein Lebensabschnitt zu Ende ging, der nie mehr wiederkehren würde.

Als mein Vater meinen Rock losließ und halbwegs fest auf beiden Beinen stand und ich die Haustür aufgeschlossen hatte, hob er die Augen zu mir, weil auch er begriff, dass sich die Verhältnisse zwischen ihm und seinem Sohn veränderten, und sagte fast beifällig: »Richtig, mein Junge. Da hast du mir eine ins Gesicht gepfeffert.«

Ich verstand, worauf er hinauswollte, und senkte den Blick, um ihm jede Demütigung zu ersparen. Bevor er den Fuß zur untersten Treppenstufe hob, mühsam wie ein Alpinist, der den ersten Tritt zum Anstieg ins Hochgebirge tat, meinte er noch kopfschüttelnd: »Furchtbar, Thomas, so unbedingt alt zu werden, so unabdingbar. Die Unausweichlichkeit – furchtbar!«

Die feierliche Ausdrucksweise war für mich eher beklemmend als aufschlussreich, und daher antwortete ich nicht. Vielleicht empfand er es als provozierend, dass ich nicht einmal vierzig war, in seinen Augen unerreichbar jugendlich, Bewohner des fernen Archipels der Lebenslust, und, es mochte unsinnig klingen, ich fühlte mich tatsächlich ein wenig schuldig, weil er wie ein Häufchen Elend neben mir stand, von Dr. Meyerling barsch aus der Lebensmitte vertrieben. Er sah mir an, dass ich außerhalb seiner Einsamkeit stand, nicht an der Beulenpest der Gebrechlichkeit litt, die jeden Menschen aus der Gemeinschaft ausschloss, nicht von den Moosflechten des Alters befallen war. Ich konnte seine Einsamkeit nur mitfühlen, nur nachempfinden, aber nicht in sie hineinkriechen. Ich muss auch sagen, seine damalige Niedergeschlagenheit war mir ziemlich absurd vorgekommen, weil er an anderen Tagen mit einer durchweg stabilen Gesundheit gesegnet war.

Wieder blieb er stehen und hechelte mühsam durch den offenen Mund. Wenn wir in dem Tempo weiterstiegen, würden wir eine Stunde bis zur ersten Etage brauchen. Ich überlegte, ob ich ihn am Ellbogen voranschieben solle. Jetzt fing er mit einem Thema an, das ihm zufällig durch den Kopf gehen mochte, aber nichts mit den gegenwärtigen Problemen zu tun hatte. Offenbar nur ein Vorwand, um nicht die nächste Stufe nehmen zu müssen, sondern einen Moment zu verschnaufen.

»Du weißt ja, Thomas, deine Mutter hat sich nie mit ihrer Schwester Maria vertragen, weiß der Himmel, warum. Nennt man wohl *Personality Clash*, weil man offenbar im deutschen Wortschatz keinen Ausdruck dafür findet. Oder die Chemie stimmt nicht. Was für ein Unsinn! Das sagen meistens Leute, die auf der Schule zu faul waren, im Chemieunterricht die Ohren aufzumachen.« Er lachte verschmitzt und setzte den beschwerlichen Aufstieg fort. Am nächsten Treppenabsatz hielt er wieder an, stellte den Fuß auf die folgende Stufe und stützte den Ellbogen auf das hochgeschobene Knie. Etwas nagte an ihm. »Aber wie kann eine Frau ihre geschwisterliche Abneigung an einem kleinen Wurm auslassen?«

Mit dem ›kleinen Wurm‹ war ich gemeint. Denn die Person, an der sich das Zerwürfnis beider Schwestern vor fast vierzig Jahren entzündet hatte, war der unschuldige Säugling Thomas gewesen. Als meine Patin war ursprünglich Mutters Lieblingsschwester Katharina vorgesehen, die diese Ehre mit Freuden angenommen hatte. Tante Käthe, wie sie genannt wurde, erwartete selbst ein Kind, fast zeitgleich mit meiner Entbindung, und es kam einem tragischen Auseinanderbrechen beider Schwangerschaften gleich, dass Tante Katharina genau einen Tag nach meiner Geburt an einer Bauchhöhlenschwangerschaft starb. Daraufhin hatte meine Mutter ihre ältere Schwester Maria angefleht, als Patin einzuspringen. Doch sei es, weil schon vorher zwischen beiden Frauen eine ausgeprägte Abneigung bestand, sei es, weil die selbstgefällige Maria nicht bereit war, als Notlösung herzuhalten … jedenfalls lehnte sie die Bitte ab, so dass meine Mutter in großer Bedrängnis einer Freundin, Frau Schneider, das Ehrenamt antrug, und so wurde sie meine Patin, die Tante Olga, die ich als herzensgute Frau in Erinnerung behalten hatte. Allerdings wollte es die Duplizität des Unglücks, dass auch sie, eine kinderlose Lehrerin aus Neuss, schon bald an Krebs verstarb, so dass ich eigentlich nur ihr runzliges, fürsorglich lächelndes Gesicht im Gedächtnis bewahrte und ein undeutlicheres Bild von einem blauen

Kinderpullover mit buntem Blumenband auf der Brust, den ›Tante Olga‹ mit eigener Hand ihrem Patenkind gestrickt hatte.

Obwohl ich im Mittelpunkt des geschwisterlichen Zwistes stand und meine Eltern tief verletzt gewesen sein mussten, als Maria die Patenschaft ablehnte, war mir meine Verleugnung gleichgültig geblieben, zumal ich Tante Olga während der wenigen Jahre, die sie noch lebte, als eine liebenswerte Ersatzpatin im Gedächtnis behielt. Seit der Streit zwischen den Schwestern ausgebrochen war, hatte meine Mutter jeden Kontakt mit Maria abgebrochen. Ich war ihr auch in späteren Jahren, soweit mir bewusst, nie über den Weg gelaufen Nicht einmal ihr Name wurde daheim genannt. Bestimmt genoss meine Mutter, der sonst jede Rachsucht abging, den stillen Triumph, dass Maria nie einen Ehemann fand und als unverheiratete Lehrerin in Kassel blieb. Auch jetzt, da mein Vater im Treppenhaus stand, sich an das Geländer klammerte und in die alte Familiengeschichte flüchtete, geschah es nur, um Luft zu schnappen, und nicht, um ihr ein gehässiges Wort zu widmen, und auch diesmal hatte er ihren verfemten Namen nicht ausgesprochen. Natürlich kannte ich die komplizierte Geschichte nur aus Tante Imeldas Mund.

II

Als ich Vater nach oben bugsiert hatte, öffnete meine Mutter uns die Tür. Sie war sehr besorgt. Sie wusste ja nicht, ob Vater die Implantate verhältnismäßig leicht weggesteckt hatte oder es vor Schmerzen kaum aushalten konnte. Aus Vorsicht hatte sie zum Mittagessen ein Omelett mit Steinpilzen vorbereitet, Speisen, die er nicht mühsam zu kauen brauchte. Doch sobald Vater sich schwerfällig auf seinen Stuhl hatte fallen lassen, maulte er herum, weil sie ihm zur Begrüßung kein zartes Filet Mignon mit Sahnespinat vorbereitet habe, wie er es sich morgens, bevor ich ihn zu Dr. Meyerling fuhr, angeblich mit Nachdruck gewünscht hatte. Meine Mutter brach in Tränen aus, und auch für mich war es sehr peinlich, dem Gezeter meiner Eltern zuzuhören. Mutter bestritt, dass Vater diesen Wunsch geäußert habe. Er sei vor der Abfahrt ja völlig durcheinander gewesen und habe kaum verständlich geredet, und außerdem habe ein Omelett noch niemandem geschadet. Oder ob sie es jetzt in den Ausguss schütten solle? Während Vater auf seiner Behauptung beharrte und sich schließlich missmutig die Eierspeise in den Mund gabelte, wozu er sein gewohntes Glas Mosel-Riesling trank, fing er nach einigen Minuten wieder an, dass Mutter ihm wenigstens morgen ein vernünftiges Stück Fleisch servieren solle, nach dem er ausdrücklich verlangt habe. Wenn Mutter meine, er habe Probleme mit den Ohren oder sei nicht klar im Kopf ... nein, es seien die Zähne ... nein, Schmerzen im Oberkiefer spüre er nicht. Ihm sei nur ein bisschen flau.

»Ich habe keine Navigationsschwierigkeiten, liebe Ursula«, sagte er noch zwei Mal, während er das Omelett mampfte, so dass Mutter und ich uns erstaunt ansahen, weil er anscheinend schon vergessen hatte, was er eben gesagt hatte. »Aber dieser Kieferchirurg – wie heißt er noch mal?«, herrschte er mich mit einer Mischung aus Resignation und Trotz an und tupfte ungeduldig die Eireste von den Mundwinkeln ab.

»Meyerling.« Rücksichtsvoll gab ich ihm das Stichwort und blickte meine Mutter bedeutungsvoll an.

»Richtig! Ich sage dir, dieser Meyerling versteht tatsächlich sein Handwerk. Das muss der Neid ihm lassen. Ich habe während der Behandlung fast nichts gespürt, nur die entfernte Rotation des Bohrers, irgendwo im Schädel, und wie gesagt, so entfernt, als gehörte die Knochenpartie nicht zu mir. Aber ich gebe zu, ich hatte ziemlichen Bammel, als ich die Schaubilder bei ihm im Wartezimmer sah. Und unter jedem stand die Mahnung, mit dem Eingriff nicht zu lange zu warten. Immer fühlt man sich als Patient unter Zeitdruck gesetzt und fragt sich, ob es wirklich aus Sorge um die Gesundheit des Patienten geht, oder um die – Durchlauf... – Wie soll ich mich ausdrücken?«

»Durchlaufgeschwindigkeit?«, warf ich ein.

»Ja, ob es den Ärzten bloß um die Durchlaufgeschwindigkeit beim Geldverdienen geht.« Er nickte, sich selbst zustimmend. »Aber ich bin es frontal angegangen.« Er schien sich im Geist selbst auf die Schulter zu klopfen. Doch wieder knickte sein Gedächtnis oder seine Unbekümmertheit ein, und er fragte erneut, ob es denn wenigstens morgen wieder Schweinesteak gebe.

Ja, sagte meine Mutter, sie gehe morgen früh als Erstes zum Metzger. Und zwar mit Steinpilzen. »Und vergiss nicht den Sahnespinat«, fügte mein Vater eigensinnig hinzu, als machte es ihm Vergnügen, meiner Mutter ihr angebliches Versäumnis einzureiben. So rachsüchtig und stur hatte ich ihn lange nicht erlebt. Nachdem er den Teller mit einem Stück Brot sauber gerieben hatte, sagte er noch einmal mit Armesünderstimme: »Also bitte, diesmal nicht den Sahnespinat vergessen.«

Damit ließ er sich in seinen Fernsehsessel plumpsen, streckte die Beine lang aus und schloss die Augen.

Meine Mutter eilte herbei und wollte ihn fragen, ob sie ihm zur Verdauung einen Armagnac bringen solle. Doch ich winkte ab und bat sie, ihn in Ruhe zu lassen. Tatsächlich war er nach einer Minute eingeschlafen.

»Geht es ihm nicht gut?«, fragte sie mich besorgt.

»Nein, nein, das kommt schon wieder«, beruhigte ich sie. »Der Zahnarzt hat ihm nur eine Spritze gesetzt.« Eine Weile betrachteten wir stumm meinen Vater, der zu schnarchen begann. Ein gutes Zeichen. So dachten wir.

Die Zahnbehandlung, der Streit meiner Eltern beim Mittagessen, das alles lag mittlerweile zwei Tage zurück, und jetzt saßen Mutter und ich ratlos beisammen und überlegten, wo mein Vater abgeblieben war. Inzwischen war es halb zehn Uhr abends geworden.

»Vielleicht hättest du länger bei Frau Valeria warten müssen«, seufzte meine Mutter, die immer etwas an mir auszusetzen fand, auch wenn mir ihre Vorwürfe, wie im jetzigen Fall, vollkommen absurd erschienen.

»Sie würde sofort hier anrufen«, erwiderte ich schulterzuckend und stand auf.

Wie gesagt, die Kieferbehandlung lag zwei Tage zurück. Vielleicht hätte ich nicht so ausführlich auf sie eingehen sollen. Doch als ich auf den Korridor trat und das Rezept von Dr. Meyerling auf dem Beistelltisch entdeckte, kam mir der sonderbare Einfall, zwischen beiden Ereignissen könne ein Zusammenhang bestehen, zwischen Vaters Kieferoperation und seinem Verschwinden. Es erschien mir zwingend, die Ereignisse von vor zwei Tagen noch einmal zu rekapitulieren. Allmählich beschlich mich eine Ahnung, dass ich damals etwas Wichtiges übersehen oder überhört hatte.

»Die Fahrten zu den Schlössern, die fehlen ihm jetzt, glaube ich, Thomas«, sagte meine Mutter plötzlich hinter mir her, während ich schon auf dem Flur stand, und sie sprach so leise, als säße Vater noch schnarchend neben ihr im Sessel. Sie wechselte brüsk das Thema, vielleicht um sich selbst Mut zu machen. »Die Weinschlösser an der Loire – das sollte ihn an frühere, gute Zeiten erinnern.« Sie lächelte melancholisch, auch mit schlechtem Gewissen. »Ja, die fehlen ihm tatsächlich.«

Ich schaute in den Wandspiegel und nickte vage.

Man darf das nicht so verstehen, als seien wir Schlossbesitzer und mein Vater früher von einem Anwesen zum nächsten gefahren, um einen Gutsverwalter oder eine Wirtschafterin zu beaufsichtigen. Es war auch nicht so, dass er eine üppige Rente bekam und meiner Mutter eine Zugehfrau halten konnte. Mein Vater bezog nur eine bescheidene Rente, weil er an die dreißig Jahre Angestellter der Weinhandlung Flesch & Söhne gewesen war. Der Firmensitz lag zwar an der Mosel, was dem Unternehmen einen klangvollen Namen verlieh, doch der Verkauf erfolgte von der Verwaltungszentrale in Köln aus. Vor fünfzehn Jahren hatte sich Vater vorzeitig in den Ruhestand versetzen lassen, nicht freiwillig, sondern auf Anraten des Arztes, der eine nachlassende Sehkraft des rechten Auges festgestellt und ihm prognostiziert hatte, er werde wohl um eine Operation des grauen Stars nicht herumkommen.

Vater hatte einen ruhigen Beruf ausgeübt, da konnte er sich nicht beklagen, meistenteils eine sitzende Beschäftigung am Schreibtisch mit schönem Blick auf den Rhein, wo die Ausflugsdampfer aus London und Amsterdam vorbeirauschten. Nur einmal im Jahr stand etwas Aufregung an, nämlich eine Auslandsreise. Anfang März fuhr er für eine Woche zum *Salon de l'Agriculture*, der großen Landwirtschaftsausstellung in Paris, wo auch die Weinindustrie vertreten war. Er sprach zwar wenig Französisch, doch seine Firma verkaufte ihren Mosel-Riesling ohnehin nicht nach Frankreich, sondern hauptsächlich nach Großbritannien, Irland und in die skandinavischen Länder, so dass alle Geschäftsabschlüsse auf Englisch getätigt wurden. Als Anton Flesch, der Firmeninhaber, meinen Vater beim Einstellungsgespräch auf seine Sprachkenntnisse getestet hatte, war dieser ihm geschickt entwischt und hatte ihn mit einigen auswendig gelernten Französischfloskeln überlistet, womit der biedere Firmeninhaber, der nicht einmal das Abitur geschafft hatte, sich zufrieden gab.

Die Fahrt zum Pariser *Salon* war meistens mit einem Kulturprogramm verbunden, einem Besuch des alten Weinviertels von Bercy, wo später das Finanzministerium seinen protzigen Neubau errichtete, oder mit der Besichtigung eines Weinschlosses an der Loire, eines *Château de vin*, wie die Franzosen es bezeichneten. Einige Besitztümer waren mehrere Jahrhunderte alt, und die Eigentümer gaben sich Besuchern aus Deutschland gegenüber so herablassend, als seien sie als echte Grafen geboren. An dieser Hochnäsigkeit hatte meine Mutter, die Vater beim ersten Mal an die Loire begleitet hatte, sich gestoßen. Seitdem war sie nicht mehr mitgereist. Sie sprach auch wenig Französisch.

Die Standuhr in der Ecke des Wohnzimmers tickte penetrant. Immer wieder blickten wir auf das schwingende Pendel. Immer öfter legte meine Mutter ihr Strickzeug weg und richtete ihre Augen fragend auf mich, als sei ich ihr eine Erklärung schuldig. »Ruf doch mal den alten Flesch an«, schlug sie auf einmal vor. Ich wehrte ab.

»Wozu soll das jetzt gut sein?« Der ehemalige Firmenleiter ging, soweit mir bekannt, mittlerweile auf die neunzig zu und saß in einem Altersheim.

Zwei Mal hatte Vater seine Frau nach Paris mitgenommen. Nach dem ersten Reise war sie wie berauscht aus der ›Stadt des Lichts‹, der *Ville Lumière*, zurückgekehrt, hatte nur die schwungvolle Oper im Kopf, die Modenschau, die sie einmal im *Hotel Continental* hatte besuchen dürfen, die unzähligen, quirligen Restaurants auf den großen Boulevards. Sie hätte ihre grünen Samtjeans ausgemottet und beim Bummel über die Champs-Élysées zum ersten Mal seit zwanzig Jahren getragen und ihre gute, alte Patchwork-Bluse vom Flohmarkt und ihre Slippers in Regenbogen-Leder. Natürlich hatte ich begriffen, dass sie mich anflunkerte und den Flatterkram, der ihr mit damals fünfzig Jahren kaum gestanden hätte, nicht tatsächlich angezogen hatte, sondern von ihrer Teenagerzeit schwärmte, als sie solche bunten Klamotten trug. Auch den *Salon du Vin* an der Porte de Versailles hatte sie mit Vater besucht, aber das war weniger interessant gewesen, überall Geschmatze, Gerüche, Rülpsen, Arroganz der Weinbarone, stundenlange Weinproben, Geschäftsabschlüsse. Nein, das sei sterbenslangweilig gewesen. Einmal und nie wieder! Im zweiten Jahr hatte sie sich beim Austernessen auf dem Montmartre den Magen verdorben und einen ganzen Tag im Hotel im Bett gelegen. Speiübel sei ihr gewesen, und das Wetter unfreundlich und kalt. Da hätte sie ebenso gut in Köln bleiben können.

Soweit mir erinnerlich, war sie seitdem daheim geblieben, hatte vom Wohnzimmerfenster auf den grauen Rhein geschaut und Vater allein nach Paris fahren lassen. Die Firma schickte ihn mit leeren Auftragsbüchern los, damit er mit vollen zurückkehrte, was ihm auch meistens gelang. Der Gedanke, dass er unterwegs seine räuberische Freiheit ausnutzte, sich außerehelich ein bisschen umsah und vielleicht mit einer hübschen Winzerin eine Eskapade beginnen könne, war Mutter nur einmal gekommen, als sie seinen Anzug ausstaubte und in einer Tasche ein verschmiertes Taschentuch fand. Natürlich hatte sie sofort an Lippenstift gedacht und ihren Mann zur Rede gestellt. Doch er hatte sie überzeugt, dass er das Taschentuch der Frau seines schottischen Weinkunden geliehen hatte. Empört wie ein unschuldig des Mogelns verdächtigter Schuljunge hatte er ihr aus seinem Notizbuch Name und Telefonnummer eines *Wine Shop* in Edinburgh gesucht und sie aufgefordert, dort anzurufen. Sich auf diese unsichere Fährte locken zu lassen, war ihr dann doch zu schmachvoll erschienen, und seitdem hatte sie nicht mehr versucht, ihren Spähblick auf die ferne Loire zu richten.

Inzwischen war es halb elf Uhr geworden.

»Was haben wir falsch gemacht? Was habe ich falsch gemacht?«

Der natürliche Reflex eines Menschen, der nicht begreift, dass Dinge ohne sein Zutun zu Ende gehen.

»Nichts haben wir falsch gemacht«, sagte ich unwirsch.

Mutter kramte in Schubladen, ob irgendwo ein Zettel lag, vielleicht ein gelber Memoabriss mit einer unbekannten Telefonnummer. Ein sonderbares Gefühl stieg in ihr auf. Sie suchte fieberhaft nach einem Anhaltspunkt, einem Hinweis, den sie bisher übersehen hatte. Das Unbehagen wanderte durch ihren Unterleib, stieg in die Brust hinauf, eroberte den ganzen Körper, der ihr infolge des sonderbaren Unwohlseins fremd zu werden begann. Sie blickte in den Wandspiegel. Unsere Augen trafen sich. Sie zeigte keine Reaktion, strich nicht das aufgewühlte Haar glatt. Sie suchte nur nach dem Gesicht, das unsichtbar geworden war. Ihre Kinnmuskeln verkrampften sich.

Ich erkannte meine Mutter nicht wieder, dieses grausame, unbeirrte Starren in die eigenen Augen, die nichts sahen. Sie wollte keine Sekunde versäumen, um dem Geschehen, von dem sie vorher nichts wusste, nichts wissen konnte, in sich eindringen zu lassen. Ich hatte sie nie in diesem unmenschlichen Zustand gesehen. Der Schrecken würde ihr den Atem abwürgen, wenn es so weiter ging. Wenn es nicht gelang, ihren Puls zu verlangsamen, würde ihr rasendes Herz zerspringen. Ich mochte mir gar nicht alles ausdenken, was in wenigen Sekunden passieren würde, und ich sehnte mir die Sirene eines Krankenwagens herbei, das Martinshorn einer Polizeipatrouille. Irgendetwas, das den Prozess der Selbstzerstörung unterbrach. Ich suchte nach einem Satz, einem bisher unausgesprochenen Satz. Er durfte nicht aus Allerweltsworten bestehen, aus nichts, was verwechselbar oder nichtssagend war. Es durften keine törichten Halbsätze sein.

»Wir haben noch massig viel Zeit. Wir haben keine Eile, Mutter«, sagte ich bemüht, obwohl mein Mund vollkommen ausgetrocknet war. »Wir haben unser ganzes Leben vor uns, um es uns auszumalen.«

»Das Schlafmittel!«, rief sie plötzlich mit einer Erleichterung, als habe sie soeben die wahre Ursache ihres Unglücks entdeckt. »Es ist das Schlafmittel!«

»Was für ein Schlafmittel?«, fuhr ich sie an. Auch meine Nerven lagen blank. »Du meinst wohl die Schmerztabletten, die Meyerling ihm mitgegeben hat? Das Rezept liegt auf dem Beistelltisch. Ich muss damit zur Apotheke, um ihm neue zu besorgen.«

»Egal«, sagte meine Mutter. »Es ist ein Zeug, das ihn betäubt. Bewusstseinsverändernd. Hört man doch immer wieder.«

»Ach, Unsinn. Mach dich doch nicht verrückt«, sagte ich etwas ruhiger, doch noch immer ziemlich verärgert. »Ganz harmloses Ibuprofen. Schadet absolut nicht.«

Es war wohl der ideale Moment für einen Anruf, um die bedrückte Stimmung aufzuhellen. Ich hörte das Telefon klingeln und stürzte zurück ins Wohnzimmer. Doch dann merkte ich, dass Mutter das Fernsehprogramm nicht abgestellt hatte, und was ich für den befreienden Anruf einer Polizeistation, notfalls auch eines Krankenhauses gehalten hatte, war das geschwätzige Flirren im Handtäschchen einer jungen, rothaarigen Tierärztin, die soeben einen Foxterrier untersuchte. Ich spürte, dass ich auf bestem Weg war, das sichere Gefühl für Dreidimensionalität zu verlieren. Wie war es möglich, dass ich nicht mehr zwischen dem engen Korridor und dem flachen Bildschirm unterscheiden konnte und die Entfernungen, die mich vom Läuten des Telefons und dem Brabbeln im Fernsehen trennten, verwechselte? Ohne nachzudenken, war ich in die falsche Richtung gerannt. Wer weiß, was ich sonst noch falsch einordnete.

Und da flossen sie wieder, rauschten mir am Ohr vorbei, die Wegwerfsätze, die ich schon in zig anderen Fernsehfilmen gehört hatte. »Hallo, du. Nein, ich bin's. Nein, bin nicht ich. Nein, ja, hallo, wie gestern auch. Jawohl, und Bert, du kennst ihn, Bert, hallo. Ja, doch, ich bin's.« Ärgerlich würgte ich die Handystimme ab.

»Schalt nur den Ton aus«, sagte meine Mutter. »Aber lass mir das Bild. Guck mal, der Hund!«

»Ja, ja.« Ich warf die Farbmaschine wieder an. Bei der verstummten Veterinärin war die Welt in Ordnung. Jetzt stand ein zotteliges Tier auf dem Behandlungstisch und leckte der Ärztin die Brillengläser. Die Rothaarige lächelte den Hirtenhund an, nein, sie lächelte hunderttausend Fernsehzuschauer an, ein süßes, zart hingetupftes Lächeln, dass alle Trübsal auslöschte. Ich konnte gar nicht anders. Ich *musste* weiter hinsehen, ich *musste* unbedingt wissen, was die Frau als Nächstes tat.

»Und den alten Flesch hast du immer noch nicht angerufen, worum ich dich gebeten habe«, murrte meine Mutter.

»Aber wie soll das gehen? Inzwischen ist es doch ...«, ich schaute nach der Uhrzeit, »... verdammt zu spät, und der sitzt doch in der Seniorenresidenz.« Mutter sah mich so erstaunt an, als sei ihr das Alter des ehemaligen Chefs erst soeben klar geworden.

»Hast du wenigstens mal deines Vaters Handy ... oder ...?« fragte sie mich und betonte das Wörtchen ›deines‹, um zu klarzustellen, dass es ein Mann war, der ihr Kummer bereite, und dass ich als Mann gefälligst in der chaotischen Männerwelt für Ordnung zu sorgen hätte.

Gehorsam tastete ich meine Jackentasche ab und verdrehte genervt die Augen. Mutter zuliebe versuchte ich noch einmal, was ich seit Stunden zigmal vergeblich getan hatte, Verbindung zu Vaters iPhone zu bekommen. Plötzlich vernahm ich ein dünnes Klingelsignal, diesmal aus seinem Schlafzimmer, lief hinüber, von der irrwitzigen Vorstellung beseelt, er säße vielleicht ruhig auf der Bettkante und lachte mir ins Gesicht. Natürlich hatte er das Gerät zu Hause liegen gelassen. Es lag in einer Schublade, und Mutter nahm es eben heraus und fingerte daran herum. Ich unterbrach die sinnlose Verbindung und fühlte mich zum ersten Mal auch von der angeblich zuverlässigen Kommunikationstechnik komplett im Stich gelassen. Viertel vor elf rief noch einmal die Italienischlehrerin an und wollte wissen, ob ihr *simpatico studente* wieder aufgetaucht war. Diesmal fertigte ich die alte Dame barsch ab. Inzwischen war mir ihre Besorgnis verdächtig. Wer wusste, was die beiden in ihren Abendstunden miteinander getrieben hatten, zumal sich die weißhaarige Tessinerin vielfältig entschuldigte. »Scuse, Signore, molte humili scuse ...« Ich knallte den Hörer auf die Gabel.

Meine Mutter erwartete mich voll Sorge. Sie sah mir sofort an, dass ich nichts Neues erfahren hatte, schaltete den Fernseher aus und wollte die Polizei anrufen. Ich konnte sie überreden, damit bis zum nächsten Morgen zu warten. Vermisstenmeldungen, die gerade ein paar Stunden alt seien, würden von der Polizei erst gar nicht bearbeitet. Da müsse es schon Anzeichen für ein ... – ich suchte nach Worten, um das Unvorstellbare schonend zu verkleiden, und vermied, von einem Verkehrsunfall oder gar einem Verbrechen zu reden. Wir sollten doch nicht unnötig die Pferde scheu machen.

An diesem Abend zwangen Mutter und ich uns, ruhig sitzen zu bleiben. Doch ich kauerte mit angespannten Beinmuskeln auf dem Sofa, jederzeit bereit, um aufzuspringen und zur Tür zu rennen, wenn es klingelte. Wir starrten auf den Bildschirm und redeten uns ein, dass wir eine Talkshow verfolgten. Sie zog sich endlos hin, ständig von Lachsalven aus der Blechdose unterbrochen, von nervenden Scherzfragen eines blondierten Showmasters aufgelockert, sie dauerte bis weit nach Mitternacht. Obwohl ich solche ›Laberveranstaltungen‹, wie Vater sie nannte, verachtete, weil die Teilnehmer an inhaltsloser Wortdiarrhö zu leiden schienen und wahrscheinlich ausgewählte Claqueure mit Klatschen und Jubeln für Stimmung sorgten, sah ich keine andere Möglichkeit, die Wartezeit zu überstehen. Um halb eins kam meine Mutter noch einmal aus dem Schlafzimmer. Zum ersten Mal sah ich sie im fußlangen Nachthemd.

»Noch immer nichts?«, wollte sie wissen. Ich antwortete nicht sofort, sondern starrte sie an, weil sie in diesem grauen Sack, der einer armseligen Nonnenkutte glich, wie ein Nachtgespenst aussah. Ich wandte die Augen von ihrer kummervollen Erscheinung ab und schüttelte den Kopf.

»Sollen wir nicht doch die Polizei verständigen?«, fragte sie noch einmal, und ihre Stimme zitterte vor Angst, ich könne tatsächlich in der Station Stolkgasse anrufen und käme mit einer schrecklichen Nachricht zurück. Ich blickte zum Fenster hinaus auf den Rhein, der zu dieser Stunde eigentlich in tiefer Dunkelheit liegen sollte, jedoch von den bunten Lichtern eines Ausflugsdampfers erhellt wurde, auf dem, soweit ich es auf die Entfernung erkannte, eine Hochzeit gefeiert wurde. Das Licht wurde von einer sich langsam drehenden Kugel, die aus zahllosen Spiegelplättchen bestand, zersplittert und wie ein flimmerndes Netz über die Wellen geworfen. Altmodische Swing-Musik tönte zu uns herauf, am Heck stand ein in Jeans und weiße Hemden gekleidetes Blasorchester, drei graubärtige Musiker, während fünf, sechs Paare mit ruckartigem Schwung gegen ihre Müdigkeit antanzten. Die Lichter lenkten mich für einen Augenblick von meinen Sorgen ab, bis zwei Kellner langsam anfingen, Tische und Stühle zusammenzuklappen. Einige ältere Herrschaften, vielleicht die Braute ltern, standen an der Garderobe und nahmen helle Sommermäntel und Abendtaschen in Empfang.

Wieder verneinte ich. Mitten in der Nacht sollten wir nichts unternehmen, dann hätten wir nur unwirsche Beamte am Apparat, die wir aus dem Schlaf schrecken würden, versuchte ich meine Mutter zu überzeugen und hielt sie an beiden Schultern gegen mich gelehnt, so dass ich ihr unterdrücktes Schluchzen spürte, eine körperliche Berührung, die in unserer Familie nicht üblich war. Auch Polizisten benötigen ihren Schlaf. Aber morgen früh würde ich gleich als Erstes alle Krankenhäuser in der Nähe abtelefonieren, versuchte ich sie aufzumuntern. Dann würden wir ja wissen, ob unser Vater als Unfallopfer eingeliefert worden sei. Allerdings bezweifelte ich selbst, was ich ihr da versprach. Denn eine Unfallstation würde bestimmt von sich aus die Angehörigen verständigen.

»Aber wieso erst morgen?«, bedrängte sie mich.

»Weil auch die armen, überlasteten Krankenschwestern und Altenpfleger aus Sri Lanka und Bangladesch, die wir im Fernsehen gezeigt bekommen, eine Mütze Schlaf nötig haben«, scherzte ich. »Um diese Zeit bekommen wir nur einen Notdienst, der kaum Deutsch spricht, und total überlastet ist, ein Mann auf einhundert Pflegebedürftige, statistisch gerechnet. Der rennt von einem Patienten zum anderen und hat für Anfragen von besorgten Angehörigen keine Zeit.«

»So schlimm wird es nicht sein«, maulte meine Mutter, schlang den grauen Haarzopf um den Hals und verschwand wieder im Schlafzimmer. Ich wusste, sie hatte ein Beruhigungsmittel genommen, um ein wenig schlafen zu können. Doch während dieser ersten Nacht seit meines Vaters Verschwinden schliefen wir beide kaum. Auch ich lag noch lange hellwach im Bett und überlegte, ob ich Isolde anrufen sollte. Die grünen Leuchtziffern der Nachttischweckers zeigten fast drei Uhr. Wenn ich Isolde jetzt aus dem Schlaf riss, wäre mir die eiskalte Dusche gewiss. »Hast du den Verstand verloren? Bist du wahnsinnig?«, würde sie kreischen und den Hörer auf die Gabel knallen, ohne mich zu Wort kommen zu lassen.

Als ich vollkommen gerädert am nächsten Morgen mein Zimmer verließ, fand ich meine Mutter blass und verweint in der Küche. Beim Frühstück saß sie mir gegenüber, richtete die rot verschwollenen Augen vorwurfsvoll auf mich und verlas in hastigen Sätzen die Anklageschrift, die sie sich nachts ausgedacht hatte. Unter Zischlauten und heftigen Atemstößen und unter häufiger Verwendung knapper Adjektive, hingegen benutzte sie kaum umständliche Verben, klagte sie ihren Ehemann an, weil er unabgesprochen über Nacht dem Haus fern geblieben war. Er habe auch noch nicht wie üblich die Zeitung heraufgebracht, die der Bote in den Briefkasten steckte. Er sei nachts nicht zu ihr ins Ehebett gestiegen, habe sie mit ihrer Unruhe, ihrer Schlaflosigkeit, ihrem wilden Herzklopfen allein gelassen. Sie habe im Halbschlaf sogar mit der Polizei zu telefonieren gemeint. Es gäbe nichts Neues, habe der Beamte lakonisch und gefühllos geantwortet, so dass sie, alles im Halbtraum, in Tränen ausgebrochen sei und dem hartherzigen Beamten am Hörer, schluchzend vor Sorge, von ihrem Unglück erzählt habe. Wieder strömten die Tränen. Sie habe als Erstes schon mit Max, Vaters Jugendfreund, telefoniert und der habe auf ihre Bitte mit dem Bezirkskrankenhaus gegenüber der Kunibertkirche gesprochen, nichts, nur blankes Nichts, ein ungeheuerliches, unfassbares Nichts, wie sie es in beinahe fünfzig Ehejahren nie erlebt hatte. Das alles sei passiert, während ich seelenruhig geschlafen hätte!

Mutters Vorwürfe machten mir ein schlechtes Gewissen. Erst raffte ich mich zu einer matten Entschuldigung auf. Sie dürfe nicht vergessen, dass ich nebenbei noch berufstätig sei und mich nicht völlig aus meinen Märchenübersetzungen ausklinken könne, um ihr bei der Suche beizustehen. Dann schob ich zum Zeichen meines Mitgefühls seufzend den Frühstücksteller beiseite, ging zu ihr hinüber und streichelte ihr Haar.. Doch statt meine Hand zu tätscheln, brach sie wegen meiner ›Herzensrohheit‹ (wie sie jammerte) in Tränen aus, starrte schniefend auf den Bildschirm, der noch vom Vorabend flimmerte, vermutlich ohne etwas darauf zu erkennen, streckte plötzlich den Zeigefinger aus und sagte: »Sieh doch, Thomas, die niedlichen Erdmännchen! Sie gucken so besorgt nach allen Seiten, als suchten sie ihr Liebstes.«

Ihren stummen Anschuldigungen war ich nicht gewachsen. Insgeheim nahm ich mir vor, auch nächste Nacht einige Stunden wach zu bleiben und auf Mutter aufzupassen. Schon gestern hatte ich die Zwischentür einen Spaltweit offen gelassen und mein Ohr an ihre Schlafzimmerwand geklebt, damit sie nicht bei einer nächtlichen Wanderung die Wohnungstür oder ein Fenster öffnete und sich in Gefahr brachte. Mir war nämlich eingefallen, dass Tante Imelda, wie sie selbst mir kokett erzählt hatte, als junges Mädchen geschlafwandelt war. Vielleicht gab es in unserer Familie ja eine echte Veranlagung zur Mondsucht. Auch ich mochte davon befallen sein.

Oder warum sollte ich dagegen gefeit sein? Vergangene Nacht hatte ich jedenfalls ein beängstigendes Gespräch belauscht. Im Halbtraum hatte Mutter sich mit meinem Vater unterhalten und ihm Aufträge für den Einkauf im Supermarkt erteilt, Dann hatte sie sich auf die andere Seite gewälzt und leise schnarchend weitergeschlafen. Ich hatte regungslos in meinem Bett gelegen und kein Geräusch gemacht, um Mutter nicht wo möglich in einer gefährlichen somnambulen Phase zu erschrecken. Sehr lange hatte ich regungslos da gelegen. Und mit mir hatte die Dunkelheit wie eine Mitverschworene gewacht.

III

Es wäre an der Zeit, mir ernsthaft Gedanken zu machen, weshalb ich mich einfach nicht aufraffen konnte, Isolde anzurufen, sondern dies ständig vor mir her schob. Bevor ich weiter von meinem Vater und den Sorgen meiner Mutter berichte, wollte ich jetzt nachdenken, warum ich den Anruf vermieden hatte und warum überhaupt bisher noch nie von meiner eigenen Frau die Rede war. Sie nämlich war gemeint, wenn Mutter oder ich von Isolde sprachen. Manche mochten sich wundern, dass es im 21. Jahrhundert noch Frauen mit so einem altbackenen Namen gab, wo doch alle Sabines, Helgas und Ursulas eingemottet wurden. Wenn ich hinzufüge, dass unser fünfjähriges Töchterchen Felizitas heißt, wird das Erstaunen vollkommen sein. Natürlich hatte meine traditionsbewusste Ehefrau den schönen, alten Taufnamen ausgesucht, der an manchen Tagen von einer römischen Gottheit, an anderen von einer karthagischen Märtyrerin abgeleitet wurde. Später erfuhr ich, dass auch ein Asteroid in irgend einem astronomischen Hauptgürtel so benannt worden war, und zwar schon vor hundertfünfzig Jahren. Meine Tochter hatte demnach bedeutende Namenspaten vorzuweisen. Allerdings riefen wir die Kleine meistens bei der Kurzform *Feli*, die meiner Meinung nach wie der Allerweltsname eines Hündchens klang. Ferner muss ich erklären, warum ich mich überhaupt an diesen ereignisreichen Tagen nicht mit Isolde daheim, sondern bei meinen Eltern aufhielt.

Über Isolde und unsere Ehe gäbe es viel zu sagen, und es mag paradox erscheinen, wenn ich zu meiner Verteidigung als Erstes anführe, dass wir eigentlich eine schweigsame Ehe führten. Man sollte nicht verständnislos den Kopf schütteln. Denn ich glaube, es gab für sie und mich durchaus gute Gründe, zu schweigen. Über die Kunst des Schweigens waren schon Bibliotheken von Büchern geschrieben worden. Das wusste ich, obwohl ich keine Leseratte war. Wenn man schwieg, bedeutete es nicht – und damit waren wir bereits beim größten Missverständnis –, dass man nichts mehr zu sagen hatte, sondern im Allgemeinen schwiegen Leute, deren Herz so voll war, dass es fast überlief, fast zu platzen drohte, und sie nicht die passenden Worte fanden, um sich gegenseitig das Herz zu öffnen. Also schwiegen sie lieber, also erlitten sie ihr eigenes Schweigen. Es gab, soweit mir bekannt, Schweigegelöbnisse bei Mönchen und Nonnen, und zwar nicht nur im Christentum, sondern auch im Buddhismus, Taoismus, Islam. Man könnte noch ein Dutzend anderer Glaubensrichtungen aufzählen. Warum nicht auch bei Eheleuten, wenn sie sich so gut verstanden, dass sie ohne Worte miteinander auskamen, wenn sie nicht ständig über Kleinigkeiten streiten mussten, weil es in ihrer Ehe keine ernsthaften Schwierigkeiten gab? Wenn ich meiner Frau bei Tisch gegenübersaß und sie anschwieg und sie mein Schweigen erwiderte, geschah es nicht aus Langeweile, aus Gedankenleere, sondern damit die unausgesprochenen Wahrnehmungen tiefer in uns eindringen konnten. Vielleicht hatte es auch, aber das sage ich mit großer Vorsicht, damit zu tun, dass Isolde aus Norddeutschland stammte und sich ins Rheinland sozusagen verirrt hatte.

Ich entschuldigte meine Redefaulheit mit dem Gedanken, dass meine Frau und ich uns aus gegenseitiger Achtung ausschwiegen, die vollkommene Stille als das Medium würdigten, in dem sich eine Verinnerlichung des Oberflächlichsten vollzog, und dass Isolde mein Schweigen nicht als Kränkung empfand. Allmählich nahm jedoch die Wortlosigkeit eine solche atmosphärische Dichte an, dass wir uns nicht selten vollkommen aus den Augen verloren, obwohl wir nebeneinander lebten. Zuweilen saßen wir uns beim Frühstück wie leblose Puppen gegenüber, hatten die Ellbogen auf den Tisch gestützt, um eine Tasse oder ein Brötchen zum Mund zu führen, und schwiegen derart hartnäckig, dass selbst die fünfjährige Feli es merkte und laut und aufmüpfig mit den Löffel klapperte, um das ungemütliche

Schweigen zu durchbrechen, und Isolde oder ich die Stille unterbrechen mussten und die Kleine zurechtwiesen. Eines Morgens, als ich Felizitas zusah, wie sie ungeschickt ihr weichgekochtes Frühstücksei köpfte, und Isolde, die am anderen Tischende in den *Stadt-Anzeiger* vertieft war, ein Lächeln zuwarf, wurde mir klar, dass ich sie seit Tagen nicht berührt, gestreichelt, angefasst, nicht einmal liebevoll angeschaut und ihre nur noch geisterhafte Anwesenheit eigentlich auch nicht vermisst hatte.

Wenn ich mit Isolde nach Frankfurt reiste, ließ ich mich willig von ihr ins Städel-Museum lotsen und stand mit ihr vor einem *Vermeer* oder vielleicht war es ein *Botticelli*, ich kannte mich in der Malerei nicht so gut aus wie in französischen Märchen, vor einem dieser Gemälde, die auf dem Auktionsmarkt wahrscheinlich astronomische Preise erzielten. Am liebsten hätte ich das Bild behutsam mit der Fingerkuppe berührt, um hinter sein Geheimnis zu kommen. Vielleicht könnte ich leichte Schwingungen der Leinwand spüren. Wenn also Isolde neben mir stand, den Museumsführer aufgeschlagen in ihrer Hand, so schwieg sie. Gott sei Dank. Was hätte es mir genützt, wenn sie mir Belehrungen vorgelesen hätte, die ich zu Hause selbst hätte nachschlagen können, wären sie für mich von Interesse gewesen? Es gab keinen Grund, in Verzückung ausbrechen und Dinge unbedingt auszusprechen, die ich lieber still verarbeitet, fast möchte ich sagen, still verdaut hätte. Aufgrund meiner Lebenserfahrung musste ich feststellen: Je intelligenter Menschen waren, desto häufiger schwiegen sie, weil es nichts Kluges gab, das noch nicht von jemandem ausgesprochen war, und so fühlten sie sich nur im Schweigen glücklich. Nach dieser Maxime hatten Isolde und ich die Jahre zusammen verbracht, und egal, was andere über uns dachten, wir führten eigentlich eine harmonische Ehe. Dass es in meiner Vergangenheit einen brennenden, unauslöschbaren Fleck gab, davon ist später vielleicht noch die Rede.

Ich zögere bei dem Wort *eigentlich*. Denn leider muss ich hinzufügen, dass meine Frau vor zwei Wochen zu ihren Eltern gefahren war, Herrn und Frau Puttkamer, die in Hamburg lebten, wo sie früher eine Buchhandlung geführt hatten. Felizitas hatte Isolde mitgenommen. Die Reise erfolgte nicht ganz freiwillig, sie war durch gewisse häusliche Unstimmigkeiten bewirkt worden, so hätte es vielleicht ein Scheidungsanwalt formuliert, Unstimmigkeiten, Reibereien, Zerwürfnissen, wie immer man es nennen mochte, an denen ich nicht ganz unschuldig war. In unserer Beziehung hatte es eine monatelange Abwärtsbewegung gegeben, wobei man wissen muss, dass ich über die sieben Jahre, die ich mit der einzigen Tochter der Puttkamers verheiratet war, meine durch und durch norddeutsch geräucherten Schwiegereltern in unfreundlicher Erinnerung bewahrte. Wenn ich ihr Backsteinhaus am Fischermannweg betrat, schlossen sie Isolde und Felizitas gefühlvoll in die Arme, empfingen mich jedoch mit einem schalen Lächeln und machten sich über die leichtlebigen Rheinländer lustig, denen ein Hamburger nicht trauen könne. Stets suchten sie nach einem Vorwand, um mich vor meiner Frau zurechtzuweisen.

Ich konnte es ihnen nicht recht machen und wurde, wenn ich einsilbige Gespräche mit ihnen führte, wobei ich mein Schweigen brach und mich zu einer gezwungenen Mitteilsamkeit aufraffte, nie den Verdacht los, dass sie Groll gegen mich hegten, weil ich ihr einziges Kind ins Rheinland entführt hatte. Die beiden waren mittlerweile hoch in den siebzig, doch statt Altersmilde zu zeigen, wurden sie mir gegenüber zu starrsinnigen Verschworenen und empfingen mich jedes Mal mit einem Vorwurf, der mich nicht oder selten persönlich treffen konnte. Sei es, dass es neuerdings in der Kölner Altstadt so unsicher war, dass niemand sich nachts dorthin wage, oder dass die Schadstoffbelastung nirgendwo in Deutschland so hoch sei wie am Dom, oder dass ich Isolde nicht mit dem Respekt behandelte, der ihr als Mutter ihres süßen Enkelkindchens Felizitas gebühre. Was hatten sie nur gegen mich, außer, dass ich ihre Tochter geheiratet hatte?

Felizitas sei Papis kleiner Liebling, der sich alles erlauben dürfe. »Daddys verhätschelter Darling«, pflegte auch Isolde mit süßsaurem Lächeln im Hamburger Familienkreis zu verbreiten. Ich setzte mich beharrlich zur Wehr und behauptete, unser Töchterchen mit eherner Gerechtigkeit zu erziehen, wie auch ich von meinem Vater erzogen worden war. Weder das eine noch das andere mochte stimmen. Doch ein eigentümlicher Aspekt trat hinzu, der mir sehr ungelegen kam. Wenn ich am Wochenende mit Isolde und Felizitas zum Rehpark im Kölner Stadtwald zog, im Schatten einer Buche eine Wolldecke auf der Holzbank ausbreitete und unseren Imbiss auspackte, blieben einige Spaziergänger stehen, rühmten jedoch nicht die Mutter mit Sätzen wie »Ach, was haben Sie für ein goldiges Mädchen!«, sondern riefen: »Dem Papa wie aus dem Gesicht geschnitten.« Wenn ich ungläubig zurückfragte: »Woran wollen Sie das denn erkennen?«, verwiesen sie auf Felizitas graugrüne Augen, die bei Sonnenschein ins Blaue changierten, oder zeigten auf ihre Nase, die für ein zierliches Kindergesicht tatsächlich ein wenig groß war. »Ein Zeichen von Intelligenz«, hatte ein älterer Herr sogar einmal gelobt, was Isolde nicht als Kompliment auffassen wollte.

Eines Morgens durfte ich mich allerdings glücklich geschlagen geben. Am Vorabend hatte Isolde dem Kind erlaubt, die Nacht ausnahmsweise zwischen uns im Ehebett zu schlafen. Morgens lag Felizitas auf dem Rücken und hatte im Schlaf die Beine übereinander gekreuzt. Isolde hatte mir stumm zugelächelt. Denn auch ich schlief stets auf dem Rücken und hatte die rechte Wade über das linke Schienbein geschoben. »Vaterschaftstest bestanden!« hatte Isolde gespottet. Wir beide fingen gleichzeitig an zu lachen, es war ein Moment wortlosen Einverständnisses, und aller Zwist, der am Vorabend zwischen uns bestanden haben mochte, löste sich in Wohlgefallen auf. Wir umarmten uns und lagen ein paar Minuten regungslos da, hielten uns bei den Händen und fühlten uns im Einklang wie in unserer Verlobungszeit.

Schon kam mir der friedfertige Gedanke, die nächsten Ferien mit Isolde irgendwo in Frankreich zu verbringen, zum Beispiel auf der Dordogne im Kanu zu paddeln, worum sie mich gebeten hatte, oder am nächsten Wochenende mit ihr nach Kassel zu fahren, wo es angeblich ein berühmtes Gemäldemuseum gab.

»Wir sind bei meinen Eltern zum Abendessen eingeladen«, erinnerte ich sie statt dessen. Und bedauerte es schon im nächsten Moment. Die gelöste Stimmung war wieder dahin.

»Ach, nee, hatte ich schon halb vergessen.« Sie warf ärgerlich die Bettdecke von sich, stand splitternackt vor dem Fenster, jeder konnte sie von draußen beobachten. Es kümmerte sie nicht. »Du weißt, sie kann nicht mehr richtig sehen, Thomas. Es ist eine Zumutung, was sie ihren Gästen vorsetzt. Beim letzten Mal ihr Filet Mignon. Sie hat es fertig vorbereitet im Supermarkt gekauft, braucht es nur ein paar Minuten in die Mikrowelle zu schieben. Aber nein, sie schmeißt es in die Pfanne und brät es noch einmal durch, und dann kommt's zäh wie eine Schuhsohle auf den Tisch.«

»Ja, sie sieht nicht mehr richtig ...«, entschuldigte ich meine Mutter.

»Nein, sie ist nur zu eitel, um in der Küche eine Brille aufzusetzen«, schnitt Isolde mir das Wort ab und bekam vor Entrüstung kleine Falten in den Augenwinkeln. Das Gespräch geriet ins Stocken.

»Du wirst es schon überleben«, beruhigte ich sie schließlich, stemmte mich aus dem Bett, legte ihr den Arm um die Schulter und zog sie vom Fenster fort, warf einen Blick zum blauen Himmel, wo man keine Sterne sah, und dachte daran, dass ich als Junge von meiner Tante Imelda ein Buch über Sternenkunde zu Weihnachten geschenkt bekommen hatte. Vielleicht war im Buchladen nichts Geeignetes zur Hand gewesen. Doch ich hatte es mit Heißhunger verschlungen und für ein Jahr vorgehabt, später einmal Astronom zu werden, obwohl mir das Weltall, wenn ich nachts hinein starrte und seinen Grund suchte, wie ein gruseliges schwarzes Loch erschien. Gott sei Dank war ich bei Perrault und seinen Märchen gelandet.

Felizitas wachte auf, wischte sich das Schlafmännchen aus den Augen und rief freudestrahlend: »Oh, Mami hat rosa Popöchen und ne blaue Warze.« Mit der gleichen unbefangenen Begeisterung hatte sie mir, als ich vor drei Wochen den Zoo besuchte, das Hemd aus der Hose gezerrt, weil ich ihr keine Aufmerksamkeit schenkte, und so laut gerufen, dass alle anderen Besucher des Pavianfelsens es hörten und lachten. »Guck mal, Papa, Affen mit rotem Popöchen!« Isolde hatte sich verlegen lächelnd umgeschaut und auch jetzt legte sie verlegen die Hand auf ihre Pobacken, während ich zuerst schallend lachte und ganz entspannt tat, dann jedoch Felizitas verstohlen ein Zeichen machte, sie solle nur ja still sein. Mama wolle das nicht hören. Die Kleine nickte brav und legte den Zeigefinger auf die Lippen. In der Wohnung über uns bollerte eine Wasserspülung. Das Geräusch störte den Zwiegesang, den ich mit meinem Töchterchen führte. Wie bald wird sie erwachsen sein, dachte ich verwirrt.

Aber ich gestehe, auch die Beziehung zwischen der Verlagsleitung und mir hatte sich in den letzten Monaten eingetrübt, wie ein Sommerhimmel sich allmählich mit Regenwolken bezieht. Vielleicht war Herr Kindermann mit dem Verkaufserfolg der französischen Märchen unzufrieden, und da mir seine schlechte Laune nicht verborgen blieb, sah auch ich auf längere Sicht keinen Sinn in meinen Übersetzungen. Ein Kinderbuchverlag, der jederzeit von Pleite bedroht war, weil die neuen Medien dem Büchermarkt das Wasser abgruben, obwohl die ehrwürdigen Zeitungen nicht müde wurden, dem traditionellen Buch eine hoffnungsvolle Zukunft vorauszusagen, wenn mir das alles durch den Kopf wirbelte, wurde mir unwohl bei dem Gedanken, dass meine Alterssicherung und die Sicherheit meiner Familie von Monsieur Perrault abhingen, um dessen Popularität es in Deutschland noch immer schlecht stand. Hinzu kam, dass Isolde sich vernachlässigt fühlte, weil ich den ganzen Tag in meinem Arbeitszimmer am Computer saß, hinter einem Wall von Nachschlagewerken verschanzt, dem *Petit Robert* und einem vierzig Jahre alten *Petit Larousse* neben dem großen Handbuch der Zitate.

Ich hatte die Nachschlagewerke wie einen Verteidigungswall um mich errichtet, der mich auch gegen Felis unartiges Plärren und Isoldes Popmusik in der Küche schützte. Oft kämpfte ich mich jetzt mit Widerwillen durch das ständig nachwachsende Gestrüpp der französischen Umgangssprache und musste den Duden oder Brockhaus nach vergleichbaren Wortbildern durchforsten. Manchmal ging meine Frau mit Felizitas in die *Konditorei Meckie* an der Straßenecke oder in eine Kindervorführung der Kölner Puppenspiele am Eisenmarkt, während ich einen Ausweg aus dem Dickicht der kapriziösen Wortbildungen des Monsieur Perrault suchte, der sich nicht scheute, auf die griechische Mythologie zurückzugreifen, als müsse jeder Leser sich darin auskennen. Wie gern hätte ich *Meine Mutter, die Gans* in die Ecke gepfeffert und meine Frau und Tochter begleitet, doch die Übersetzungen fraßen mich auf.

In den letzten Wochen hatte ich einige Merkwürdigkeiten an Isoldes Verhalten wahrgenommen, ihnen aber aus Gleichgültigkeit keine Bedeutung beigemessen. Beispielsweise packte sie Reiseprospekte für Südfrankreich, die sie mir bisher dringend empfohlen hatte, nicht nur zum Kanupaddeln, sondern auch von der UNESCO als Biosphärenreservat anerkannt, schweigend in ihre Einkaufstasche, um vielleicht eine Einzelreise für sich zu buchen. Oder dass sie plötzlich zwei Handys benutzte, das zweite geheimniskrämerisch vor mir verheimlichte und nie in meiner Gegenwart benutzte. Auch abends beim Fernsehprogramm drifteten unsere Vorlieben auseinander. Während ich mir auf *arte* einen Ingmar-Bergman-Film anschaute, saß sie im Zimmer nebenan und tippte in ihren Computer. Oder wenn ich sie ins Wohnzimmer rief, weil ich auf ARD einen spannenden Krimi gefunden hatte, rief sie mit einer Spur Überdruss in der Stimme zurück, sie käme gleich, erschien dann jedoch mit

Verspätung oder sogar mit deutlichem Achselzucken, als täte sie es einzig und allein mir zuliebe.

Vielleicht ginge ich zu weit, wenn ich alle Schuld auf mich nahm, weil meine verbissene Übersetzungsarbeit und die strikte Befolgung des Schweigegebots die spontane Freude aus unserem Zusammenleben verbannte und Isolde allmählich den Atem abschnürte.

Aber wahrscheinlich hatte sie recht, wenn sie sich über mich beklagte, dachte ich bedrückt, als ich jetzt in meinem ehemaligen Jungenzimmer lag, nicht einschlafen konnte und in der Dunkelheit vor mich hin starrte. Lange überlegte ich, ob ich in Hamburg anrufen und ihr von Vaters unerklärlichem Verschwinden erzählen solle. Bestimmt würde es auch mich erleichtern, wenn sie einige Trostworte fände. Doch um drei Uhr nachts, so spät war es mittlerweile geworden, hätten meine Schwiegereltern mich ans Kreuz genagelt und wutentbrannt den Hörer auf die Gabel geschmissen, ohne Isolde zu wecken. Wenn aber wider Erwarten Isolde ans Telefon ginge, würde auch sie mich anfauchen, ob ich verrückt geworden wäre, sie aus dem Bett zu klingeln. Bevor sie mit Felizitas nach Hamburg gefahren war, hatte sie mir an den Kopf geworfen, zwischen ihr und mir stimme die Chemie nicht mehr, hatte genau den banalen Ausdruck benutzt, den mein Vater für Unsinn erklärte. Aus dem Labyrinth des Perraultschen Fantasievokabulars gerissen, hatte ich geknurrt, mit so einem unvernünftigen Begriff könne ich nichts anfangen. Menschliche Beziehungen ließen sich nicht auf einen chemischen Prozess reduzieren. Das letzte hatte ich ihr entnervt ins Gesicht geschleudert.

Natürlich hatte Isolde sich nun erst recht verhöhnt gefühlt und wortlos das Mittagessen serviert. Ich hatte versucht, sie wieder versöhnlich zu stimmen, und das Hühnerfrikassee und den Krabbenspinat gelobt, genau wie ich es gern aß. Isolde hatte mein Lob wortlos entgegengenommen, die Augen auf den Teller gerichtet, die Stirn zornumwölkt. Felizitas hatte gespürt, dass ein Unwetter aufzog, war nicht auf ihrem Stuhl herumgehopst, sondern hatte brav den Teller leer gegessen. Nach der Mahlzeit war meine Frau mit unserer Tochter im Schlafzimmer verschwunden, und während ich mich weiter konzentriert in die Märchenwelt der *Mutter Gans* vertiefte, in ihre Schelmensprache, ihre Spiegelfechtereien, ihre Kapriolen und kindlichen Betrügereien, hatte meine Frau die Koffer gepackt und war davongerauscht, hatte mir in der Tür nur noch knapp zugerufen: »Du kannst mich in Hamburg erreichen.« Das war zwei Wochen her. Ich hatte mehrmals versucht, mit ihr zu sprechen. Doch ans Telefon war jedes Mal ihr Vater gekommen und hatte behauptet, Isolde sei ausgegangen und mit der Kleinen in der Stadt unterwegs.

Nur ein einziges Mal war es mir gelungen, sie an den Apparat zu locken und hatte mich in einer Sprache, die mir im Vergleich zu den fröhlichen Versen, mit denen ich sonst zu tun hatte, gehemmt und gezwungen erschien, mit ihr über Feli unterhalten. Zunächst klingelte und gurrte und zwitscherte es ausgiebig auf der Anrichte, wo bei den Puttkamers das Telefon stand. Dann durfte ich mir zehn Minuten Isoldes spröde, ins Norddeutsche zurückverfallende Stimme anhören, und zwar, weil sie mich wegen der Kita-Gebühren sprechen wollte, die demnächst fällig würden. Doch zunächst hatte sie sich beschwert, dass ich ständig unerreichbar sei, sobald sie das Stichwort Geld in den Mund nähme. Bestimmt hatte sie während der Eingangssätze mit ihren perfekt manikürten Fingern einen nevösen Trommelwirbel auf dem Telefonbuch veranstaltet. Zumindest hörte es sich so an. Während ich verzweifelt an meinen Abgabetermin bei Kind & Kram dachte, genoss sie ihre Paraderolle und spielte die illusionslose Gattin mit sieben frustrierenden Ehejahren. Für mich war es eine schonungslose Ernüchterung, wenn ich ihren verbissenen Monolog über mich ergehen ließ.

»Manchmal fühlt es sich an, als ob man mit Falschgeld spielt«, klagte sie soeben. Der ungewohnte Satz drang in mein Ohr. Erschrocken versuchte ich Isolde zu erklären, ich säße gerade am Schlusskapitel einer neuen Märchensammlung, diesmal von einer Madame *Leprincen de Beaumont*, die selbst ein Experte wie ich nicht einmal dem Namen nach kannte. Ich würgte mir noch die Bemerkung heraus, die Welt verdanke ihr das hundertfach verfilmte Märchen *La Belle et la Bête*, das wir doch eines Tages mit Felizitas besuchen könnten. Zum Schluss teilte ich Isolde mit, ich würde für ein paar Tage zu meinen Eltern ziehen, sobald ich die Schöne und ihr Biest erledigt hätte, und zwar mit dem gleichen Recht, das sie sich herausnahm, als sie sang- und klanglos die Tür ins Schloss knallte und nach Hamburg abrauschte. Keiner Schuld bewusst antwortete meine Frau: »Aber Hamburg ist ja nun auch wahrhaftig etwas total anderes. Wie kannst du das vergleichen? Wenn du zu deinen Eltern ziehst, ist es eine feige Flucht aus der Verantwortung. Wenn ich nach Hamburg fahre, geschieht es, um dort endlich eine dringend benötigte Seelenkur zu machen. Und denk doch bloß mal an deine Tochter«, fiel ihr zum Schluss ein, »die demnächst in Köln mit dem Ballettunterricht anfangen soll.«

Von diesen Plänen war mir bisher nichts bekannt. Doch ich schwieg. Der Zusammenhang zwischen Ballettunterricht und Isoldes Flucht nach Hamburg mochte mir zwar nicht einleuchten, doch erschien mir der Plan wie ein erstes Zeichen von Reumütigkeit. Es war ein gutes Omen, dass Felizitas demnächst wieder ihre Kölner Kita besuchen würde und dort ihre ersten Tanzschritte beigebracht bekam. Doch plötzlich hatte Isolde mir durch das Telefon fast das Ohr abgebissen und in die Muschel geschrien: »Felizitas hat gestern ins Bett gemacht. Hörst du? Zum ersten Mal, du Ungeheuer. Das hat sie noch nie gemacht. Deine Tochter ist neuerdings eine Bettnässerin. Da kannst du stolz darauf sein. Gott sei Dank haben meine Eltern es nicht gemerkt, weil ich mich allein um das Kinderzimmer kümmere. Aber sie ist nur wegen dir zur Bettnässerin geworden, weil du mit deinem ständigen Nörgeln das arme Kind völlig verstört hast. Sie quengelt den ganzen Tag. Sie schmollt und macht mir das Leben schwer.«

»Vielleicht hat es mit dem Ortswechsel zu tun«, wagte ich einzuwerfen, »Ich meine, weil sie jetzt ihr gewohntes Zuhause vermisst und sich bei deinen Eltern doch nicht so wohl fühlt wie in Köln, trotz meines Nörgelns.«

Schon war der Kampf um die psychologische Deutungshoheit neu entbrannt, bis Isolde den Hörer aufknallte und ich wie ein Häufchen Elend auf unserer Fernsehcouch sitzen blieb. Einen Tag später hatte ich Ernst gemacht und war mit Sack und Pack bei meinen Eltern angerückt.

Wahrscheinlich graute schon der Morgen, als es mir endlich gelang, die Augen zu schließen. Mein letzter klarer Gedanke, soweit ich mich erinnere, umschloss den Wunsch, im Traum endlich einmal Isolde zu begegnen. Es war traurige Wahrheit, dass ich nie von ihr geträumt hatte, und ich hätte einen Wahrsager oder Traumdeuter aufsuchen müssen, um mir Klarheit zu verschaffen. Wäre ich auf die Idee gekommen, ein Tagebuch des Schlafs zu führen und hätte eine Strichliste angelegt, auf der ich die unterschiedlichen Figuren festhielte, wäre mein Vater Spitzenreiter gewesen. Ihm begegnete ich an allen erdenklichen Orten, meistens in südländischen Städten, die ich nie besucht hatte, in riesigen, menschenleeren Hotelküchen und auf schwindelerregenden Ausflügen ins Hochgebirge, oder auf Spaziergängen durch den Stadtwald, stets spielte Vater die Rolle des strengen, fast unerbittlichen Befehlshabers, der dem sechs- oder siebenjährigen Kind, das neben ihm her trottete, Furcht einflößte.

Herr Kindermann, mein unbarmherziger Verleger, nähme auf der Strichliste bestimmt Platz zwei ein, und seit er mir angedroht hatte, das Kapitel Perrault zu schließen, tauchte er nur noch in der lächerlichen Uniform eines Weltraumpiloten auf. Manchmal stieg mein alter Lateinlehrer aus der Versenkung und hieß mich einen Text zu übersetzen, der eher litauisch oder mongolisch klang als Caesars *Bellum Gallicum* entnommen. Natürlich trat auch meine Mutter im Traum auf, doch ich muss sagen, sie hielt sich meistens im Hintergrund und nuschelte mir zwar liebevoll gemeinte, doch unverständliche Ratschläge zu. Nur Isolde fehlte komplett. Wie oft hatte ich gegrübelt, warum sie mich nie in der Nacht aufsuchte. War zwischen uns auch eine Traumsperre errichtet, die ich nicht zu überwinden vermochte? War ein Tabu über sie verhängt? Stand sie mir so nahe, dass ich ihre Gegenwart im Traum nicht nachzuformen brauchte? Oder strahlte sie so viel Ruhe und Sicherheit aus, dass ich in meinen Alpträumen einen weiten Bogen um sie schlug? Noch hatte ich darauf keine Antwort gefunden.

IV

Als ich nun, von Schlaflosigkeit zermürbt, zunächst die Mülltonne vor die Haustür gerückt hatte und mit dem *Stadt-Anzeiger* hinaufstieg, um in unserer Wohnung weitere Telefonate zu führen, wurde ich aufgehalten. Max Sonderburg kam mir auf der Treppe entgegen und musste mir unbedingt noch einmal erzählen, was ich bereits von Mutter erfahren hatte. Sein Anruf im Krankenhaus an der Kunibertkirche war leider ein Schlag ins Wasser gewesen. Die nette Telefonschwester habe auf seine Bitte sogar ein paar andere Kliniken angerufen, doch nichts Brauchbares zutage gefördert. Ich dankte Max für seine Bemühungen. Er war ein rüstiger Mann, ging aber selbst auf die achtzig zu.

Ich wusste, die beiden kannten sich aus Schultagen, brüsteten sich gern mit den verrückten Abenteuern, die sie angeblich in ihrer Kindheit erlebt hatten. Einmal hatte mein Vater beim Indianerspiel aus weichem Haselnussholz einen Speer geschnitzt, ihn Max im Scherz nachgeworfen und ihn so unglücklich getroffen, dass die Spitze des Geschosses zu beider Entsetzen genau in die Kniekehle stecken blieb. Gottlob hatte der Speer wie durch ein Wunder keine bleibenden Schäden angerichtet. Ein andermal hatte der damals elfjährige Franz in einer Boxparodie den vierzehnjährigen Max so treffsicher in die Rippen geschlagen und wahrscheinlich seine Milz getroffen, dass der Freund ohne einen Mucks zusammengeklappt und platt wie eine Flunder auf dem Boden gelandet war. Ein drittes Mal hatte mein Vater Max an Karneval eine Schreckschusspistole so nahe vor dem Gesicht abgefeuert, dass ihm ein Stück Korken ins Auge geflogen war und er in der Klinik in der Josef-Stelzmann-Straße behandelt werden musste. Der Unfall war in dem denkwürdigen Jahr passiert, als der Blumengroßhändler Willibert Cramer

Prinz Karneval gewesen sei und die graue, verregnete Altstadt in ein mediterranes Blütenmeer verwandelt habe, erzählte mir meine Mutter, die den Böller aus nächster Nähe mitangesehen hatte.

Natürlich hatte Max sich revanchiert. Als er an einem eiskalten Januarmorgen freihändig neben meinem Vater durch den Stadtwald radelte, hatte er seinem Kumpan unverhofft den Lenker umgeschlagen, so dass mein Vater mit dem Gesicht über den Boden geschlittert war. Als er sich wieder aufrappelte und die Kieselsteinchen aus den Nasenlöchern pulte, beschwerte er sich, bei dem Sturz hätte er sich wahrscheinlich eine *doppelwandige Lungenempolie* zugezogen. Gott sei Dank hatte mein späterer Vater wegen der Polartemperatur drei Wollpullover übereinander getragen, so dass seine Rutschpartie glimpflich ausging. Doch der legendäre Ausspruch von der *Lungenempolie* war in die Annalen ihrer beider Jugenderinnerungen eingegangen. Bis zur mittleren Reife hatten die Freunde gemeinsam das Gymnasium in der Lotharstraße besucht. Dann war Max in eine Banklehre abgewandert und hatte sich im Lauf der Jahre zu einem Kundenberater der Kölner Sparkasse gemausert.

Jetzt hielt er mich am Rockärmel fest, der alte Übeltäter, und tat, als könne er kein Wässerchen trüben, sei nur voll Sorge um seinen Jugendfreund und warte darauf, weitere Suchaufträge übernehmen zu sollen.

»Hallo Thommy, oller Jungspund, ihr seid in Sorge. Das versteht man ja.« Er schlug mir leutselig auf die Schulter. »Was soll dem schon Schlimmes passiert sein? Hat doch auch den Zahnarzt blendend überstanden.« Max wusste immer auch den traurigsten Ereignissen einen freundlichen Aspekt abzugewinnen. Auch er hatte Vater vor zwei Tagen angeboten, ihn im Auto zum Kieferchirurgen zu bringen. Doch dieser hatte abgelehnt und sich wahrscheinlich davor gedrückt, als narkotisierter Zahninvalide aus dem Behandlungsraum zu wanken und dem Freund unter die Augen zu treten. »Und was sagst du deiner Mutter? Sie soll sich nicht verrückt machen lassen.

Das meint auch meine Uschi. Also meldet euch, wenn ihr mich braucht.« Dabei klopfte er mir noch einmal auf die Schulter und genoss den kurzen Aufenthalt auf dem Treppenabsatz, um Luft zu schnappen.

Mit Uschi war seine Frau gemeint, die als junges Mädchen Ursula Gerlinger geheißen hatte. Alle vier, die beiden Frauen, die inzwischen siebzig Jahre waren oder kurz davor standen, und die beiden Männer kannten sich seit vielen Jahren, hatten in der Kinderzeit wechselseitige Liebschaften gepflegt, sie später aufgelöst und überkreuz neu geknüpft. In der Nachkriegszeit hatten sie in den verwilderten Gärten der Hausruinen eine Abenteurergemeinschaft gebildet, sich im Keller eines ausgebombten Hauses getroffen und sich verwegene Indianerspiele ausgedacht. Im herrenlosen Gelände hatten sie sogar einen langen Stollen gegraben und darin Weihnachten gefeiert, mit einem Adventskranz und vier roten Kerzen, die sie in der Drogerie des gichtlahmen Fräuleins Lederbaum gemopst hatten. Alle waren sich einig gewesen, dass sie sich gegen ihre Feinde verschwören müssten, die Baggerführer und Bauarbeiter, die eines Tages die zerstörten Häuser mit schwerem Gerät abzutragen begonnen hatten.

Uschi Gerlinger hatte Max später geheiratet und wohnte mit ihm im Appartement über uns. Tag für Tag musste ich als Junge das Rumpeln ihres Heimtrainers ertragen, den sie über meinem Zimmer aufgestellt hatte. Meine Mutter war eine geborene Ursula Maulbeer, als junges Mädchen stets zu UM verkürzt. Wie sie mir erzählte, hatte es neben der heutigen Uschi Sonderburg, damals kurz UG genannt, auch eine UH gegeben. Hinter dem Kürzel verbarg sich eine Ursula Helbig, die heute in der Südstadt einen Friseursalon für Hunde betrieb. Obwohl die drei Frauen keine Verbindung zueinander unterhielten und die Jugend als fernes Archipel betrachteten, zu dem sie nie mehr zurückkehren würden, lebten sie in der Erinnerung der beiden Männer fort, als seien sie immer noch zwölf Jahre alt, blond, schlank, Schabernack in den Augen, ständig durcheinander plappernd, ein sprudelnder Jungbrunnen der beiden Pensionäre, die sich im Treppenhaus oft über ihre Jugendsünden amüsierten. Es erschien mir bizarr, und doch war es eine Tatsache, dass alle drei Mädchen Ursula hießen, kein Zufall in der Stadt Köln, die sich seit tausend Jahren rühmte, die Gebeine der in ganz Europa verehrten Heiligen zu hüten.

V

Allmählich gewann ich den Eindruck, dass Max mir im Treppenhaus auflauerte. Statt an unsere Wohnungstür zu klopfen und sich noch einmal zu erkundigen, ob ich weitere Telefonate geführt und Neues erfahren hätte, zog er es offenbar vor, mich draußen abzufangen, wenn ich das Haus verließ. Als ich mich zehn Minuten später zur nächsten Polizeiwache aufmachte, sie lag in der Stolkgasse, trat er mir wie zufällig entgegen und tat, als hätten wir uns seit undenklichen Zeiten nicht gesehen. Es war beängstigend, mit welchem Nachdruck er mich wieder am Ellbogen festhielt, obwohl ich in Eile war. Dabei hatte ich absichtlich bis neun Uhr gewartet, weil ich annahm, dass auch die Polizeibeamten erst in die Gänge kommen mussten, Kaffee kochten, die über Nacht eingegangenen Katastrophenmeldungen in einem Aktenordner ablegten und die Ergebnisse der Bundesligaspiele besprachen, bevor sie sich dem unbequemen Publikumsverkehr widmeten.

»Aber zur Stolkgasse willst du, mein Junge? Soll ich dir mal den Weg beschreiben? Erst Richtung Ursulakirche. Du kennst sie ja, hinterm Hauptbahnhof, und von da aus ...« Ungeduldig raunzte ich ihn an, ich würde mich in der Altstadt genau so gut auskennen wie er. Immerhin sei ich am Kunibertsklösterchen zur Welt gekommen. Max fasste mich argwöhnisch ins Auge, als habe er einen ortsunkundigen Ausländer vor sich. Seine Umständlichkeit ging mir an diesem Morgen mächtig auf die Nerven.

»Ja, Vater muss etwas passiert sein Er kann sich ja schlecht in Luft aufgelöst haben«, sagte ich so heftig, dass er erschrocken einen Schritt zurückwich. Sogleich ergriff ich seine Hand und drückte sie stumm, um mich für meine Ungeduld zu entschuldigen.

Trotz seiner neunundsiebzig Jahre ging Sonderburg, oder Onkel

Max, wie ich ihn seit meiner Kindheit nannte, stets aufrecht durchs Treppenhaus. Er war eins achtzig groß, aber da er sich bolzengerade hielt, wirkte er neben mir, und auch ich bin eins achtundsiebzig, wie ein Riese. Im Lauf der Jahre hatte sich sein Haar ausgedünnt. Nur einige schlohweiße, spinnwebfeine Strähnen liefen ihm über den Schädel. Wie meine Mutter mir erzählte, war er früher ein geselliger, allerdings auch bärbeißiger Mensch gewesen, der mir, als ich sechs oder sieben alt war, mit todernster Miene Schauergeschichten erzählte, die er hinterher, wenn mir vor Schreck das Herz stockte, mit brummigem Lachen für ein Lügenmärchen erklärte, um kleine Ganoven wie mich Mores zu lehren.

Später war er allerdings wirklich ein Knurrhahn geworden, launisch, verschlossen, unwirsch, mit der Menschheit zerfallen, und verstand keinen Spaß mehr. Manchmal kam es mir vor, als mache er es anderen Leuten zum Vorwurf, dass ihn inzwischen das Alter ereilt hatte, trotz aller Spaziergänge und Joggingläufe. Die Jahrzehnte schienen ihn wie eine ungerechte Strafe zu drücken. Heute hörte ich mir keine Schauergeschichten mehr an, doch gelegentlich diskutierten wir über politische Themen, wobei er mit seinem guten Gedächtnis glänzte. Allerdings endeten unsere Debatten meist damit, dass er mich abkanzelte, ich sei noch viel zu jung, um die Menschen zu beurteilen. Jemand wie er, der die Politik seit fast siebzig Jahren aufmerksam verfolge und ihre Grausamkeiten manchmal am eigenen Leib erlitten habe, brauchte sich keine neunmalklugen Ratschläge von jemand anzuhören, der dem Märchenalter noch nicht entwachsen sei, und damit spielte er natürlich auf unseren Kinderbuchverlag an und machte sich das abfällige Urteil meines Vaters zu eigen.

Stets war mir seltsam vorgekommen, wie das Uhrwerk seiner Bewegungen ablief. Erst setzte er, wenn er zu sprechen begann, mit seinen gepflegten Händen die Brille ab, hauchte auf die Gläser, rieb sie mit dem Taschentuch sauber, setzte das Gestell zurück auf die Nase, und zwar genau in die Delle hinter dem Nasenhöcker, wo sie seit

Jahren gebettet war, und erst anschließend warf er mir einen prüfenden Blick zu, ob ich würdig sei, dass er mit mir spräche. Das alles geschah absolut stumm, als hätten wir ein stillschweigendes Einverständnis getroffen, dass er durch die sorgfältige Reinigung der Brillengläser auch seine Gedanken, seinen Wortfluss, seine Gesprächsdynamik filtere. Eigentlich war es mir stets ein bisschen unheimlich vorgekommen, seine Bewegungen zu verfolgen, als hätte ich es mit einem Roboter zu tun, der den gleichen Herrenanzug trug wie Onkel Max und genau so aussah wie er. Es blieb nicht aus, dass unsere Freundschaft allmählich zu einem angespannten Verhältnis wurde, und auch jetzt, als Onkel Max mich am Ellbogen festhielt, standen wir uns einen Moment fast feindselig gegenüber, bevor ich mich mit einem gezwungenen Lachen von ihm frei machte und die Treppe hinunter sprang.

Während ich am Rhein entlang in Richtung Dom eilte, überlegte ich, worauf sein sonderbares Verhalten beruhte. Er gab sich gern als deutsche Eiche, kerngesund und aufrecht stehend. Konnte es sein, dass er sich insgeheim unsicher fühlte und bei mir eine Art Stütze suchte? Dabei lag das Missverständnis darin, dass er immer wieder versuchte, mich in seine alte, versunkene Welt der Erinnerungen zu locken, als sei nur dort die Wirklichkeit zu finden. Wenn er mich im Treppenhaus oder auf der Straße ansprach, wartete ich förmlich darauf, dass er Vorväter mit mehlbestäubter Perücke, den fritzianischen Zopf hüftlang geflochten, aufmarschieren ließ. Ich meinte bereits, Hufgetrappel auf Kopfsteinpflaster zu vernehmen oder eine drückende Julihitze zu spüren, weil er die Panzerschlacht von Kursk nachstellte, die größte Schlacht aller Zeiten, bei der, wie Onkel Max nicht müde wurde zu erzählen, sein Lieblingsonkel Ferdinand gefallen war. Mit solchen Ereignissen, denen ich nichts entgegenzusetzen hatte, fertigte Max mich ab. Wenn ich ihm ausnahmsweise widersprach, ihm Fakten und Zahlen auftischte und an die dramatischen Ereignisse das rechte Winkelmaß anlegte, fletschte er sich die

Hosenträger so heftig gegen die Brust, dass es knallte, wischte sich mit der flachen Innenhand über die wenigen weißen Haarsträhnen, als bedeute es »Gespräch beendet, mein Junge« und drehte gekränkt ab. Nur meinem Vater gegenüber behielt er seine kameradschaftliche Offenheit. Wenn sie bei uns im Wohnzimmer bei einem Obergärigen zusammen saßen, war Max wie umgewandelt, in schöne Jugenderinnerungen getaucht, und schien sich am Glanz früherer Siege zu erwärmen.

Natürlich hatten sie später auch Erlebnisse geteilt, die wichtiger oder einprägsamer waren als die Abenteuer der Jugendjahre. So waren beide 1963 zum Spanischen Bau gezogen und hatten sich zu zehntausend Kölnern gesellt, die auf dem Vorplatz voll Spannung die Rede des umjubelten Präsidenten Kennedy hörten, ein Erlebnis, das im Nachhinein zur Unvergesslichkeit verklärt wurde, als der Staatsmann keine fünf Monate später irgendwo in Texas einem Mordanschlag zum Opfer fiel. Der Besuch Kennedys in Köln, der für mich eine ferne historische Fußnote bedeutete, fiel mir wieder ein, als ich mich auf dem Weg zur Stolkgasse dem Rathaus näherte, wo der Amerikaner damals seine Ansprache gehalten hatte.

Mir war unwohl bei dem Gedanken, eine unbekannte Polizeistation aufzusuchen, deren Adresse ich mir aus dem Telefonbuch herausgesucht hatte. Der Gedanke, misstrauischen Beamten das Verschwinden meines Vaters erklären zu müssen, lag mir schwer im Magen. Mein sesshafter Beruf hielt mich Gott sei Dank kilometerweit von der Polizei fern. Ich hatte keine Erfahrung im Umgang mit ihr, hatte in vielen Jahren nicht einmal als Autofahrer eine gebührenpflichtige Verwarnung bekommen und kannte Kriminalkommissare eigentlich nur aus den Tatort-Filmen, die ich mir manchmal ansah. Vielleicht war es ratsam, zunächst eine andere Suchaktion vorzuschalten, wodurch sich der Besuch auf der Polizeiwache erübrigte. Mir fiel Vaters Zahnchirurg Dr. Meyerling ein. Sollte ich noch einmal bei ihm vorsprechen? Natürlich war die Hoffnung abwegig, ich würde dort eine Nachricht von ihm vorfinden. Doch vielleicht hatte der Arzt einen Trost für mich zur Hand, oder rückte sogar mit einem Hinweis heraus, wohin sein Patient gegangen sein konnte. Sobald ich einmal kehrtgemacht und mich entschlossen hatte, statt in die Stolkgasse zu laufen, den Weg zur Privatklinik am Hohenzollernring einzuschlagen, festigte sich meine Erwartung zu der wahnhaften Vorstellung, mein Vater habe gestern Nachmittag Dr. Meyerling noch einmal kontaktiert und über unerträgliche Schmerzen geklagt. Vielleicht hatte der Chirurg eine Vereiterung des rechten Oberkiefers befürchtet und seinem Patienten empfohlen, zur genauen Untersuchung die städtische Zahnklinik aufzusuchen und dort eine Nacht zu verbringen.

Aber was sollte mit Vater passiert sein? Wie sollte ich meine Frage formulieren, ohne an die Empfindlichkeiten des Privatdozenten zu rühren? Hatte der Patient sich gestern kurz nach vierzehn Uhr wohlgemut hinter das Steuer geklemmt, den Sitz verschoben, seiner Beinlänge angepasst, probeweise den einen Fuß zum Gas, den anderen zur Bremse ausgestreckt, war behutsam in den Seitenspiegel schauend rückwärts aus der Garage gesetzt, hinein in die Hitze und den goldenen Sonnenschein des frühen Nachmittags, hatte sich den Stadtplan, der links in der Seitenfalte der Karosserieverkleidung steckte, auf die Knie gelegt und sicherheitshalber den Weg zum Hohenzollernring gesucht? Meiner Mutter war eingefallen, dass sie gestern Mittag auf der Straße vor unserem Haus einige Fehlzündungen gehört hatte. War das mein Vater gewesen, als er sich vorsichtig in den Verkehr eingefädelt hatte? Im Rückspiegel konnte er Entfernungen schlecht einschätzen, hatte er mir vor einiger Zeit anvertraut. Vielleicht war es eine Folge des Alters. Es gab aber auch Straßenarbeiten an der Frankenwerft, wo wir wohnten. Der Bürgersteig wurde durch Pflasterung verbreitert, rund um die vertrockneten Akazienbäumchen war neuerdings strikter Naturschutz angesagt. Die Zahl der Parkplätze, die für die Anwohner reserviert waren, wurde ohne Befragung der Betroffenen auf die Hälfte verringert. Die Autofahrer sollten gefälligst zusehen, wo sie mit ihren Dreck-schleudern abblieben, hatte die Verkehrsdezernentin der Stadt gemeint. Eine Grüne natürlich.

»Die sollte man nach Grönland abschießen. Da gibt's keine Autos«, hatte mein Vater geknurrt.

»Rückwärts fährst du wie eine Schnecke«, hatte Mutter mehrmals abfällig kommentiert. Dabei fuhr sie selbst überhaupt nicht, besaß nicht mal den Führerschein. Wie die boshafte Tante Imelda mir ver-riet, war sie zwei Mal durch die Prüfung gerasselt. Ein dunkles Kapitel in ihrer Lebensgeschichte, über das sie ungern redete. Aber um ihren Mann zu kritisieren, brauchte sie keinen Führerschein.

Von unserer Straße, der Frankenwerft, quer durch die Altstadt zum Hohenzollernring, das war ein Fußmarsch von mindestens zwei Kilo-metern. Zeit genug, um mir die Szene auszumalen, die sich meinem Vater geboten hatte, als er zu Dr. Meyerling gefahren war. Aber nein, so konnte es nicht gewesen sein. So *durfte* es nicht gewesen sein, schrie ich meinen Vater in Gedanken an. Er konnte doch nicht einfach zum Zahnarzt fahren und sich hinterher irgendwohin verkriechen, ohne uns daheim Bescheid zu sagen. Wie sollte ich mir das vorstellen?

Aber auf dem halbstündigen Weg hatte ich alle Zeit der Welt, um mir die Kulisse noch weiter auszuschmücken, in der Vater sich gestern bewegt haben mochte. Die warme Luft hatte nach Teer ge-rochen, genau wie heute. Straßenarbeiter hatten neben der Walze gestanden und eine Zigarette geraucht, als er hier entlanggefahren war. Als er an ihnen vorbei war, hatte er wahrscheinlich das Fenster heruntergedreht und den Ellbogen hinausgestreckt, war vielleicht guter Dinge gewesen und hatte die Welt hinter sich gelassen, die verengte Welt der Erwartungen, die darauf abzielten, dass er gehor-sam die Mülltonne vor den Hauseingang rollte, dass er den Stadt-Anzeiger aus dem Briefkasten fischte und sofort wieder zu Mutter zurückkehrte, dass er sie um elf zum Supermarkt begleitete, ohne dass sie ihn fragen würde, ob er dazu Lust verspürte, oder dass Mutter ihn bat, Hamburg anzuwählen, um ein Wort mit Isolde zu wechseln, weil sie sich unbehaglich fühlte, mit meinen kühlen Schwiegereltern zu sprechen. Aber sie wollte unbedingt wissen, warum Isolde mit dem Kind abgereist, ob in meiner Ehe alles in Ordnung war.

Das wäre natürlich Vaters Aufgabe, der als Mann ein dickes Fell besaß und den unfreundlichen Puttkamers zur Not den Marsch blasen könnte. Mutter wusste, dass Felizitas neuerdings einen hübschen Hornreif im Haar trug, der mit bunten Pailletten übersät war, ein Geschenk von der Kölner Omi Ursula. Aber mochte sie den Reif? Trug sie ihn stolz oder lag er vergessen in einer Schublade? Auch das wollte Mutter am Telefon behutsam erfragen. Aber erst mal schöne Grüße an Frau und Herrn Puttkamer, nicht zu vergessen, damit die bei guter Laune sind! Es klänge wie eine Endlosschleife auf der Schallplatte. – Nein, ich wollte nicht ungerecht sein. Es war ja gut gemeint von Mutter.

An der Aachener Straße wäre Vater jedoch, statt zu Dr. Meyerling zu fahren, in den Zubringer zum Kölner Autobahnring gebogen, setzte ich meine planlosen Überlegungen fort, als ich den Hohenzollernring auf dem Zebrastreifen überquerte. Der Zubringer war logistisch unberechenbar, weil er in alle Himmelsrichtungen führte und einem Ausreißer ein Dutzend Fluchtoptionen anbot, die alle eins gemeinsam hatten: Freiheit, eine unendliche Zahl von Kilometern der Freiheit, eine Bewegung ohne Fremdbestimmung, auch ohne umständliche Vorausplanung. Er könnte es einfach dem Zufall überlassen, er würde nach Aachen durchstarten, nach Paris, sogar bis zu den Weinschlössern an der Loire, um sich an einem französischen Rotwein den Magen aufzukitzeln. Oder er könnte zum Flughafen Köln-Wahn fahren, wer sollte es einem korrekt gekleideten sechsundsiebzigjährigen Passagier verwehren? Er würde problemlos in eine Maschine nach Mallorca einchecken oder, warum nicht, einen Trip zu einer angesagten Hippiekolonie in Kalifornien buchen.

Mir war klar, dass mein Vater nicht beabsichtigte, nach Frankreich oder Amerika zu reisen. Vielmehr vermengten sich in meinen absurden Vorstellungen das eigene Schuldbewusstsein, weil mir mein Vater und seine Welt fremd geworden waren, und meine eigene Sehnsucht nach einem Urlaub in unbekannter Umgebung, Griechenland vielleicht oder Sizilien, und zwar einmal ohne Isolde und die Kleine, zu einem Wunschbild wurde, das ich auf meinen Vater projezierte. Nur eins war gewiss: Nach zwei Stunden würde er den Blinker einschalten, rechts ran fahren, auf einem menschenleeren Parkplatz halten, und wenn er dort kein Toilettenhäuschen fand, diskret im Gebüsch Wasser lassen. Länger konnte er dem Blasendruck nicht standhalten. Und auf noch etwas könnte man sich verlassen: Er nahm unterwegs keine Tramper mit, nicht mal junge Frauen, weil sie meistens einen halbstarken Begleiter so lange versteckten, bis der ahnungslose Fahrer sein Auto stoppte und den Wagenschlag öffnete. Das wusste Vater. Und noch etwas hatte sich in seinem Bewusstsein festgesetzt. Der Spruch: Frage nie eine Frau nach dem Weg oder der Uhrzeit. Frauen lügen immer.

Inzwischen war ich am Ziel angelangt und nahm den Fahrstuhl zur zweiten Etage, wo Meyerlings Zahnklinik lag. Vor der Glastür, auf der in Großbuchstaben sein Namenschriftzug eingeätzt war, blieb ich stehen, blickte ins Wartezimmer, zählte die Stechpalmen ab, ebenso die Paradiesvogelblumen aus Plastik, die ihre Stängel aus blauen Keramikvasen reckten, und fühlte mich plötzlich so hilflos, als drohe mir selbst eine Kieferoperation. Hätte doch nur mein Vater seine Wortkargheit, seine Gleichgültigkeit mir und Mutter gegenüber abgelegt, dann hätte ich jetzt wenigstens einen Anhaltspunkt, ob er tatsächlich den Kieferchirurgen aufgesucht hatte oder in eine andere Himmelsrichtung gezogen war. Aber er schien das Alleinsein, die Einsamkeit zu genießen, selbst wenn er mit uns zusammen am Tisch saß, sein Essen in sich reinschaufelte und mit doppeldeutigem Lächeln vor sich hinschwieg, eine angenehme Erholung ohne

Druck, ohne Verpflichtung zum Alltäglichkeitsgespräch mit seiner Frau. Bestimmt hatte mein Vater, falls er mit dem Auto das Weite gesucht hatte, schon auf dem ersten Parkplatz eine Zigarette geraucht. Der Hausarzt hatte ihm den Tabakgenuss streng verboten, weil er an hohem Blutdruck litt. Seit einem Jahr hatte er sich an das Verbot gehalten, doch ständig gemault, dass die perversen Ärzte alles verböten, was einem alten Mann das Leben noch schön mache. Jetzt nahm er sich bestimmt die Freiheit, dem Gebot unseres bewährten Hausarztes zuwiderzuhandeln. Und es gab ein drittes, worauf man sich verlassen konnte: Aus Trotz und auch aus Vorsicht riefe er nicht daheim an, sprach nicht mit Mutter, verriet ihr nicht, wo er gerade parkte und rauchte, sagte ihr nicht, dass er nur eben ihre Stimme hören wolle. Denn Mutter würde es ihm nicht leicht machen, sich auf ein angeborenes Freiheitsverlangen des Mannes zu berufen.

Da ich unangemeldet in Meyerlings Praxis kam, musste ich erst endlose bürokratische Verzögerungen über mich ergehen lassen. Die Empfangsdame trug auf dem Kopf ihr blütenweißes gestärktes Schwesternhäubchen mit der Würde einer gekrönten Herrscherin. Obwohl sie mich von vorhergegangenen Arztterminen, zu denen ich meinen Vater begleitet hatte, kennen musste und ich zuletzt anderthalb Stunden vor ihrer Nase im Wartesaal gesessen hatte, fertigte sie mich ungnädig ab und vermochte partout nicht einzusehen, dass ich den ›Herrn Professor‹ zu konsultieren wünschte, ohne zuvor wochenlang als Patient angemeldet zu sein. Ich verkniff mir zurückzufragen, seit wann Dr. Meyerling einen Lehrstuhl an der Kölner Universität besetzt halte, zumal ich von Onkel Max wusste, dass man dem Kieferchirurgen nur eine Art Spielzeugdozentur anvertraut habe.

Die quenglige Stimme der Empfangsdame mit dem gestärkten Häubchen weckte mich aus meinem Vorstellungen. Unbehaglich saß ich fast eine halbe Stunde im Wartezimmer. Es war unerträglich, eingekeilt zwischen Patienten mit besorgten Gesichtern, manche sogar mit schmerzverzerrter Grimasse, und alle sahen mir an, dass ich nicht zu ihrer Horde gehörte, auf einem anderen Planeten lebte, auf dem Stern der Schmerzlosigkeit, und nur gekommen war, um ihrem Kieferchirurgen die kostbare Behandlungszeit zu stehlen. Ich fühlte abwechselnd Befangenheit, dann die Peinlichkeit der Situation, als einziger Gesunder im Wartezimmer zu sitzen und teilnahmslos in Zeitungen von vorgestern oder Werbebroschüren von Golfplätzen zu blättern.

Krampfhaft überlegte ich, wie ich meine Frage formulieren könnte, ohne den Pseudoprofessor in seiner Berufsehre zu kränken. Sollte ich mich höflich erkundigen, ob eine Implantation bei älteren Patienten schon einmal zu einer vorübergehenden Orientierungslosigkeit oder Gedächtnistrübung geführt habe? Oder ob er meinem Vater zur Schmerzlinderung starke Psychopharmaka verschrieben hatte, die mit zeitlicher Verzögerung Bewusstseinsstörungen auslösen konnten? Meine Unruhe wuchs. Zwar hatte ich vorsichtshalber den Laptop mitgenommen, um während des Wartens auf der Polizeistation oder jetzt in Meyerlings Klinik ein wenig an Perraults *Mutter Gans* zu arbeiten. Doch die rechte Stimmung kam nicht auf. Nach einer halben Stunde gestressten Herumsitzens klappte ich den Computer zu und beschloss, die Klinik unverrichteter Dinge zu verlassen. Die feindseligen Blicke der Patienten waren nicht dazu angetan, mich zum Bleiben zu bewegen. Die Niederlage stand mir ins Gesicht geschrieben. Ich stand auf und hatte bereits die Klinke in der Hand, als der Pseudoprofessor sein Kinn durch den Türspalt schob, mir ein herablassendes Lächeln schenkte und versicherte, meinem Vater müsse es vorzüglich gehen. Er habe den Eingriff problemlos überstanden. Psychopharmaka seien ihm nicht verordnet worden. Mit diesen Worten schüttelte er mir die Hand, hatte den Blick schon auf ein Patientenblatt gesenkt, das die Schwester ihm beflissen unter die Brille hielt, und verschwand in einer antiseptischen Duftwolke.

Jetzt also auf zur Polizeistation. Ich nahm die U-Bahn zum Ebertplatz und fragte mich zur Stolkgasse durch. Unter einer Polizeistation hatte ich mir ein altes Backsteingebäude mit blauer Laterne über dem Eingang vorgestellt, wie man solche Kommissariate noch in Edgar Wallace-Filmen sah. Stattdessen stand ich vor einem modernen Bürogebäude mit einer langen Fensterflucht. Der obere Teil der Fassade, hinter der die höheren Stockwerke lagen, kragte vor und wirkte wie ein Balkon. Beim Pförtner fragte ich mich zur Vermisstenstelle durch. Am Schreibtisch, über einem Aktenberg brütend, fand ich einen Beamten namens Landwehr, der mich mit missvergnügtem Blick empfing.

Meine Augen huschten nervös von rechts nach links, kletterten hinauf zur Zimmerdecke, versanken im Papierkorb. Wie ein Scheibenwischer überquerten sie das ganze Büro. Auf Herrn Landwehrs Schreibtisch stand nichts anderes als ein leerer Karton. Vielleicht störte ich den Beamten beim Umpacken. Auf der Tastatur seines Computers lag eine Sportzeitung, und als wolle er sich vor mir rechtfertigen, begann der Polizist, mit der Maus planlos über den Bildschirm zu hüpfen. Als er schließlich die Maus ruhen ließ, berichtete ich stockend vom Verschwinden meines Vaters. Fast hatte ich ein schlechtes Gewissen, weil ich den unfreundlichen Beamten mit solch einer Hiobsbotschaft aufschreckte. Doch allmählich gerieten mir die Worte besser. Statt bei dem Beamten allerdings Aufmerksamkeit und Sorge zu wecken, wurde ich erst einmal über die deutschen Grundrechte aufgeklärt. Das Recht eines jeden erwachsenen Menschen auf Selbstbestimmung müsse respektiert werden, belehrte er mich in gleichbleibender Tonlage, als habe er diesen Spruch schon hundert Mal an seine Kundschaft gebracht. Dabei senkte er wieder den Blick auf die Tastatur des Computers und tat ganz selbstlos, ganz sachbezogen, aber auch ganz mitleidlos. Ich hatte Mühe, ihn zu verstehen. Vielleicht las er mir aus der Präambel des Grundgesetzes vor. Hinterher erinnerte ich mich nicht mehr.

Als ich dem Polizisten nach drei Minuten ungeduldig hineinreden und meine persönliche Gefühle zur Geltung bringen wollte, wurde ich einem Verhör unterzogen, auf das ich nicht gefasst war. Fragen, die mir schwer zu beantworten schienen, zerplatzten wie Regentropfen auf meinem Kopf. Ob daheim bei meinen Eltern alles in Ordnung sei, wollte der unverschämte Kerl wissen. »Ist die Ehe der beiden Kollers lebhaft intakt?« Lebhaft intakt? Was sollte das heißen? Und wie gleichgültig, wie teilnahmslos fragte er mich das, etwa wie der Metzger, der wissen wollte, ob die Kundin zwei Schnitzel extra kaufen möchte. Ich beherrschte mich und versicherte ihm mit einer Stimme, die vor Ärger vibrierte, ja, die Ehe meiner Eltern sei völlig intakt – völlig und lebhaft intakt. Der Mann schürzte die Lippen zum Zeichen berufsbedingten Misstrauens und tippte jedes Wort in den Computer. Ich hingegen hatte ihm auf den ersten Blick angesehen, dass er schlecht rasiert war. An seinem Kinn sprossen graue Stoppeln. Und auch an seiner Sprache war einiges auszusetzen. Ich schöpfte tief Atem, war einer Bewusstlosigkeit nahe und glaubte, in einem Vakuum zu stehen. Die Amtsstube war eine Echokammer, aus der alle hörbaren Worte entwichen.

Der Beamte schaute sich um, als suchte er die Hilfe eines Kollegen, der vielleicht nicht zum Dienst erschienen war. Sollte ich dem Mann, der meinen Sorgen mit solcher Gleichgültigkeit begegnete, etwa mitteilen, dass mein Vater sich nicht mal von Mutter verabschiedet hatte, oder dass er beim Rückwärtssetzen wie eine Schnecke fuhr, was meine Mutter ihm als Kriechgang ankreide, obwohl sie keinen Führerschein besaß? Waren das Anzeichen, dass es an ihrer Ehe etwas auszusetzen gab? Oder sollte ich mit medizinischen Geheimniskrämereien herausrücken, zum Beispiel dass Vater eines Morgens, als er im Bad in den Wandspiegel schaute, auf der Stirn eine Hautverfärbung entdeckte und seitdem befürchtete, es sei das erste Anzeichen von Hautkrebs? Dass er anschließend, statt in Ruhe zu frühstücken und mit Mutter ein Gespräch zu führen, eine Stunde lang im Internet geforscht und gebrütet hatte, ob ein malignes Melanom ebenso lebensgefährlich sei wie der gefürchtete Prostatakrebs? Sollte ich dem dickfelligen Polizisten von Problemen und Sorgen berichten, die selbst mir mitzuteilen mein Vater vermieden hatte und von denen ich nur wusste, weil er sich meiner Mutter anvertraut hatte? Sollte ich einem dickfelligen Bürokraten solche Einblicke gewähren?

»Gab es nie häusliche Auseinandersetzungen?«, fragte der Mann ungerührt und wischte mit einer Akte Zigarettenasche vom Schreibtisch. »Nein, keinerlei tiefes Zerwürfnis«, verneinte ich kurz und ließ meinen Unmut unausgesprochen.

»Woher wollen Sie das so genau wissen?«

Ich erschrak, war auf so eine dreiste Frage nicht vorbereitet. »Weil ich derzeit bei meinen Eltern wohne«, schnitt ich ihm aufgeregt das Wort ab. »Ich sehe sie ja jeden Tag ...«

»Ach, Sie wohnen bei Ihren Eltern? Das ist ja sehr interessant. Sie gehen doch auf die vierzig zu. Stimmt's?« Der Beamte legte erstaunt die Akte zurück in eine Stellage an der Wand. »Und was sagt Ihre Frau dazu? Sie sind doch verheiratet?« In seiner Stimme schwang ein Lauern.

Ich musste einen Augenblick überlegen, weil ich derartige Fangfragen nicht erwartet hatte. Was hatte Isolde mit Vaters Verschwinden zu tun? Übrigens hatte unser Hautarzt ihm eine Salbe verschrieben, die baldige Besserung versprach, zugleich aber die Tür zu Zweifeln einen Spalt offen gelassen und empfohlen, in drei Wochen zu einer Nachuntersuchung zu kommen. Im Hinausgehen war bereits ein Termin ausgemacht worden. Mein Vater hatte das Datum mit rotem Farbkugelschreiber in seinem Taschenkalender vermerkt. Meiner Mutter hatte er triumphierend von dem Arztbesuch und dem neuen Termin berichtet. Nichts hatte darauf hingedeutet, dass er kurz darauf untertauchen wollte. »Meine Sorge war also nicht unberechtigt«, hatte er zu Mutter gesagt.

»Meine Frau? Was hat meine Frau mit dem Verschwinden meines Vaters zu tun?« Allmählich machte mich der Mann mit seinen pampigen Fragen wütend.

»Warum antworten Sie nicht einfach?«

»Weil mir dieses Verhör von kafkaesker Sinnlosigkeit erscheint. Aber um Ihnen gehorsam zu antworten: Nein, ich lebe dieser Tage allein bei meinen Eltern. Ich besuche sie nur.«

»Ihre Frau ist demnach bei Ihnen zu Hause geblieben.«

»Ja – nein ...« Ich wurde verwirrt. Mir fiel ein, dass mein Vater bei meinem vorausgegangenen Besuch Zeichen von Schwerhörigkeit gezeigt und mehrmals die Hand an die Ohrmuschel gelegt hatte, weil er mich sonst nicht verstand. Als ich mich in der Tür mit einem Wangenkuss von meiner Mutter verabschiedete und sie fragte, ob sie neuerdings bei Vater Hörprobleme festgestellt habe, hatte sie abgewunken. Das seien die normalen Probleme des Altern. Damit hatte ich mich abspeisen lassen. Aber jetzt, wo ich diesem Besserwisser gegenübersaß, der mich nicht zu verstehen schien, drängte sich die Erinnerung in meinem Kopf so beängstigend zusammen, dass mir schon auf der Zunge lag, von Vaters Gebrechen zu berichten, vielleicht auch von meinen momentanen Schwierigkeiten mit Isolde, damit der Beamte meine Verwirrung richtig einordnen konnte und ihr keine missverständliche Bedeutung beimaß. Nach kurzem Überlegen hütete ich mich, von weiteren häuslichen Problemen zu berichten, die den begriffsstutzigen Polizisten vom eigentlichen Ziel meiner Vorsprache abbringen würden.

»Und was nun? Ist denn nun Ihre Frau bei Ihnen daheim oder auch verschwunden?«, bohrte er weiter.

»Also hören Sie mal! Was fällt Ihnen ein? Meine Frau ist nicht verschwunden.«, schrie ich empört. »Sie ist in Hamburg, wenn Sie gestatten. Sie besucht ihre Eltern. Das erlauben Sie doch. Oder?«

»Ah! Da scheine ich einen wunden Punkt berührt zu haben«, echote der Beamte mit angedeutetem Lächeln und dehnte sein gespieltes Mitgefühl, als habe er mir soeben ein wichtiges Teilgeständnis entlockt. Um ihn zu meinem Anliegen zurückzubringen, teilte ich ihm mit, ich würde als nächsten Schritt die Kölner Sparkasse aufsuchen, um vielleicht dort etwas über ein auffälliges Finanzgebaren meines Vaters zu erfahren. Der Beamte war teils entrüstet, weil ich mich mit eigenen Ermittlungen in die Polizeiarbeit einmischen wollte, teils erleichtert, weil die Informationen eines Bankberaters bestimmt das Grundgesetz der individuellen Selbstbestimmung erhärten würden.

»Sie werden feststellen, Ihr Vater hat einfach eine Erholungsreise angetreten, vielleicht nach Aachen, Brüssel, Paris. Gönnen Sie doch Ihrem alten Herrn sein Vergnügen.« Ich verließ die Polizeistation, ohne mich zu verabschieden. Es erschien mir absurd, mich von einem Beamten ausfragen zu lassen, der nichts unternahm, um Vater ausfindig zu machen. Seine banalen Lebensweisheiten wollte ich mir nicht anhören. In der Tür nahm sich der Polizist noch die Unverfrorenheit heraus, mir wie einem lahmen Hund auf den Rücken zu klopfen und mich mit dem Hinweis abzuwiegeln, es seien doch erst zwanzig Stunden vergangen, da sei es verfrüht, den Turbo anzuwerfen. Und dann wiederholte er die Feststellung, die ihm offenbar Freude bereitete, ein Erwachsener sei laut Grundgesetz ein selbstbestimmtes Individuum. Als ich ungeduldig seine Hand abschüttelte, fiel ihm zwischen Tür und Angel noch die Frage ein, ob mein Vater in letzter Zeit Anzeichen von Altersschwäche gezeigt habe? Alzheimer zum Beispiel. – Nein, sagte ich wütend, er sei geistig vollkommen klar, ein rüstiger älterer Herr.

»Na, sehen Sie!«, meinte der Beamte zufrieden. »Ich wünschte, das kann man in zwanzig Jahren auch von mir sagen. Also, da können wir einstweilen überhaupt nichts unternehmen.«

Bei der Zweigstelle 10 der Sparkasse KölnBonn und deren Vorgängerin, der Stadtsparkasse Köln, war mein Vater seit fünfzig Jahren Kontoinhaber. Ich kannte seinen Berater und schilderte ihm unsere

Lage. Mir sei klar, dass er das Bankgeheimnis auch dem Sohn oder der Ehefrau gegenüber nicht verletzen dürfe, doch vielleicht gebe es Hinweise, die Rückschluss auf Vaters Aufenthaltsort gestatteten. Ich bekam die Antwort, er werde den Zweigstellenleiter fragen und mich daheim anrufen. Tatsächlich erhielt ich zwei Stunden später eine Nachricht, die ich in dieser Genauigkeit nicht erhofft hatte: Der Sparkassenberater teilte mir mit, mein Vater habe am Vortag zwölfhundert Euro von seinem Konto abgehoben. Auf Rückfrage erfuhr ich sogar, er habe gestern am frühen Abend, präzise gesagt um siebzehn Uhr einundzwanzig, an einer freien Tankstelle an der Aachener Straße zweiundfünfzig Liter Benzin mit der Bankkarte bezahlt. Ich bedankte mich und überlegte, ob ich die Informationen an die Polizei weiterleiten sollte, hielt das aber nach dem unfreundlichen Empfang, den ich dort erlebt hatte, für verfrüht und erzählte es nur meiner Mutter.

»An der Aachener Straße? Um Himmels willen, Thomas. Was hat das zu bedeuten? Ist er nur eben ins Vorgebirge gefahren? Was gibt's denn da zu sehen? Oder in die Eifel? Aber weshalb? Und zwölfhundert Euro! Will er irgendwo Kurzurlaub machen? Was hat er vor?«

Ich hatte natürlich keine Antwort und zerbrach mir ebenso wie sie den Kopf. Die Aachener Straße lag zwar in westlicher Richtung. Doch in der Nähe war ein Zubringer zum Autobahnring um Köln, und von da aus konnte er in alle möglichen Richtungen gefahren sein, bis nach Paris, Mailand, Berlin. Das sah beinahe aus, als sei er aufs Geratewohl losgefahren. Aber was sollten wir unternehmen, um ihn einzufangen? Und hatte die Polizei nicht recht? Er war ein selbstbestimmtes Wesen. Auch wenn uns die Sorge umtrieb und wir nachts nicht schliefen, hatte er sich bisher streng genommen nichts zuschulden kommen lassen. Es gab auch kein Anzeichen von geistigen Ausfallerscheinungen, nachlassender Konzentrationsfähigkeit, mentaler Unbeweglichkeit. Er war nur eigene Wege gegangen, zum ersten Mal im Leben. Damit mussten wir uns vorläufig abfinden.

So sehr ich mich morgens über Max geärgert hatte, war ich doch erleichtert, als er uns am späten Nachmittag noch einmal aufsuchte. Meine Mutter saß mit teilnahmslosem Gesicht auf dem Sofa, während ich vergeblich ihre Aufmerksamkeit auf weitere Schritte zu lenken versuchte, die wir als Nächstes unternehmen müssten. Da klingelte es an unserer Wohnungstür. Ich sprang auf, um zu öffnen. Draußen stand Max. Ich brauchte ihm nichts zu erklären. Er sah meinem Gesicht an, dass wir keine neuen Nachrichten erhalten hatten.

»Wo sollen wir ihn suchen, Onkel Max?«, fragte ich und zog ihn aufs Sofa. »Wohin kann er sich verkrochen haben?«

»Das hat er selbst entschieden.«, sagte Max. »Das weiß ich auch nicht.« Ich war überrascht, schreckte fast bei seinen Worten zurück, die ernst und kurz angebunden klangen.

»Aber er ist doch eigentlich kein besonders entscheidungsfreudiger Mensch«, widersprach ich. »Eher lässt er Dinge auf sich zukommen, plant kaum etwas voraus, nicht mal seinen nächsten Urlaub. Alles überlässt er Mutter – oder mir. Gerade in den letzten Jahren ist er … ein wenig langsamer geworden. Ich will ja nicht sagen, langsamer im Kopf, aber irgendwie langsamer schon …«

»Unschlüssig«, warf meine Mutter ein.

»Im Gegenteil, Thommy, im Gegenteil! Da kenne ich ihn besser. Wenn er mit mir zusammen ist, kann er noch immer blitzschnell schalten. Dann reißt er dir in einer Sekunde das ganze Dach über dem Haus weg.«

»Was ist das denn für ein toller Macho-Spruch«, beschwerte sich Mutter. »Warum sollte er mir das Dach vom Haus reißen?«

Auch ich schüttelte verständnislos den Kopf. Hatte ich mich eben erst gefreut, ihn zu sehen, wurde er mir jetzt wieder unheimlich, ja undurchsichtig. Vielleicht steckte er mit meinem Vater unter einer Decke, hatte gemeinsam mit ihm den albernen Fluchtplan ausgeheckt. Wer weiß, ob nicht auch Max einen Ausbruch plante und die beiden alten Freunde gemeinsam auf Abenteuertrip gingen? Und wie passte Mutter in diese Dreiecksbeziehung, besser gesagt, in die Vierecksbeziehung, denn auch Uschi Gerlinger, die ehemalige UG der Kindheitstage, gehörte dazu. Wie schätzte sie ihren Jugendfreund Franz ein?

Einmal, ich war zwölf oder dreizehn gewesen, hatte ich mich bei meiner Mutter beschwert. Ich war Onkel Max auf der Straße begegnet, er hatte sehr förmlich den Hut vor mir abgezogen und mich gegrüßt, aber es war kein persönliches Wort von ihm zu hören gewesen. Wahrscheinlich hatte er mich gar nicht erkannt, sondern mich mit jemand anderem verwechselt. Meine Mutter hatte mich zurechtgewiesen und Onkel Max Zerstreutheit entschuldigt. Er habe eben im Leben einigen Ärger gehabt und Demütigungen verdauen müssen, die ihm noch heute, Jahre danach, schwer im Magen lägen. Sie hatte so warmherzig und mitfühlend von ihm gesprochen, dass mir sofort der Gedanke kam, sie sei als junges Mädchen in den stattlichen Max verliebt gewesen, bevor sie dann Jahre später Vater heiratete. Die Kränkungen hätten in seinem Gedächtnis Narben hinterlassen, sagte sie noch, und auch diese blumige Bemerkung erschien mir seltsam. Ich wurde neugierig und wollte Einzelheiten wissen, worauf meine Mutter mir erzählte, Max habe ja eine Banklehre bei der Sparkasse angetreten und sich bald als zuverlässiger, hochgeschätzter Mitarbeiter bewährt. Schon nach zwei Jahren (auch die genaue Zeitkenntnis kam mir verdächtig vor) war er in die Wertpapierabteilung versetzt worden, was einer Beförderung gleichgekommen sei. Er hatte viele Kleinaktionäre betreut, die ihm für seine Ratschläge sehr dankbar gewesen seien. Schwierigkeiten waren erst entstanden, als irgend ein dummes Gesetz über Kundenberatung in Kraft getreten sei. Soweit sie wisse, hätten die neuen Vorschriften aber nicht den Schutz der Kunden verbessert, sondern die Arbeit enorm kompliziert und schon bald eine Prozesswelle ausgelöst, weil Kunden, die infolge unvorhersehbarer Kurssprünge einen Teil ihrer

Aktien verloren, auf einmal den Schaden einer angeblich unsachge-
mäßen Kundenberatung angekreidet und von der Sparkasse Ersatz
gefordert hatten.

Mutter kannte zwar nicht alle juristischen Feinheiten oder hatte
sie vergessen, aber sie gab Max in vollem Umfang recht. Er hatte jedenfalls sofort bei der Leitung der Sparkasse gegen die neuen Regeln
protestiert, im Interesse seiner Kunden, wie er behauptete. Die
Regeln seien unpraktisch und taugten nichts, um Kleinaktionäre
abzusichern. Die Sparkassendirektion hatte seinen Protest eine
Weile als Schrulle des Mitarbeiters Sonnenburg hingenommen, ihn
dann aber abmahnen müssen. Der Betriebsrat hatte vergeblich zu
vermitteln versucht. Doch dann war die Bombe geplatzt, sagte
meine Mutter. Die Abmahnung fruchtete nicht, und so hatte man
Max, den Sparkassen-Rebell, ›aus betriebsbedingten Gründen‹ frei-
gesetzt, mit anderen Worten, er wurde fristlos entlassen und schmäh-
lich auf die Straße gesetzt. Ein Rechtsstreit vor dem Arbeitsgericht
war ergebnislos verlaufen. Mit zweiundvierzig hatte Max im Regen
gestanden, »äußerlich zwar ungebrochen, doch durch die Entlassung
tief verletzt. Er hat dann noch zehn Jahre als Stadtführer gearbeitet,
wurde Spezialist für den Dom und die zwölf romanischen Kirchen
und so weiter. Du kennst das ja.«

Ich hatte die Geschichte mit Staunen gehört. Auch als Halbwüch-
siger hatte ich begriffen, dass Onkel Max Rückgrat gezeigt hatte, zu
Recht oder zu Unrecht, das vermochte ich nicht zu entscheiden.
Doch er war für seine Überzeugung eingetreten. Das imponierte mir.
Auf dem Gymnasium hatte ich den Spruch auswendig gelernt, der
angeblich aus dem Zwölf-Tafel-Gesetz stammte: *Audiatur et altera
pars*. Man muss immer beide Seiten hören. Wenn ich später bei
unseren Diskussionen anderer Meinung war als Onkel Max, dachte
ich an die Opfer, die er zur Verteidigung seines Standpunkts gebracht hatte.

»Du solltest endlich einmal den alten Flesch oder Herrn Brauweiler aufsuchen. Ich bin sicher, er kann dir bei der Suche nach deinem Vater helfen, Thomas.«

Meine Mutter hatte ihren dünnen Oberkörper steil aufgerichtet und war in die Rolle der verbitterten Witwe geschlüpft, die ihrem Sohn begreiflich machen muss, dass künftig *er* sich um die Familie zu kümmern hattte. Wenn sie jetzt ständig ihren verschwundenen Ehemann als *meinen* Vater bezeichnete, zog sie einen klaren Trennungsstrich zwischen ihren Sorgen und meinen Pflichten. Es fehlt nur noch, dass sie von heute an ein schwarzes Kleid anzog, dachte ich traurig.

»Und wer ist dieser Herr Brauweiler?«, fragte Max.

»Das ist heute der Geschäftsführer in Vaters ehemaliger Firma«, antwortete ich unwillig, und zu Mutter gewandt fügte ich hinzu: »Aber was versprichst du dir von dem Mann? Was soll der denn wissen, was wir nicht wissen? Ich kenne ihn auch kaum, eigentlich nur dem Namen nach. Ich weiß nicht mal, wie er aussieht.«

»Tu es einfach – mir zuliebe«, gebot sie mir streng.

Unauffällig beobachtete ich die beiden, wie sie sittsam nebeneinander auf dem Sofa saßen. Ich wäre nicht erstaunt gewesen, wenn Max meiner Mutter fürsorglich die Hand gestreichelt hätte. Gewiss, sie waren alte Leute. Aber hatten sie alles vergessen, was früher gewesen war?

VI

In der folgenden Nacht, der zweiten seit Vaters Verschwinden, hatte ich erst recht kaum ein Auge zugemacht. Ich wusste, dass es meiner Mutter nicht besser ging. Ständig hatte ich mit einem Ohr zur Wohnungstür gehorcht, die sich vielleicht bei Dunkelheit mucksmäuschenstill öffnen könnte. Oder ein lautes Hämmern gegen die Tür, wenn ein hilfsbereiter Sanitäter oder ein Notarzt meinen Vater nach Hause brächte. Stundenlang ließ ich mir verschiedene Möglichkeiten durch den Kopf gehen, was wir unternehmen müssten, wenn wir auch morgen keine Nachricht von ihm erhalten würden. Im Dämmerzustand legte ich Kilometer zurück, um eine Spur von ihm zu finden.

Mein Vater war *verschwunden*! Was für ein grauenhaftes Wort! Und es umschrieb einen unglaublichen Vorgang. Wer konnte mit so etwas rechnen? Während ich mich im Bett wälzte und im Dialog mit mir selbst immer wieder das Gleiche sagte, dieses sonderbar strenge Wort *Vater* aussprach, das im echolosen Gehäuse meines Schädels so fern, so entrückt klang wie das Wort *Gott* oder *Jenseits* oder *Ewigkeit*, wurde mir bewusst, dass es in allen Sprachen, die ich kannte oder zu denen ich einigermaßen Zugang hatte, ähnlich lautete, als sei der Vorrat an Buchstaben, aus denen es vor Jahrtausenden gebildet worden war, begrenzt gewesen. Père, Father, Pater zählte ich in Gedanken auf, Padre, Pateras. Ich glaubte gehört zu haben, dass es auch im Persischen und sogar im Sanskrit ähnlich ausgesprochen wurde, was nicht nur auf Sprachverwandtschaft hinwies, sondern auch auf die Bedeutung, die unzählige Menschen dem totemähnlichen Klanggebilde zumaßen.

Natürlich könnte man dasselbe vom Wort *Mutter* behaupten. Doch während in ihrem Namen stets Wärme und Geborgenheit mitschwangen, kam es mir vor, als zöge in der Anrede eines Vaters feierliche Kühle auf, als zerteilte ein psychologischer Trennungsstrich das Oben und Unten, als ginge der Sohn innerlich von seinem Erzeuger auf Abstand. Auch bei uns im Elternhaus war es nicht anders gewesen. Zwischen ihm und mir hatte es so gut wie nie Vertrautheit, Offenheit, Zärtlichkeit gegeben. Selbst einfache Berührungen wurden vermieden, spontane Umarmungen gab es schon gar nicht. Übertrieben häufiger Händedruck bei der Ankunft oder beim Abschiednehmen war zwischen uns zwar nicht verpönt, jedoch unüblich, und wenn, hatte ich meistens den Blick von meinem Vater halb abgewandt, als geschehe der Händedruck eher zufällig. Stets hatte eine sonderbare Kühle geherrscht.

Obwohl ich im Halbschlaf lag, merkte ich, dass ich ein wenig rührselig wurde. Denn um das Maß vollzumachen, fiel mir plötzlich die Widmung wieder ein. Widmungen hatte jeder Mensch schon hundert Mal erhalten, teils schriftlich, in den Versen eines Poesiealbums, zu Hochzeitsgeschenken, teils sich bei Ansprachen angehört. Man dachte nicht weiter darüber nach, belächelte sie vielleicht, hatte sie bald wieder vergessen. In alten Büchern liefen die Widmungen auf dünnen Spinnbeinen über das Papier und waren mit so einer zerbrechlichen Tintenschrift auf eine Buchseite gezirkelt, als dürfte man sie nicht allzu genau lesen, auf keinen Fall unter der Lupe, sonst zerfielen sie in Stückchen, die noch kleiner wären, sodass man sie unters Mikroskop legen müsste, um sie zu verstehen. Auch die Widmung, die mir plötzlich einfiel, war zweifellos eine Besonderheit. Denn bestimmt barg sie das Geheimnis der Unvergesslichkeit! So oder so ähnlich, vielleicht nicht ganz so deutlich, mochte ich bereits als Fünfjähriger gedacht haben.

Wahrscheinlich war es die Sehnsucht nach einer verlässlichen Bezugsperson, die mich in dieser Nacht, als ich in meinem Jugendzimmer vor mich hindämmerte, plötzlich aus dem Bett trieb. Jedenfalls sprang ich mit einem Ruck auf und ging auf Zehenspitzen, um

Mutter nicht zu ängstigen, auf den Speicher, wo uns ein von anderen Verschlägen abgetrennter Raum gehörte. Eifrig begann ich in meiner alten Bücherkiste zu wühlen, die ich seit Jahren nicht geöffnet hatte. Unter einem Stapel Schulhefte und meiner Lateingrammatik geriet mir zunächst der Cricket-Helm in die Hände, den Onkel Edgar mir vor dreißig Jahren aus Pretoria mitgebracht hatte, und darin lag, von Zeitungspapier umwickelt, sogar ein Original Korkball, der beim Cricket-Match geschlagen worden war. Ich hatte die Spielregeln zwar verwirrend gefunden und sie mir nie gemerkt, doch irgendwie hatte ich die Eleganz der Spieler, ihre weißen Sportuniformen und die Geschicklichkeit ihrer Würfe bewundert. Immerhin war es den Briten gelungen, das verwirrende Hin- und Herrennen der weiß bekleideten Werfer und den mächtigen Schlag des Batsman in hundert Länder zu exportieren. Als Junge hatte ich mich über den Helm wahnsinnig gefreut.

Versteckt unter zerfledderten Karl May-Bänden, die noch vor dem Krieg in Radebeul bei Dresden gedruckt waren, fand ich trotz meiner Schläfrigkeit auch das schmale Bändchen mit Grimms Märchen, das ich suchte. Zu einem Zeitpunkt, da ich vielleicht die Übersetzung von Perrault aufgeben musste, berührte es mich wehmütig, ihnen in dem Büchlein, das wahrscheinlich schon meinem Vater gehört und das er damals an mich weitergeschenkt hatte, zu begegnen. Die Märchen waren in altmodischer Sütterlinschrift gedruckt, die in der Jugend meines Vaters in Gebrauch gewesen war, und die Zeichnungen waren so bunt und kindlich übertrieben, wie es dem Geschmack der Nachkriegszeit entsprochen haben mochte. Die Sütterlinschrift war mir vertraut. Ich kannte sie von meiner Mutter, die sie ihr Leben lang benutzte. Als Fünfjähriger hatte ich von meinem Vater das Buch zum Geburtstag geschenkt bekommen und mich bald mit den pausbäckigen Kindern angefreundet, die ich dort abgebildet fand. Selbst mit der spindeldürren Hexe, vor deren warzenbesetzter Nase mir anfangs gruselte, wurde ich gut bekannt. Der verschlagene Wolf hatte eine lustige Schlafmütze auf und lag im Bett der Großmutter, worüber ich auch mit gerade fünf Jahren nur lachen konnte, und Rübezahl ging so gebeugt am Krückstock wie mein Opa, weil ihn das Rheuma zwackte, und ein zum Verlieben schönes Engelmädchen, das nur ein dünnes Sternenhemd trug, stand zitternd vor Kälte zwischen roten Fliegenpilzen. Obwohl ich so spät in der Nacht von der Müdigkeit halb betäubt war, flogen mir schon alle Bilder entgegen, bevor ich die Seiten aufblätterte.

Aber was mich anzog, waren nicht die Märchen, die ich inzwischen von Berufs wegen bis zum Überdruss lesen musste, sondern die Widmung, die mein Vater vor mehr als dreißig Jahren ins Buch geschrieben hatte und die ich am heutigen Abend, da er uns abhandengekommen war, mit innerer Bewegung las. Inzwischen war die Tintenschrift auf der Umschlagseite beinahe verblasst, und sie las sich ziemlich antiquiert. Kein Mensch würde heute wahrscheinlich so gefühlvoll sich selbst enthüllend schreiben, wo nur flotte, coole Sprüche gefragt waren. Aber als ich die paar Zeilen noch einmal las, übermannte mich fast die Rührung, nicht wegen der Hoffnungen, die Vater zu meinem künftigen Lebensweg äußerte, und die ich in seinen Augen bitter enttäuscht hatte, sondern weil mich der Anblick der blassen Handschrift in die Zeit zurückversetzte, als es für den Fünfjährigen, der ich an jenem Geburtstag wurde, nur eine unerschütterliche Autorität in Lebensfragen gegeben hatte, meinen Vater. Vielleicht war auch Perrault, durch dessen Märchenwelt ich täglich irrte, Schuld an meiner gefühligen Stimmung, war doch auch das Büchlein, das mein Vater mir gewidmet hatte, eine Sammlung von Märchen, die meistenteils von dem französischen Dichter übernommen waren. Unbeirrt durch etwaige Plagiate hatte Vater mir folgenden Wunsch ans Herz gelegt:

›Lieber Thomas. In hoffnungsvoller Erwartung deines geistigen Strebens und in liebevoller Sorge um deine charakterliche Entfaltung überreiche

ich dir an diesem denkwürdigen Tage, dem 1823. deines Erdenlebens, als
Erstlingsgabe deiner Eigenlektüre dieses Büchlein. Dein Vater«

Mit wie viel Liebe und Fürsorge hatte er die Widmung formuliert.
Und wie weit waren wir später auseinandergedriftet. Das dachte ich
jetzt, da ich mich beinahe erschüttert auf einen Klappstuhl setzte,
der im Verschlag gegen die Holzwand lehnte. Bestimmt hatte mein
Vater vorhergesehen, dass sich meine kindliche Fügsamkeit in den
Jahren der Pubertät zwangsläufig in Widerstand verwandeln und
zur Aufsässigkeit steigern würde. Nein, nicht die Jahre hatte er
gezählt, wie es jeder andere Gratulant tun würde, sondern hatte sich
die Mühe gegeben, alle Tage meines bisherigen Lebens zusammen-
zuziehen, auch den ersten der Geburt, um mir das stattliche
Ergebnis 1823 zu präsentieren. Wunsch meines Vaters war damals
gewesen, ich sollte nicht, wie er, als Angestellter einer Weinhandlung mein Dasein fristen. Ihm schwebte vor, mich auf eine akademi-
sche Laufbahn zu entsenden, Jurastudium, Mediziner, Architekt, ich
weiß nicht, was er im Einzelnen plante, bestenfalls auch Auslands-
korrespondent einer großen Tageszeitung, in Paris, Washington
oder London. Aber gewiss nicht Übersetzer in einem Kinderbuchverlag, der um sein Überleben kämpfte.

Als ich ihm eines Tages erklärte, Jura fände ich sterbenslangweilig, Arzt würde ich nicht bestimmt werden, weil es mich beim Gedanken an Blut, Urin, Schuppenflechte und so weiter vor Ekel schüt-
tele, und der Beruf eines Journalisten, der banalen Tagesereignissen
nachrenne, die sich ständig wiederholten, der nie eine Schlussfolgerung in Ruhe zu Ende denken dürfe, sondern ständig neue Sen-
sationen ausbuddeln müsse, reize mich nicht, hatte er mir enttäuscht
den Rücken zugewandt und hatte mich stehen lassen. Ich wolle
mich in die Literatur eingraben, rief ich ihm hinterher, Beständiges
erforschen, Unwandelbares, Bücher, an deren Text über Jahrzehnte
kein Buchstabe verändert werde, und am liebsten französische Lite-

ratur, so wie er ins Italienische vernarrt sei. Doch ich überzeugte ihn nicht. Über meinen ungeschickt gewählten Ausdruck *vernarrt* gerieten wir fast aneinander. Zum Schluss hatte er mich einen Tagträumer und wirren Weltverbesserer genannt. Die Folge war, dass ich ein ganzes Jahr kein Wort mit ihm wechselte, obwohl ich unter seinem Dach lebte. Als meine Freundin Isolde mich zum ersten Mal nach Hause begleitete und mein Schweigen mitbekam, sagte sie mir hinterher: »Wenn ich bei meinem Vater so engstirnig wäre, flöge ich im hohen Bogen aus dem Tempel.«

Trotz aller Müdigkeit empfand ich auch jetzt, da ich auf dem Klappstuhl das Märchenbuch durchblätterte, seine Widmung als einen unangenehmen Appell an mein Gewissen. Denn ich stellte den Fehlbetrag fest zwischen dem, was er sich von mir erhofft, und dem, was ich geleistet hatte. Wieder wurde mir bewusst, dass ich nie im Leben imstande wäre, Felizitas oder eines Tages auch einem Sohn solch eine liebevolle Widmung zu schreiben und seine Lebenstage sorgfältig zu errechnen. Dass mein Vater anlässlich meines Geburtstags sogar die Anzahl der Tage ausgeknobelt hatte, die dem fünfjähriger Empfänger des Geschenks bisher gegönnt gewesen waren, erschien mir als ungewöhnliche und wunderbare Idee.

Seufzend stand ich auf, knipste das Licht aus und stieg mucksmäuschenstill die Treppe hinunter in mein Zimmer. Doch während ich mit aller Macht versuchte, die Widmung aus meinem Kopf zu bannen und endlich einzuschlafen, fiel mir als Nächstes ein, dass mein Vater vor dreißig Jahren mit mir die Schillerschen Dramen durchgeackert hatte. Er war noch im Literaturgeschmack des 19. Jahrhunderts steckengeblieben. Obwohl ich erst elf war, hatte ich vor Langeweile rote Ohren bekommen, wenn er die ledergebundenen gesammelten Werken aus dem Bücherschrank griff. Widerwillig las ich die mir zugeteilte Rolle vom Blatt. Meistens waren es Frauendialoge, die *Prinzessin von Eboli, Maria Stuart, Jungfrau von Orléans*. Wir saßen im Wintergarten, durch dessen Fensterritzen es im Winter mächtig zog. Mein Vater gab sich Mühe um meine Bildung, aber zehn Mal lieber hätte ich mit meinen Freunden auf der Straße Fußball gebolzt oder wäre mit meiner damaligen Freundin, ich glaube, sie hieß Renate und trug eine Zahnspange, im Olympia-Becken des Müngersdorfer Stadions um die Wette geschwommen.

Natürlich gab es unendlich viele Ursachen, fiel mir zwischendurch ein, warum ein Mensch – und auch der eigene, sechsundsiebzigjährige Vater, den man täglich sah oder sehen konnte, mit dem man abends telefonierte oder nicht telefonierte, dessen Existenz unbewusster Bestandteil des eigenen Lebens war – unverhofft verschwand. Meine Gedanken zerflossen zu einem undeutlichen Bilderbrei.

Ich schreckte hoch. Offenbar hatte ich trotz meiner Unruhe zwei Stunden geschlafen. Die grünen Leuchtziffern, die zuvor bei Mitternacht festgefroren waren, zeigten drei Uhr morgens an. Ich hatte Mühe, mich zu besinnen, dass ich nicht in meinem eigenen Bett neben Isolde lag, sondern im alten Jungenzimmer. Vielleicht wurde jemand beim Überqueren der Straße von einem Lastwagen zerquetscht, überlegte ich als Nächstes, oder man sprang aus einem Segelflugzeug, wie ich es vor einigen Tagen im Fernsehen beobachtet hatte, da konnte es passieren, angeblich nur einmal bei zehntausend Sprüngen, was mir ein ziemlich hohes Risiko schien, und so ein Fallschirm öffnete sich nicht oder man fand vor Aufregung nicht die Reißleine und der Körper, man konnte sich das leicht vorstellen, zerschellte am Boden zu einem Klumpen Fleisch und Hirnmasse, oder man wurde bei einem Raubüberfall auf unsere Sparkasse als unbeteiligter Kunde von einer verirrten Kugel getroffen.

Das alles wäre eine Tragödie, und im Halbschlaf, auf der haarfeinen Grenzlinie zwischen Logik und Chaos, konnte ich mir noch hundert weitere Tragödien ausdenken, bei denen ein Mensch zu Tode kam. Doch so sinnlos Unglücke erschienen, so ereigneten sie sich im Rahmen dessen, was jedem Menschen jeden Tag passieren konnte. Man verschwand nicht einfach von der Bildfläche. Man blieb materiell irgendwie erhalten, selbst wenn es nur ein Klumpen Knochenmasse und Hautfetzen waren. Warum war nichts von meinem Vater übrig geblieben? Warum gab es keine Spur? War alles nur Zufall? Ein Zufall, dass er und ich in diesem Augenblick existierten? Dass die Erde existierte? Die Sonne umkreiste? Das Sonnensystem sich mit der gesamten Galaxie in Millionen Jahren durch das Weltall drehte? Alles nur Zufall? Und dass er weiterleben wollte, dass er sich *nicht* in einen entlegenen Winkel verkrochen und Selbstmord begangen hatte, hing alles vom Zufall ab?

Gegen vier Uhr morgens knipste ich die Nachtischlampe an, um mich von meinem Grübeln abzulenken, und nahm mein in froschgrünes Glanzkarton gebundenes Schreibheft aus der Schublade, um mir einige Notizen zu meiner gegenwärtigen Märchenübersetzung zu machen. Das Heft war äußerst unpraktisch, weil die Seiten so steif waren, dass sie, wenn ich sie öffnete, wie Stahllamellen hochschnellten, so dass meine Kladde den gebogenen Schmetterlingsflügeln am Opernhaus von Sydney glich. Auch das war ein Geschenk meines verstorbenen Onkels Edgar, das er mir vor vielen Jahren mitgebracht hatte, ich ging noch in die Grundschule, und seitdem hielt ich es in Ehren. Onkel Edgar war Mutters Bruder gewesen, er pflegte einen gekräuselten grauen Bart, der vom Kinn herunterhing, und war außerdem Missionar bei den *Weißen Vätern*, die eigentlich in Afrika verortet waren. Ich sah ihn noch in einer fußlangen weißen Kutte vor mir stehen und mit einem Kreuz spielen, das ihm von einer roten Schärpe herunterbaumelte. Auf einer Pilgerreise nach Japan zu den Städten, wo der *Heilige Franz Xaver* zu tauben Ohren gepredigt hatte, war Onkel Edgar der grasgrüne Glanzkarton im Laden eines berufsmäßigen Liebesbriefschreibers aufgefallen. Aber als ich noch einmal die Zeilen überlas, die mir soeben zu Perraults *Mutter Gans* eingefallen waren, erschienen sie mir so nichtssagend, dass ich das Heft unzufrieden zurück in die Schublade legte und das

Licht ausschaltete. Die letzte Horrorvision, die mich in der Dunkelheit wie ein Schatten ansprang und meine Magensäfte in Gärung versetzte, war die Vorstellung, Vater habe sich tatsächlich wie ein todkrankes Tier in ein Schlupfloch verkrochen und dort Selbstmord begangen.

Krank bis zum Tode – so fühlte ich mich selbst in den Morgenstunden, als ich endgültig aus dem Schlaf fuhr, den ich dann doch noch für zwei Stunden gefunden hatte. Mein erster Blick fiel auf den Wandkalender. Es war bereits der dritte Tag, seit Vater verschwunden war. Noch immer saßen wir da ohne die geringste Spur.

»Ich bin an allem schuld«, drängte sich Mutters zerknirschte Stimme in meine Schweigsamkeit, als ich ihr gegenüber am Frühstückstisch saß und mir bedrückt das Kürbiskernbrötchen mit Kirschmarmelade bestrich.

»Das darfst du nicht einmal denken«, hätte ich sie fast angeherrscht, denn auch meine Nerven waren zum Zerreißen gespannt. Doch da sie meine Mutter war, die Trost von mir erwartete, Zuspruch, einen Schimmer Hoffnung, stand ich auf, ging um den Tisch herum und nahm sie in die Arme. Fast erleichterte es mich, als sie anfing zu weinen, weil sie mich damit ein wenig von meinen eigenen Sorgen ablenkte.

»Du weißt ja nicht, dass wir uns in den letzten Monaten oft gekabbelt haben.«

»Gekabbelt? Ihr beiden alten Hasen habt euch gestritten?«, versuchte ich zu scherzen, weil ich von oben auf Mutters wachsweiße Stirn blickte, aber auch die blauen Flecken auf ihrer Kopfhaut sah und sie wie ein Kind in meinen Armen wiegte. »Worüber habt ihr denn gestritten?«

»Ich will seit Jahren in eine kleinere Wohnung umziehen, die für mich leichter in Ordnung zu halten ist. Aber Vater hat sich an die Bequemlichkeiten hier gewöhnt, wo wir ja auch seit fünfzig Jahren leben, in der du aufgewachsen bist. Man hat hier diesen wunderschönen Ausblick, guck mal all die weißen Schiffe auf dem Rhein. Die Ausflugdampfer mit der Musikkapelle aus Rotterdam, und die Frauen, die Meisje, die tanzen. Sind bestimmt Holländerinnen. Ich glaube, die Holländer tanzen gern. Die haben Holzpantinen an den Füßen, sagt man das nicht so? Ach ja, als ich mit Vater jung war, gab es die Schiffe noch nicht. Soweit ich weiß, waren sie zum Kohlentransport beschlagnahmt von den Besatzern, die paar, die nach dem Krieg noch übrig geblieben waren. Ich habe Vater mit meinem Nörgeln zugesetzt. Sogar abends, wenn wir uns im Schlafzimmer umkleideten, wenn er nur seine Ruhe haben wollte, dann habe ich wieder damit angefangen. Das hat ihm den Rest gegeben.« Ihre Stimme brach.

»Bestimmt nicht, Mutter. Mach dir bloß nichts vor. Wenn ihm das wirklich Kummer bereitet hätte, das würde ich doch gemerkt haben. Aber mit mir hat er nie über euren Streit geredet. Vielleicht wäre er nach ein paar Monaten bestimmt einsichtig geworden. Ja, ich finde auch, ihr seid im Lauf der Jahre aus eurer schönen Wohnung mit Blick auf den Rhein ein bisschen hinausgeschrumpft.«

Mutter löste sich aus meinen Armen.

»Ja, Vater und ich sind aus der Wohnung geschrumpft, in die wir vor fünfzig Jahren glückselig eingezogen sind. Wir waren so voller Hoffnung. Wir fanden das Leben wunderschön. Wir waren gesund. Wir wollten Kinder hier großziehen. Und heute sind wir regelrecht aus dem Leben geschrumpft. Man muss es mit Fassung nehmen, mit Humor. Weiß du, Thomas, wenn du eines Tages auch auf die achtzig zugehst, dann rückt die Umwelt irgendwie ein Stück von dir weg. Sie wird unwichtig. Da möchte man sich manchmal verkriechen. Dann kommt einem die schönste Wohnung nicht anders vor als ein Erdloch, in das man sich verkriecht, damit die anderen einen in Ruhe lassen, einen nicht sehen. Er geht ja auch kaum noch aus. Deinen Vater meine ich, er will niemandem begegnen. Höchstens mit Max hält er Kontakt. Die zwei, drei Freunde, die ihm aus der Schulzeit geblieben waren, sind inzwischen gestorben oder ins Seniorenheim verfrachtet worden.« Noch nie hatte sie so lange an einem Stück gesprochen. Sie musste erst einmal tief einatmen, bevor sie einen Schluck Kaffee trank.

»Darüber würde ich mir keine Sorgen machen. Das Fernsehen bringt dir doch heute die ganze Welt in dein schön gepolstertes Erdloch«, versuchte ich sie aufzuheitern. »Sieh doch, wie behaglich ihr euch hier eingerichtet habt. Und der Blick auf den Rhein. Für den müssen andere Tausende an Monatsmiete zahlen. Ihr habt den Panoramablick total umsonst. Und denkt auch an Felizitas, unseren lieben Quälgeist.«

Meine Mutter lächelte trüb. Doch ihr Lächeln verstärkte sich, weil es an der Tür klopfte, und als ich aufsprang und öffnete, war es wieder unser unentbehrlicher, rühriger, überemsiger Freund Max Sonnenberg, dem die dünnen Haarsträhnen vor Aufregung durcheinandergewirbelt waren.

»Hallo, ich wollte nicht zu früh mit der Tür ins Haus fallen.«

»Komm erst mal rein und trink eine Tasse Kaffee. Was gibt es denn so Wichtiges?«

»Mir ist noch etwas eingefallen«, sprudelte er los. »Als Franz mir gestern, nein, vorgestern im Treppenhaus begegnet ist, da hat er so etwas Sonderbares gesagt, also eigentlich nur geistesabwesend gemurmelt, als spräche er mit sich selbst. Von einem Dorf und der Schule, die es plötzlich nicht mehr gäbe. Dann hat er ein Museum erwähnt. Ich habe ihn noch fragen wollen, was er meint. Aber da war er schon zur Tür hinaus. Könnt ihr damit was anfangen? Ein Dorf, das es nicht mehr gibt? Das verschwindet? Eine Schule? Ich glaube, er hat sie *meine weiße Schule* genannt. Und dann eben das Museum.«

»Was für ein verrücktes Zeug«, jammerte meine Mutter. »Wenn das alles ist, was er mir als Botschaft hinterlässt. Und ausgerechnet ein Museum. Das kann ich gar nicht glauben. Vater ist noch nie im Leben freiwillig in ein Museum gegangen.«

»Und was für eine weiße Schule?«, fragte ich.

Max zuckte die Achseln. »Ich wollte es euch nur sagen, es hätte ja wichtig sein können.« Er entschuldigte sich, dass er Mutter und mich nur sinnlos aufgeregt hätte, und wollte wieder gehen. Aber Mutter bat ihn dann doch, neben ihr auf dem Sofa Platz zu nehmen und ihr das ganze noch einmal zu berichten, von A bis Z, weil er als Vaters ältester Freund bestimmt das eine oder andere noch hinzuzufügen habe.

VII

Als ich ihn später zur Tür begleitete und wir noch einen Moment im Treppenhaus standen, fasste ich ihn beim Rockärmel. »Hast du noch etwas, Onkel Max? Du hast doch noch was ...« Wieder meinte er zunächst, dem stummem, in der Ferne verlorenen Blick meines Vaters sei nicht anzusehen gewesen, woran er gedacht hätte. »Hat er denn gar nichts gesagt? Nur vor sich hin gemurmelt? Du kannst es mir doch erzählen«, versicherte ich ihm eindringlich.

»Nein, nichts. Nichts Besonderes. Er sagte nur ...« Und dann wiederholte er einige Sätze, die mir nicht erklärten, wohin mein Vater gefahren war, sondern mir neue Rätsel aufgaben. »Ja, er sagte noch sinngemäß: ›Schlimm, wenn Dinge sich so sehr verändern, dass man sie nicht wiedererkennt. Nur noch Holz, hat er gesagt. Und dass ein ganzes Dorf verschwindet, einfach so!‹ Aber wie er das meinte, kann ich dir auch nicht sagen. Das übersteigt meine Fantasie.«

»Ein Dorf verschwindet. Was kann das bedeuten? Hast du ihn denn nicht gefragt?« Er zuckte die Schultern.

»Weshalb sollte ich ihn danach fragen? Ich habe ihm doch angemerkt, dass man ihn nicht ansprechen durfte. Schließlich hat jeder Mensch seine Geheimnisse. Such doch mal in deinem schlauen Internet nach.« Und altklug philosophierte er. »Einen Menschen ohne Geheimnisse gibt es nicht. Wenn dir jemand sagt, er hat keine Geheimnisse, dann weißt du, dass er lügt. Oder führst du kein Doppelleben? Jeder Mensch legt manchmal eine Parallelspur, zieht eine doppelte Fährte hinter sich her, auf der ein Jäger ihm nachpirscht. Wie du weißt, kann aus einem Biedermann ein Brandstifter werden. Hast du nirgendwo eine Doppelfährte zurückgelassen?« Er zeigte mir sein verschlagenes Greisengrinsen, aber ich spürte, die Frage war ihm ernst gemeint.

»Ein Doppelleben? Vater soll ein Brandstifter sein? Ein Feuerteufel! Dein ältester Freund ein Pyromane? Ich glaube, da gehen die Gäule mit dir durch, Onkel Max. Wie kommst du nur auf so einen Blödsinn? Und auch ich ziehe eine Doppelfährte hinter mir her? Wie bei der Treibjagd?« Ich grinste zurück, fühlte mich von seinen Anspielungen nicht getroffen. Zu abwegig waren sie. Noch nie war ich in die Haut eines zweiten Ichs geschlüpft.

Doch ganz wohl fühlte ich mich auch nicht. In demselben Augenblick fielen auch mir einige lästige Untaten ein, die ich in jüngeren Jahren begangen hatte. Noch immer standen wir uns gegenüber. Durch das Fenster brach Laternenlicht ins Treppenhaus, lag spitzwinklig auf der Treppenstufe, so dass die Schmutzflecke weiß aufschimmerten. Seit Onkel Max mir das neue Stichwort zugeworfen hatte, stand ich gelähmt da, hörte nichts mehr von den anderen Geräuschen, dem Kratzen und Hämmern von Handwerkern, die irgendwo ihre Arbeit begannen. Mein Kopf war wie leer gewischt.

Als Max einen Schritt voran schob, auf die nächste Stufe, kehrte das Dröhnen und Lärmen meine Ohren zurück. Die Taubheit ließ nach, und ich hörte wieder, was er sagte.

»Wir alle führen schon mal ein Doppelleben«, bekräftigte Onkel Max im Brustton der Überzeugung. »Eine Lüge reicht schon aus. Eine einzige winzige Lüge, und schon hört die Welt auf sich zu drehen und eine neue setzt sich in Bewegung. Oder hast du noch nie gelogen?«

Eine absurde Frage! Ich nickte Onkel Max kurz zu und ging zurück zu Mutter. So hilfsbereit er war und uns beistand, und auch das Gespräch, das er mit mir auf der Treppe geführt hatte, alles war gut gemeint. Aber von seinen krausen Bemerkungen über die doppelte Fährte würde ich Mutter besser nichts erzählen. Das würde sie nur weiter aufregen. Plötzlich fielen mir meine eigenen Probleme ein. Doch gerade jetzt, wo wir über meinen Vater beratschlagten, konnte ich nicht auch noch mit meinen Hausstreitigkeiten herausrücken und sie mit Dingen belasten, die im Augenblick für sie ohne Belang waren. Nein, besser ihr nicht erzählen, dass ich erzwungenermaßen Strohwitwer war und selbst nicht wusste, ob und wann Isolde zu mir zurückkam.

Dazu kamen meine Probleme im Verlag. Ich konnte ein Seufzen nicht unterdrücken. Meine Mutter fing es mit ihren feinen Ohren sofort auf. »Was hast du denn, Thomas? Dir geht die Sache mit Vater auch an die Nieren. Das weiß ich ja. Vergiss mal das Museum und die Schule. Was können wir sonst noch unternehmen?« Wieder fing sie mit Vaters alter Firma an. »Da musst du nachfragen. Vielleicht wissen die ja etwas.« Als ich unschlüssig den Kopf schüttelte, weil ich wenig Sinn darin sah, bei Flesch & Söhne anzuklopfen, fragte sie mich eindringlicher: »Du hältst doch mit etwas hinterm Berg? Du hast etwas von Vater gehört? Oder hat Max dir noch etwas verraten? Hast du noch einmal mit der Polizei telefoniert? Du hältst doch mit etwas hinter dem Berg! Oder hast du Streit mit Isolde? Wo ist sie überhaupt? Weshalb meldet sie sich nicht?« Natürlich, die norddeutsche Schwiegertochter war die erste Quelle möglicher Zwietracht, an die sie denken konnte.

Ich schüttelte den Kopf. Die Lust war mir vergangen. Stattdessen erwärmte ich mich für den Vorschlag von Onkel Max, nach einer weißen Schule und einem verschwundenen Dorf oder einem Museum zu suchen. Wozu war das Internet denn da? Doch Mutter ließ sich Vaters ehemaliger Firma nicht ausreden. Was sie sich in den Kopf gesetzt hatte, musste auch gemacht werden. Da ließ sie nicht locker.

Da uns alle guten Ideen ausgingen und uns inzwischen auch wenig aussichtsreiche Vorschläge halbwegs brauchbar vorkamen, rief ich auf ihr Drängen bei der Firma an, um mit Herrn Brauweiler, dem jetzigen Geschäftsführer, einen Termin zu vereinbaren. Der Sekretärin erklärte ich am Telefon unter einigen Ausflüchten, wir seien daheim irgendwie in die Bredouille geraten und wüssten momentan nicht, wo unser Vater abgeblieben sei. Da er daheim noch oft von seiner früheren Firma erzählt und sie ihn innerlich ausgefüllt habe, sei er vielleicht manchmal bei Herrn Flesch vorbeigekommen und habe mit ihm über alte Zeiten geplaudert ... Ich brach im Satz ab, weil es mir geradezu absurd erschien, dieses Lügenmärchen vom fast neunzigjährigen Senior auszuspinnen. Es würde mir ebenso schwer fallen, dem selbstgefälligen Brauweiler ähnlichen Honig ums Maul zu schmieren. Dann kam ich auf den dreisten Gedanken, die Vorzimmerdame zu fragen, ob Vater vielleicht im Auftrag seiner früheren Firma nach Frankreich unterwegs sei.

Ich wurde kühl abgefertigt, doch einen Termin konnte sie mir nicht abschlagen, und so wanderte ich mittags am Rhein entlang zum Niederländer Ufer, wo Flesch & Söhne in einem alten Wohnhaus residierte. Der Geschäftsführer tat anfangs ganz entspannt, heuchelte Mitgefühl, prustete dann jedoch damit heraus, er sei baff vor Staunen über so viel Unverfrorenheit. »Sie wollen mir sagen, Ihr Vater ist unauffindbar? Unsichtbar? Und Sie suchen ihn in meinem Büro? Das ist doch bestimmt ein Scherz, lieber Herr Koller. Das kann nicht Ihr Ernst sein. Wir haben doch keinen Karneval! Wie zum Teufel soll ich Ihnen denn helfen? Die Verbindung unserer Firma zu Ihrem Vater ist vollkommen abgebrochen. Natürlich erinnern wir uns an seine Verdienste, obwohl, unter uns, seitdem einige alte Zöpfe abgeschnitten worden sind.« Und mit infamer Betulichkeit fragte er noch, ob wir angesichts seines fortgeschrittenen Alters Ausfallerscheinungen an ihm bemerkt hätten. Wir sollten vielleicht eine Gedächtnistrübung oder eine Amnesie in Betracht ziehen und eher in psychiatrischen Anstalten nachfragen als bei Flesch & Söhne. Allerdings sei er auf dem Gebiet der Psychiatrie alles andere als ein Fachmann. Ich fühlte mich an den Beamten Landwehr auf der Polizeistation in der Stolkgasse erinnert, und einen Moment lag mir auf der Zunge, auch Herrn Brauweiler zu empfehlen, sich wegen erwiesener Taktlosigkeit selbst in der Psychiatrie einweisen zu lassen.

Als ich nach Hause zurückkehrte, verkniff ich mir den billigen Triumph, meiner Mutter zu verkünden, dass der Besuch ein Schlag ins Wasser gewesen war. Stattdessen fragte ich halb im Scherz, ob ich jetzt etwa aufs Geratewohl an die Loire fahren solle. Schließlich hätte Vater sich früher in den prachtvollen Weinschlössern mit ihren Kellereien wohlgefühlt und von ihnen geschwärmt. Vielleicht wäre einfach die alte Reiselust mit ihm durchgegangen. Doch durch den Fehlschlag bei Flesch & Söhne entmutigt, schüttelte meine Mutter, die bisher auf jeden Vorschlag angesprungen war, der einen vagen Hoffnungsschimmer versprach, abwehrend den Kopf. Auch mir kam eine Fahrt ins Blaue natürlich sinnlos vor.

Als ich abends mit Isolde telefonierte und mich als Erstes teilnahmsvoll erkundigte, wie sie den Tag mit Felizitas verbracht hatte, die ja manchmal über die Stränge schlug, verlangte sie im Gegenzug, ich müsste am nächsten Morgen endlich mit dem Verleger über meine Zukunft reden. »Lass dich nicht gleich abwimmeln«, mahnte sie. »Du bist zu nachgiebig. Lass mal den Hammer raushängen. Sonst wird er dir bloß vage Zusicherungen machen, an die er sich später nicht mehr erinnern kann. Und versprich ihm, du würdest dich auf Fantasy-Literatur umschulen lassen. Da musst du einfach ein paar Wochen Amerikanisch büffeln. Denn ich sage dir, auf dem Sektor sind die Amerikaner und Briten unschlagbar. Die Leute in Hollywood sind sozusagen Weltmeister in der Kinderunterhaltung. Mit Walt Disney hat alles angefangen. Nicht mit deinem blöden Perrault.«

Nachdem ich Isolde versprochen hatte, mich zügig in die absurde *Comic-Speech* einzuarbeiten und mit Kindermann ganz bestimmt ›auf Augenhöhe‹ zu verhandeln, wurde Isolde versöhnlich und erkundigte sich, ob es Fortschritte bei der Suche nach meinem Vater gab. Als ich ihr erzählte, was Max uns vom letzten Gespräch im Treppenhaus berichtet hatte, wurde sie hellhörig.

»Aber das klingt doch vielversprechend. Eine weiße Schule und das Dorf, wo dein Vater vielleicht als Kind eingeschult worden ist ...«

»Da greifst du den Dingen weit voraus. Er ist dort nur für einige Monate zur Schule gegangen«, dämpfte ich ihre Hoffnung.

»Egal. Erkundige dich mal, was für ein Dorf es ist, und ob es da irgendwo ein Museum gibt. Und frag Max, ob er sich an einen Namen erinnert. Er kennt deinen Vater doch schon seit Schultagen. Das lässt sich bestimmt im Internet googeln.«

»Werde ich natürlich versuchen«, versicherte ich.

»Müsste doch mit dem Teufel zugehen«, gab sie zur Antwort. »Ob dir das Internet hilft, kann dir niemand garantieren. Aber da du ohnehin komplett im Dunkeln tappst, kannst du deine Zeit ebenso gut mit dem Laptop verplempern.« Spöttisch kichernd legte sie auf.

Ohne bei meiner Mutter neue Hoffnungen zu wecken, rief ich ein weiteres Mal bei Onkel Max an. Vielleicht war ihm noch etwas eingefallen. Oder er erinnerte sich an den Namen des Dorfes, wo mein Vater zur Schule gegangen war. Max hörte sich gerade die Abendnachrichten an. Doch er kam bereitwillig an den Apparat und sagte tatsächlich, er meine sich zu erinnern, dass sein Freund Franz unmittelbar nach Kriegsende drei Monate oder auch länger auf dem Hunsrück gewesen sei. Er habe es wohl auf der Lunge gehabt. »Bei der Reihenuntersuchung in unserer Volksschule hatte der Arzt bei ihm Symptome von Tuberkulose festgestellt.

Es waren ja die Hungerjahre, wir waren alle abgemagert bis auf die Knochen, und die Stadt hat die Schulkinder mit Verdachtsmomenten irgendwohin in die frische Luft verfrachtet. Die einen kamen nach Manderscheid in der Eifel, andere ins Sauerland, und Franz ist damals, glaube ich, auf den Hunsrück geschickt worden. Aber wohin, wie das Dorf hieß, wo er ein paar Monate zur Schule ging, daran erinnere ich mich nicht. Doch, jetzt wo du danach fragst, da fällt mir das Stichwort *Wietbusch* ein. Ich weiß nicht, ob es der Name des Dorfes ist oder ob es nichts mit Franz zu tun hat. Aber wenn ich heute an die Zeit zurückdenke, summt es mir im Kopf herum wie ein Marienkäfer.«

Wietbusch ... Wietbusch. Der Name sagte auch mir nichts. Onkel Max' Auskunft war zwar reichlich dürr, doch sie gab mir Auftrieb, und so setzte ich mich abends an meinen Laptop und gab zunächst das Stichwort *Wietbusch* ein. Vielleicht gab es mehrere Orte dieses Namens. Schließlich festigte sich auf dem Bildschirm der Umriss einer kleinen Kirche mit weißem Kirchturm, die offenbar in einem Tal lag, in einer menschenleeren Bodensenke. Aufmerksam las ich weiter. Das Bauwerks war im Jahr 1130 erstmals erwähnt worden und dem Apostel Matthias geweiht, in Anlehnung an das Apostelgrab in Trier. Für mich uninteressant. Die Taufbücher seien tadellos geführt worden. Na, prima! Zwei Jahrhunderte sei Sankt Matthias als selbstständiger Sprengel erwähnt worden, dann für längere Zeit als Dependenzkirche der Großpfarrei Morbach aufgelistet. Das war ja alles hoch interessant, ärgerte ich mich. Aber was hatte es mit Vater zu tun?

Als ich weiterlas, entdeckte ich den Namen Weidenroth, ein Hunsrückdorf, das offenbar in der Nähe der Kirche lag. Bis 2007 war es als unabhängige Gemeinde verzeichnet worden, fiel dann der Flurbereinigung in Rheinland-Pfalz zum Opfer und wurde in die fünf Kilometer entfernte Großgemeinde Morbach eingegliedert. Ich gab das Stichwort *weiße Schule* ein. Aber ich erfuhr, in Weidenroth gab es keine Schule. Nein, das stimmte nicht ganz. Denn in der Nachkriegszeit hatte es dort tatsächlich eine Zwergschule gegeben. Aber hatte mein Vater sie als Neun- oder Zehnjähriger besucht? Irgendwann war der Lehrbetrieb eingestellt worden. Vielleicht ließ sich noch ein Archiv finden, zum Beispiel in Morbach. Waren dort die Namen der früheren Schüler vermerkt? Nach längerem Suchen fand ich im Internet das Foto eines weißen Flachbaus, der um 1840 errichtet worden war und mich mit seinem klassizistischen Stil entfernt an den preußischen Architekten Schinkel erinnerte. Es war die ehemalige Volksschule von Weidenroth, in deren einzigem Raum, wie ich las, in der Nachkriegszeit eine einzige Lehrperson alle acht Klassen unterrichten musste. Jahre später war im Gemeinderat überlegt worden, ob das Gebäude komplett abgerissen oder einer anderen Nutzung zugeführt werden sollte.

Schließlich hatte eine neue Landesregierung Mittel für die Renovierung bewilligt, und es war beschlossen worden, in den alten Mauern ein Holzmuseum einzurichten. Vor einigen Jahren war es eröffnet worden. Ich setzte einen Moment ab. Die Augen tränten mir. Die Schrift war klein, schwer lesbar. Doch ich hatte mich in die Fährte verbissen. Vielleicht war es die erste Spur, die zu meinem Vater führte.

... in dem alle einheimischen Bäume des Hochwalds im säuberlichen Querschnitt und mit farbigen Blattmustern gezeigt wurden, las ich weiter. Alte Wagenräder lehnten gegen die Rückwand des Schauraums, dekorative Kornblumenbüschel und Weizenflechten schmückten den Eingang. Ein Jammer, dass das Museum abseits der großen Touristenströme lag und, soweit ich den Besucherzahlen entnahm, bisher nicht die öffentliche Aufmerksamkeit gefunden hatte, die sich die Veranstalter bestimmt erhofft hatten.

Als ich die vielen Infos auf dem Bildschirm las und die Kirche entdeckte und den hübschen Bau, der vermutlich früher die Schule meines Vaters beherbergt hatte, glaubte ich einen Moment, in einem Schneetreiben zu stehen, so sehr flimmerte es mir vor den Augen. Meinetwegen auch, als werde mir am Ende einer langen Pilgerreise eine biblische Weissagung offenbart, eine mosaische Gesetzestafel elektronischer Art vor die Augen gehalten, deren eindeutigen Sinn ich jetzt nur noch zu entschlüsseln brauchte. Ich verglich die Informationen, die mir das Internet lieferte, mit dem, was Vater im Treppenhaus zu Onkel Max gesagt oder halbwegs verständlich gemurmelt hatte, bevor er in den Wagen gestiegen war und vielleicht zu einer Fahrt in seine Kindheit aufgebrochen war.

Ich gebe zu, meine Schlussfolgerungen waren einstweilen noch gewagt, sie mochten holzschnittartig vereinfacht sein, doch ich fing an, mich mit dem Gedanken anzufreunden, dass mein sechsundsiebzigjähriger Vater vor drei Tagen beschlossen hatte, sich in die Welt seiner Jugenderinnerungen zurückzuziehen und von der Bildfläche verschwinden wollte, auch wenn wir ihn bis nach dem Mittagessen noch gesehen hatten. Hatte er nicht das Recht, seine Pläne in einer Logik zu Ende zu denken, die mir fremd war, wenn sie nur ihn überzeugte? Allerdings wusste ich nicht, ob er sich über die Unzuverlässigkeit von Erinnerungen, ihre Ungenauigkeit, ihre Übertreibungen, ihre schillernden Spiegelungen ebenso kritische Gedanken machte wie ich, der aufgrund meines täglichen Übersetzungsarbeit zu akkuraten Denksportübungen gezwungen war.

Eigentlich hatte ich am nächsten Morgen nicht auf den Hunsrück fahren, sondern mich vorsichtshalber wieder ans Telefon setzen und bei den Krankenhäusern herumfragen wollen, ob sie einen Neuzugang namens Franz Koller verzeichnet hätten. Doch ich hatte die Rechnung ohne den Wirt gemacht. Denn bevor ich die erste Nummer wählen konnte, rief Herr Kindermann, mein Verlagschef, an. Obwohl ich mir wegen der Suche nach meinem Vater einige Tage freigenommen hatte, beorderte er mich ins Büro, um mich, wie er drohte, mit einer Entscheidung von schwerwiegender Bedeutung zu konfrontieren. Mir war sofort klar, ich hatte es am schneidenden Tonfall gehört, dass es um meine Zukunft, vielleicht sogar um das Unternehmen ging. Tatsächlich verkündete er mir schon am Telefon, der Steuerprüfer habe ihm ins Gewissen geredet. Aus unabweisbaren Rentabilitätsgründen, ja, er sprach tatsächlich von unabweisbaren Gründen, müsse er die Märchensparte kappen.

»Himmel noch mal, lieber Koller«, versuchte er die bittere Pille zu versüßen. »Ihr Märchenonkel Perrault ist endgültig passé! Das wissen wir doch beide. Den will kein deutsches Kind lesen.«

Mit einer Stimme, deren Zittern die nackte Verzweiflung anzumerken war, behauptete ich, Charles Perrault sei bisher eine wahre Goldader gewesen. Man müsse sie nur richtig ausbeuten. Zum Beispiel seien die Versmärchen noch nicht in deutscher Übersetzung erschienen, etwa die beliebten Erzählungen ›Eselshaut‹ oder ›Griseldis‹.

Herrn Kindermann unterbrach mich schnaubend. »*Grislis?* Habe ich das richtig verstanden? Das solle man besser in *Gruselding* umbenennen.« Dieser tote oder zumindest scheintote Perrault sei doch längst wie eine Zitrone ausgequetscht. Nur Philologen und Historiker seien an ihm interessiert. Ihm hingegen, dem verantwortungsbewussten Verleger Kindermann, sei sehr daran gelegen, die wenigen Arbeitsplätze im Verlag zu erhalten und mit dem Buchangebot auf dem Markt *up to date* zu bleiben, weshalb er sich künftig – und dann kam es knüppeldick, genau wie von Isolde vorhergesagt – auf Fantasy-Storys konzentrieren werde

»Haben Sie das auch verstanden, Herr Koller?«, fragte er zwischendurch. Fantasy, Science-Fiction, Computerspiele, warum nicht auch Horror, all diese Genres hätten auf dem Büchermarkt längst eine beherrschende Stellung errungen. »Oder haben Sie etwas gegen Horror? So richtig bluttriefende Satansstorys, wie sie der alte Poe verzapft hat? Aber wenn Sie mir noch einmal mit Perrault und seinem Gruselding ankommen, schmeiße ich Sie hochkantig aus dem Fenster.«

Bei seinem Gefasel, dem ich die Unsicherheit anmerken konnte, das Schuldbewusstsein, sogar die uneingestandene Scham, weil er seinen Verlag auf das Niveau von Schundliteratur herunterwirtschafte, wurde mir klar, was das für mich bedeutete: Das Ende meiner Übersetzungsarbeit, zugleich den beruflichen Absturz, da ich außer französischer Märchenpoesie des siebzehnten Jahrhunderts nichts anderes gelernt hatte, nicht einmal eine Anleitung zum Zusammenbasteln eines Kleiderschranks vom Englischen ins Deutsche übersetzen konnte. Damit bedeutete es die Pleite für meine Familie, ich stieß stumme Verwünschungen aus. Es hätte mich nicht gedemütigt, wenn Kindermann von mir verlangt hätte, in Zukunft nur noch Comics zu übersetzen. Das hätte ich nach einigen Wochen geschafft. Doch er wollte mich loswerden. Ich merkte es ihm an. Dieser Typ stieß mich eiskalt in den Abgrund.

»Ich kenne Ihr Problem«, sagte er mit scheinheiligem Mitgefühl. »Sie kennen sich auf dem Gebiet nicht aus. Ich sehe Ihnen an, Sie haben als Kind nie Comics gelesen. Sie schaffen es nicht. Inzwischen sind Sie zu alt, um sich in ein neues Gebiet einzuarbeiten.«

Er hatte recht. Ich war am Boden zerstört. Ich spürte auch, dass ich nicht für Comics geeignet war, dass mir die Schnodderigkeit fehlte, der freche Witz, die coole Spritzigkeit. Oder um es mit den ironischen Worten auszudrücken, die Isolde einmal für meine Fantasie gefunden hatte: zu denkbieder, zu hausbacken, zu behäbig. Ich überlegte, ob ich Herrn Kindermann von unserer häuslichen Katastrophe erzählen solle, um sein Herz zu rühren, vom spurlosen Abtauchen meines Vaters, der mir doch zum fünften Geburtstag ein wunderschönes Märchenbuch geschenkt hatte, und die Märchen, die darin erzählt wurden, stammten ursprünglich alle von Perrault. Ein paar Atemzüge lang suchte ich fieberhaft nach einem Ausweg aus diesem Labyrinth der Hoffnungslosigkeit. Schließlich flüsterte ich, es sei jetzt alles gesagt. Mein Besuch erübrige sich. Ich legte auf und ging zu meiner Mutter, aber nicht um ihr von weiteren Recherchen zu berichten, sondern um sie vorzuwarnen, dass ich mich dringend mit Isolde kurzschließen müsse. Vaters Schicksal trat in den Hintergrund.

»Mit Isolde? Was hat sie denn mit meinem Mann zu tun?«, fragte sie entrüstet, als müsse ich in einem Augenblick, da ihre eigene Ehe in Unordnung geriet, wenigstens dafür sorgen, dass mit meiner Ehe alles im Lot blieb. »Hast du mir nicht erzählt, sie ist in Hamburg?«

»Ja, in Hamburg«, antwortete ich geistesabwesend und setzte mich neben sie, ohne zu merken, dass wir aneinander vorbeiredeten. Ich wählte die Nummer der Puttkamers und versuchte, meine Frau ans Telefon zu bekommen. Doch eine unwirsche norddeutsche Stimme, es war natürlich die meines Schwiegervaters, teilte mir mit, Isolde sei mit Felizitas zur Binnenalster spaziert und wolle an so einem schönen Tag nicht gestört werden. Er sprach so langsam, als müsse man ihm die Worte aus der Nase ziehen, und erwähnte zweimal, ich hätte ihn beim Schachspiel unterbrochen, sein Partner habe schon auf die Schachuhr gezeigt, er solle schleunigst ›zurück an die Arbeit.‹ Frustriert brach ich ab. Ich hatte keine Lust, dem alten Mann, der mich ohnehin für einen Versager hielt, auch noch mein Herz auszuschütten und ihm von Schwierigkeiten im Beruf zu erzählen. Das kam nicht in Frage. Ein gesunder Mann, nicht mal vierzig, der könnte Arzt sein oder Architekt, dufte aber nicht am Schreibtisch eines Kinderbuchverlags vor sich hin träumen, in Wörterbüchern blättern und nach Märchenreimen suchen. Nein, ich war in seinen Augen als vollkommene Niete abgestempelt. Dass seine Tochter ausgerechnet an so einen geraten war, hatte er mir nie verziehen. – Es ist hoffnungslos mit ihm, dachte ich bitter und legte auf, ohne mich von meinem Schwiegervater zu verabschieden.

Einige Augenblicke saß ich da, regungslos und in ohnmächtiger Wut, dann wandte ich mich zu Mutter, die mir keine Sekunde Ruhe gönnte und am liebsten das ganze Haus mit seinen vier Etagen in Aufruhr versetzt hätte. Wieder überschüttete sie mich mit giftigen Vorwürfen, dass ich seelenruhig daheim herumsäße, ohne mich um Vater zu kümmern. Ich hörte gar nicht hin, immerhin hatte sie morgens zum ersten Mal seit drei Tagen wieder einigermaßen gefrühstückt. Sie beschwerte sich, dass ich mit dem Verleger und mit Hamburg telefoniert hätte statt mit Notärzten und Polizei, und dass ich sie in einem Moment, da sie wirklich auf meine Unterstützung angewiesen sei, im Stich ließe.

Allmählich war ich es leid, mir ständig ihre ungerechten Vorwürfe anzuhören, und hatte keine Lust, ihr von meinen eigenen Problemen zu berichten. Ich murmelte eine Entschuldigung und rief ihr zuliebe die Polizeistation in der Stolkgasse an, die mich, wie befürchtet, knapp abfertigte. Nein, von Herrn Koller, Franz, war weit und breit nichts gemeldet. Während ich mit dem Beamten telefonierte, zerrte eine doppelte Unruhe an mir, weil Isolde mit Felizitas an der Binnenalter spazierte, ohne von meinen Problemen im Verlag etwas zu ahnen, und weil ich mit meinem Anruf in Hamburg vielleicht die Rettung meines Vaters hinausgezögert hatte, der womöglich bewusstlos in einem Krankenhaus auf eine Operation wartete oder, was ich mir nicht auszudenken wagte, in einer Gerichtsmedizin als unidentifizierte Leiche im Kühlfach aufbewahrt wurde.

Mich plagte auch aus einem anderen Grund das schlechte Gewissen. Denn mir fiel ein, dass Max noch nicht wusste, was die Sparkasse mir mitgeteilt hatte. Ich rief ihn an. Max war sehr erstaunt.

»Mit tausendzweihundert Euro unterwegs und das Auto hat er vollgetankt? Das sieht tatsächlich nach Planung aus. Aber mir hat er nichts angedeutet. Ich habe keine Ahnung, was ihn da umtreibt.« Er wandte sich an Uschi, seine Frau, die ihrer beider Lebenswege so gut kannte wie er selbst. Ich warf eher beiläufig die Frage dazwischen, ob mein Vater irgendwo eine Freundin versteckt habe und sie besuche.

»Ausgeschlossen«, sagte Ursula Sonderburg, geborene Gerlinger, die UG der Frühzeit, mit Bestimmtheit. »Das hätte ich als Frau sofort mitbekommen. Ihr Männer meint immer, man merkt es euch nicht an. Dabei zieht ihr eine verräterische Spur hinter euch her, heimliche Telefonate, Parfümduft, Lippenstift am Kragen.« Sie suchte nach einem Vergleich. »Einen wahren Meteorschweif!«

Es gelang mir, abends mit Isolde zu telefonieren. Ich berichtete ihr endlich von meinen Problemen im Verlag, was sie mit Grimm erfüllte und zu spontanen Wutausbrüchen gegen meinen Chef verleitete. Als ich ihr dann auch von Vater erzählen wollte, schien sie zunächst gar nicht zuzuhören, sondern schimpfte weiter auf den Verleger, der sich mit seinen Märchen-Editionen einen guten Namen verschafft habe und ihn jetzt mit billigen Comics aufs Spiel setze. Ich würde versuchen, mich in amerikanische Fantasy-Literatur einzuarbeiten, tröstete ich sie. Das habe sie mir schließlich geraten. Aber offenbar war sie inzwischen anderen Sinnes geworden. »Dein Englisch ist grauenhaft«, bügelte sie mich ab. «Das schaffst du nie.»

Ihrem Tonfall merkte ich wieder an, was uns innerlich trennte. Für Isolde war meine Arbeit im Verlag nur ein Job, ein seelenloser Broterwerb, den man, wenn er einem nicht mehr passte, gegen einen anderen auswechselte. Als Austauschschülerin hatte sie drei Monate in Texas gelebt. »Du musst mal sehen, wie oft Amerikaner im Leben umziehen. Schließen einfach die Tür ab, verfrachten ihr Fertighaus auf einen Tieflader und ziehen huckepack quer durch die Staaten, vom Great South West bis nach Kalifornien oder Chicago. Die Amerikaner sind nicht so gehemmt wie unsereins. Wenn denen ein Beruf nicht mehr passt, fangen sie komplett was Neues an. Aber so ein Typ bist du nicht.«

Ich hörte ihr fassungslos zu und widersprach nicht. Vielleicht sah sie auch ihr eigenes Zusammenleben mit mir als gefühlskaltes Hinnehmen des Gegebenen und würde es, wenn nötig, eines Tages rücksichtslos abbrechen oder umkrempeln. Sie verstand nicht, was es für mich bedeutete, eine liebevolle Verbindung zu beenden, und damit meinte ich nicht meine Ehe, sondern meine Arbeit als Märchenübersetzer. Denn ein Poet war er gewesen, dieser Perrault, kein Tagträumer, kein weltfremder Sternengucker, mochte er auch keine Comics schreiben. Für mich war er ein *Mister Klug*, ein *Monsieur Gewissenhaft und Wortschöpferisch*, ein *Herr mit scharfem Verstand*. Dass seine Märchen noch dreihundert Jahre nach seinem Tod gelesen wurden und Kindern Fröhlichkeit oder Schaudern vermittelten, war eine Leistung, die ich nie zustande brächte. Und welcher Comic-Schreiber wäre noch in dreihundert Jahren aktuell? Es war unfair von ihr, so abfällig von meinen Übersetzungen zu sprechen, die ich nur bewältigte, weil ich mich mit dem Französischen so intensiv beschäftigt hatte wie Vater mit dem Italienischen. Unverhofft hatte ich eine weitere Gemeinsamkeit zwischen ihm und mir entdeckt, zwischen

Vater und Sohn. Ganz zum Schluss unseres Telefonats geruhte sie, nach meinem Vater zu fragen. Einsilbig teilte ich ihr mir, es gebe nichts Neues. Ich hätte im Internet herumgesucht, wie sie es mir geraten habe, und vielleicht eine erste Spur gefunden.

»Eine erste Spur?«, fragte sie zurück und fand einige seltsame Worte, um die Situation zu kommentieren. »Vielleicht bereitet er sich auf den Tempowechsel vor.«

»Was soll das wieder bedeuten?«

»Vom Sprint in den Spaziergang zum Beispiel.« Sie machte eine vielsagende Pause, als müsse ich begreifen, was sie sagen wolle. »Er geht doch allmählich auf die achtzig zu.«

»Ja, in vier Jahren«, bestätigte ich ironisch, doch auch mit einer Art Schuldgefühl, weil wir beide, Isolde und ich, von einem Mann sprachen, der doppelt so alt war wie wir.

Das sei schließlich die Zeit, da man anfange, seine Erinnerungen zu ordnen, seufzte meine Frau. »Das fängt gemächlich an, aber eines Tages füllt es den Raum aus.« Nun ja, das verstehe, wer will, dachte ich, ohne einen Mucks zu sagen, und als hätte sie damit genug zur Lösung meiner Probleme beigesteuert, legte sie den Hörer auf.

VIII

Ich sollte besser aufhören, die Tage zu zählen, die seit Vaters Verschwinden vergangen waren. Inzwischen hatte ich die Lust verloren, im Wandkalender eine Strichliste anzulegen und daheim untätig herumzusitzen. Ich wollte meiner Mutter nicht bloß die Hand halten und darauf warten, dass uns die Decke auf den Kopf fiel. Noch immer gab es keine Spur. Stattdessen suchte ich frühmorgens, ohne sie zu wecken, in einem alten Esso-Atlas nach einem Hunsrückdorf Weidenroth und auch nach dem kürzesten Weg, um dorthin zu fahren. Doch schon wartete die erste Enttäuschung auf mich. Ein Dorf dieses Namens schien es nicht zu geben. Vielleicht war es zu klein, tröstete ich mich, um auf der Deutschlandkarte vermerkt zu sein, nur so eine Art Mückenklecks im Hochwald. Mir fiel ein, dass der Ort vor einigen Jahren in einen anderen eingemeindet worden war. Wieder musste ich den Computer anwerfen, und nachdem ich einige Minuten im elektronischen Nebel gestochert hatte, wurde ich fündig. Es gab dieses Dorf tatsächlich. Doch inzwischen war es ein Teil von Morbach. Sollte ich auf gut Glück dorthin fahren?

Mit Mutter würde ich meinen Plan besser nicht bereden. Einstweilen wollte ich meine Absicht noch unter Verschluss halten. Ich hätte bei Mutter neue Hoffnungen geweckt, die vielleicht unerfüllt blieben. Erst musste meine Idee gewissermaßen *reifen*. Aber wenigstens wollte ich Mutter zeigen, dass ich weiter nach dem unbekannten Dorf im Hunsrück und der Schule und dem angeblichen Museum recherchiert hatte. Ich legte den Atlas vor sie auf den Esstisch.

Nein, von einem Dorf habe Vater nie gesprochen, flüsterte Mutter, und ihre Stimme klang entsagungsvoll. Es schien sie zu bedrücken, dass sie ihn nie von einem Dorf hatte sprechen hören und sich nicht vorstellen konnte, dass er ihr etwas Wichtiges aus seinem Leben verschwiegen hätte. Zweimal musste sie sich räuspern, weil ihr die Stimme abbrach. »Da muss Max sich verhört haben«, beharrte sie. »Und hat Vater nicht auch angeblich ein Museum erwähnt? Das kann ich nicht glauben. Was für ein Museum soll das denn sein?« schnappte sie. »Du weißt doch, Thomas, dein Vater ist wirklich kein Museumsbesucher. Nicht mal in die Domschatzkammer ist er mit mir gegangen, als sie neu eröffnet worden ist.«

Übernächtigt und fahlgesichtig saß sie vor mir über dem Katzenfrühstück, ungekämmt, noch im Morgenmantel, den Kragen nachlässig um den Hals gerafft. Sie hatte am Vorabend zwei Tassen Baldriantee getrunken und zwei Melissenblätter hinzugegeben, statt der halben Tasse, die sie sonst vor dem Schlafen nahm. Jetzt litt sie an bohrenden Kopfschmerzen und unangenehmen Gleichgewichtsstörungen und kniff die Augen zusammen, als ließe der Tag nichts Gutes erwarten und verheiße nur böse Überraschungen. Ich schaute durchs Fenster auf die mächtigen Äste der Schwarzkiefer, die in den letzten Jahren rasend schnell gewachsen war und inzwischen das ganze Treppenhaus verdunkelte. Um den Rhein zu sehen, musste man sich neuerdings zum Wohnzimmerfenster hinausbeugen. Wie oft hatte sich mein Vater bei der Hausverwaltung beschwert, dass wenigstens die am weitesten vorwuchernden Zweige der Kiefer getrimmt würden. Nichts war passiert. Eigentümer des Hauses war eine Immobiliengesellschaft, von deren Herren sich niemand blicken ließ, so dass Vater schriftlich angefragt hatte, ob die Verwaltungszentrale auf den Bahamas läge? Verzagtes Vogelzwitschern drang durch die Zweige. Ein Rotkehlchenpaar hatte darin sein Nest gebaut. Auch die Katze hatte es bemerkt.

Plötzlich begann Mutter zu weinen. Als suche sie Trost in Erinnerungen, die keine Bedeutung hatten, erzählte sie mir noch einmal, was ich bereits wusste. Doch sie sprach wie eine Schlafwandlerin, oder als spräche sie mit einem Fremden, der die Geschichte noch nicht gehört hatte. »Nach dem Mittagessen, ja, also, ich meine vor drei Tagen, nicht wahr? Es gab Omelett mit Steinpilzen, wie gesagt, Vater hat stumm in seinem Lieblingssitz, hier dem Rohrsessel ausgeruht, mit Blick ins Grüne, an der Schwarzkiefer vorbei auf den Rhein, was er immer gern tut. Früher hat er sich nach dem Mittagessen auf den Balkon in die Sonne gesetzt und den Stadt-Anzeiger gelesen, noch immer Nachrichten über Weinversteigerungen, Weinpreise, als sei er noch bei Flesch tätig. Aber vor drei Tagen ist er aufgestanden, hat den Staubmantel angezogen, hat die Aktentasche aus dem Schlafzimmer genommen und ist fortgegangen, ohne ein Wort. Als stände er unter Narkose, verstehst du, Thomas? Gegen vierzehn Uhr am frühen Nachmittag. Da hat er sich einen Ruck gegeben, nein, erst hat er ja im Schlafzimmer seinen braunen Kordanzug angezogen und die Autoschlüssel eingesteckt. ›Du bist doch viel zu früh für den Italienischunterricht‹, habe ich ihm noch nachgerufen. Denn der beginnt ja erst um achtzehn Uhr. Doch dein Vater hat mir nicht geantwortet, ich habe wirklich alles getan, um mir Klarheit zu verschaffen. Aber er hat nur unwirsch den Kopf geschüttelt und ist die Treppe hinuntergestiegen.«

»Ich weiß, Mutter, ich weiß. Ich bin ja dabei gewesen«, sagte ich verstört, weil sie vollkommen geistesabwesend wirkte, fast als spräche sie mit sich selbst oder mit einem Kriminalbeamten, der ein Protokoll anfertigte. Nein, laut sprach ich es nicht aus, sondern nur heimlich gedacht. Ich wollte sie ja nicht am Boden zerstören.

Abends rief Isolde wieder an. Zunächst wollte ich das Gespräch gar nicht entgegennehmen, das unfreundliche Telefonat mit ihrem Vater lag mir noch schwer im Magen. Doch vielleicht hatte sie ein schlechtes Gewissen bekommen und wollte mir versichern, bei einem Schachspiel dürfe man ihn einfach nicht stören. Da reagiere er so gereizt wie ein Grizzlybär. Auch meine Mutter drängte mir den Hörer auf. Und sie tat gut daran. Denn meine Frau entschuldigte sich tatsächlich, ich konnte es kaum glauben. Sie sagte mit unmissverständlichen Worten, ihr unfairer Gefühlsausbruch täte ihr leid.

Die Bettnässerei unserer Tochter habe wahrscheinlich mit dem vielen Tee zu tun, den sie getrunken habe. Lindenblütentee. Den mochte sie so gern. Vergangene Nacht sei Feli *trocken* geblieben.

Also das wolle sie mir sagen, damit die Dinge zwischen uns wieder ins Lot kämen. Die Stimmung bei ihren Eltern sei tatsächlich bedrückend, auch für sie. Es seien eben alte Leute, die allmählich ein bisschen wunderlich würden. Sie werde in Hamburg keine Wurzeln schlagen. Dann erkundigte sie sich, wie lange ich noch bei meinen Eltern bliebe. Als ich schon auflegen wollte, fragte sie beiläufig, ob ich mich auch bei *dieser Baumeister* wegen Vater erkundigt hätte.

Mit *diese Baumeister* war die Ophthalmologin Frau Dr. Sonja Baumann gemeint, die in der Severinstraße gegenüber der gleichnamigen Basilika ihre Praxis betrieb, seit Jahren meinen Vater behandelte und ihm hin und wieder neue Brillengläser verschrieb. Auch ich hatte sie gelegentlich konsultiert, da ich von meiner Mutter trübe Augäpfel und eine Empfänglichkeit für Entzündungen geerbt hatte. Vor einigen Monaten hatten sich meine Beschwerden zu einer chronischen Konjunktivitis ausgewachsen, zu deren Linderung *diese Baumeister* mir ein liposomales Augenspray verordnet hatte. Ich hatte Isolde seinerzeit den winzig bedruckten Beipackzettel vorgelesen. Besonders amüsant fand ich, dass die öligen Augentropfen auch *Aqua purificata* unter den Bestandteilen aufzählte, was ja wohl sauberes Wasser bedeutete. Wir hatten beide über unsere Entdeckung gelacht.

Ich sagte Isolde, Vater habe die Ärztin seit Monaten nicht mehr aufgesucht. Mich bei ihr nach seinem Verbleib zu erkundigen, sei wenig aussichtsreich. Damit legte ich den Hörer behutsam zurück auf die Gabel und zog aus dem Gespräch das erfreuliche Fazit, dass sich unsere Beziehung entspannt hatte. Hinsichtlich der Bettnässerei bewegten wir uns wieder auf der gleichen Wellenlänge. Sportlich ausgedrückt, war unser Match mit einem Unentschieden ausgegangen.

Nachts im Bett trübte sich mein Gedächtnis. Plötzlich glaubte ich mich zu erinnern, dass meine Mutter an jenem Mittag eine seltene französische Spezialität ausprobiert hatte, eine Art provenzalische Bouillabaisse mit viel Knoblauch und Thymian. Auch meinem Vater, der im Fernsehsessel saß und gewohnheitsmäßig die Weinpreise einer Versteigerung überflog, musste der Duft aus der Küche in die Nase gestiegen sein. Aber war es tatsächlich der Tag gewesen, an dem er abends zu der Signora gehen wollte? Ich konnte mich nicht mehr erinnern, so sehr ich mir im Halbschlaf Mühe gab. Jedenfalls hatte meine Mutter ihn nicht gefragt, ob er schon so früh die Signora Valeria aufsuchte, als er die Wohnung verließ und die Treppe hinunterstieg. Jetzt fiel mir sogar ein, dass ich ihm durch das Wohnzimmerfenster neugierig nachgeschaut hatte, bis er unten ins Auto gestiegen und abgefahren war. Ja, mit einem Mal stand alles ganz deutlich vor meinen Augen, als hätte ich einen beschlagenen Spiegel blank gewischt. Vater hatte uns von der Strasse noch zugerufen, er werde jetzt an die Loire fahren. Die Bilder verknäulten sich in meinem Kopf.

Endlich schlief ich ein.

IX

Vielleicht rächte sich jetzt, dass unser Familien-Klan klein geblieben war. Eine ›Schrumpfkopf-Familie‹ hatte meine Frau sie spöttisch genannt. Meine Mutter entstammte zwar einer fünfköpfigen Geschwisterschar. Doch mit Onkel Gregor, dem *Weißen Vater* war der einzige Bruder in Afrika von der Malaria hingerafft worden. Meine Tante Katharina, Mutters Lieblingsschwester, war zu einer Zeit, als ich zur Welt kam, an einer Bauchhöhlenschwangerschaft verstorben. Monatelang hatten beide Schwestern, Katharina und meine Mutter, sich einen mitteilsamen Schwangerschaftswettbewerb geliefert, in dem die Lieblingsschwester, zwei Jahre älter als meine Mutter, auf traurige Weise unterlegen war. Mit ihrer Schwester Maria hatte sich meine Mutter, wie schon berichtet, rettungslos zerstritten. So war nur die jüngste Tochter übrig geblieben, die wir um Hilfe hätten bitten können. Tante Imelda war eine temperamentvolle, lebenslustige Frau gewesen. Doch sie hatte ihren Mann Johann Wassermann, einen Buchhalter in einer Mehlemer Drahtwickelfabrik, früh verloren. Dieser baumlange, gütig lächelnde Onkel war an Magenkrebs gestorben, so qualvoll, als habe das Schicksal ihm als Gegenleistung für seine Freundlichkeit das Höchstmaß eines Martyriums abverlangt. Ob Tante Imelda an Gram zerbrach oder aufgrund genetischer Veranlagung angefangen hatte zu trinken, war mir nicht klar. Doch erwiesenermaßen gab sie sich dem Alkohol hin, der ihr Gesicht frühzeitig altern ließ. Von ihr war daher kaum Hilfe zu erwarten.

Auf Vaters Seite sah es nicht besser aus. Er hatte überhaupt nur einen Bruder gehabt, einen Vertreter für Kurzwaren, der für ein Handelsgeschäft in Neuss arbeitete. Onkel Georg war ein kluger Mann, der mit blitzblanken, fast listigen Augen in die Welt blickte und zu meinen Schulleistungen, von denen Mutter ihm stolz berichtete, stets einen ironischen Kommentar ablieferte. Doch der Lieblingsonkel ging eines Morgens zum Bäcker, um Brötchen zu kaufen. Es regnete, daher nahm er den Schirm mit. Als er den Laden verließ, vergaß er aus Unachtsamkeit seinen Regenschirm, und als er zurückkehrte, um ihn abzuholen, wurde er in der Tür zur Bäckerei vom Schlaganfall getroffen und verstarb binnen Minuten. Der Zufall wollte es, dass ihn der Tod an dem Tag ereilte, da ich an der Dolmetscherschule die mündliche Französischprüfung ablegte, ein Ereignis, dem auch Onkel Georg entgegengefiebert hatte. Als ich nach bestandenem Examen, die Prüfungsurkunde in der Hand, beglückt nach Hause kehrte, erfuhr ich von dem unfassbar traurigen Geschehen.

Nein, ich konnte unsere Familie wirklich nicht mit einer knorrigen Eiche vergleichen. Weit ausgreifende Äste waren an unserem Lebensbaum nicht zu sehen. Unser Klan war im Lauf der Jahre derart geschrumpft, dass er nur noch einer schmächtigen Birke glich. Tante Imelda hatte seit Monaten nichts von sich hören lassen, und mein Lieblingsonkel Georg lag seit zehn Jahren auf dem Friedhof.

Währenddessen war meine Mutter schon ab morgens um sechs wie eine versteinerte Witwe am Telefon sitzen geblieben, um keinen Anruf der Polizei oder eines Krankenhauses zu überhören. Bevor ich mich ohne ihr Wissen auf den Weg in den Hunsrück aufmachen wollte, fragte ich noch einmal bei der Sparkasse an, ob es neue Bewegungen auf Vaters Konto gegeben habe, die Aufschluss über seinen Aufenthaltsort gegeben hätten. Doch es waren keine weiteren Geldbeträge abgehoben worden. Inzwischen war es halb zehn.

Meine Mutter erging sich in Selbstvorwürfen. Bestimmt habe sie Anzeichen für eine Verschlechterung seines Gesundheitszustands übersehen, sei zu wenig auf ihn eingegangen, habe nicht aufmerksam hingehört, als er mit ihr über seine Kieferkrankheit sprechen wollte. Stets sei sie durch belanglose Dinge von seinen echten Problemen abgelenkt worden. Als ich behutsam (denn ich kannte ihre

Empfindlichkeit und Eifersucht) fragte, ob es irgendwelche, auch nur entfernt spürbare Hinweise gebe, dass er in eine andere Beziehung verstrickt ... Schon unterbrach sie mich entrüstet.

»In eine andere Beziehung verstrickt? Bist du verrückt geworden? Wenn du wissen willst, ob ich mich auf Vaters Treue verlassen darf, kann die Antwort nur ein festes Ja sein.« In ihrer tosenden Gefühlswelt durfte jetzt kein Zweifel bestehen, dass die Ehe eine einzige Erfolgsgeschichte war. Niemand durfte an diesem Rettungsanker rütteln. Auch der eigene Sohn nicht.

Mir gegenüber kehrte sie noch immer gern die strenge Zuchtmeisterin heraus und ließ mich spüren, dass sie mich auch mit meinen fast vierzig Jahren noch an die Kandare nehmen müsse. Doch das ganze Ausmaß ihrer Langmut bewies sie gegenüber meinem Vater. Egal ob ihm früher im Betrieb ein Fehler unterlaufen war oder ob heute etwas in unserer Familie schief lief, stets verteidigte sie ihn. Sie war in einer erzkatholischen Familie aufgewachsen, und manchmal schien ihre Verteidigungsbereitschaft einer quäkerhaften Gewissenhaftigkeit zu entspringen. Daher glaubte sie auch jetzt, sie habe unwissentlich sein Unglück verschuldet, und als sie mir an diesem Tag mit trüber Miene gegenübersaß und sich alle erdenklichen Katastrophen ausmalte, schien sie hauptsächlich bei sich selbst die tiefere Ursache für Vaters Verschwinden zu suchen.

X

Ich hatte mir fest vorgenommen, am späten Morgen endlich zur Fahrt auf den Hunsrück aufzubrechen. Vielleicht hatte ich Glück und wurde fündig. Meiner Mutter wollte ich vorschwindeln, Herr Kindermann habe mich wegen dringender Angelegenheiten in den Verlag bestellt. Ich plante einen Tagesreise, morgens hin, abends zurück. Die Gesamtstrecke betrug kaum mehr als fünfhundert Kilometer. Das war zu schaffen. Doch dann traten verschiedene Ereignisse ein, die mich davon abhielten, den Plan umzusetzen. Es fing damit an, dass morgens kurz nach halb zehn, als Mutter sich hastig ein Frühstück zubereitete, jemand an unserer Tür schellte. Die Unterbrechung kam mir ungelegen. Doch ich musste aufmachen.

Draußen stand eine Person, die ich erst einmal gesehen hatte, und auch das nur zufällig. Es war die kleine japanische Musikstudentin, die vor zehn Tagen bei uns ins Haus gezogen war. Sie war durch die einzelnen Etagen gewandert, um sich mit fernöstlichem Zeremoniell als neue Mitbewohnerin vorzustellen. Auch zu uns war sie gekommen, und zufällig war es der Tag gewesen, an dem auch ich bei meinen Eltern eingezogen war, so dass ich ihr bereits damals die Tür geöffnet und sie hineingebeten hatte. Mutter hatte sie freundlich zu einer Tasse Kaffee eingeladen. »Nein, wenn ist schön, eine Saft«, hatte sie geradebrecht.

Als wir uns um den Tisch versammelt hatten, meine Eltern und ich, und sie neugierig anstarrten, – noch nie hatte eine Japanerin bei uns im Haus gewohnt –, erzählte sie uns, sie sei Pianistin und studiere an der Kölner Musikhochschule in der Dago ... Dago ...

»Dagobertstraße«, hatte ich ausgeholfen. Ja, in Dagobertstrass, hatte sie dankbar die schönen Mandelaugen zu mir aufgeschlagen, und als mein Vater sie zuvorkommend fragte, wo sie ihr blendendes

Deutsch gelernt habe, zwirbelte sie eine umständliche Antwort hervor, der wir entnehmen durften, sie habe bisher in Bonn gewohnt, und zwar schon zwei Jahre, und Bonn sei auch eine sehr schöne, eine sehr ehrwürdige Stadt, aber die allmorgendliche Fahrt in der Straßenbahn, eine Stunde nach Köln, sei doch etwas umständlich gewesen, und daher sei sie sehr erlei ... erleich ... sehr froh, dass sie ein Zimmer in Köln gefunden habe, von wo aus sie zu Fuß die Dago ... Dagostrass erreichen könne.

Der Neuzugang hatte sich mit sanfter Verbeugung vorgestellt. Mutter hatte sie gebeten, den schwierigen Namen zu wiederholen, und soweit ich mich erinnerte, hieß sie Hatsumomo, zumindest glaubten wir, es so verstanden zu haben. Darauf hatte auch Vater seinen sonst eher strengen Ton erneut ihrer asiatischen Höflichkeit angepasst und gönnerhaft gefragt, ob ihr Name etwas Hübsches bedeute. Er hätte gehört, in Japan hätten alle Namen ein Geheimnis. O ja, die neue Mitbewohnerin war aufgeblüht. In Japan seien fast alle Namen mit Geheimnissen behaftet. Hatsumomo heiße übersetzt *Erster Pfirsich* und sogleich wieder eingeschränkt: Das sei eigentlich ein Künstlername. Und mit porzellanfeinem Lächeln und erneuter angedeuteter Verbeugung, soweit es im Sitzen möglich war, hatte sie sich verbessert, es sei ihr *künftiger* Künstlername, wenn sie demnächst, vielleicht in drei Jahren, als Konzertpianistin im Kölner Gürzenich oder in der Philharmonie auftreten dürfe. In Wirklichkeit heiße sie anders, sie trage nämlich einen bürgerlichen Namen, und bei dem schlichten Geständnis hatte, wenn das bei einer elfenbeinfarbenen Japanerin überhaupt möglich war, zarte Verlegenheit ihre Wangen gerötet. Um ihre Befangenheit nicht zu vertiefen, hatte ich sie ungezwungen gefragt, wie sie denn eigentlich wirklich heiße. »Harumi«, hatte sie geantwortet, aber das sei ein komischer Name, weil er sowohl von Frauen als auch von Männern getragen werde. Als Künstlername sei er nicht tauglich. Jedenfalls, die Freunde und Studenten von der Musikhochschule würden sie einfach Momo rufen.

»Nun also, Momo, wo brennt's? Was führt dich her?«, fragte ich sie, als sie jetzt am späten Morgen bei uns klingelte und ungewollt meine Abfahrt verhinderte. Ich erinnerte mich, dass die zierliche Pfirsichpianistin meinen Eltern und mir vor zehn Tagen erlaubt hatte, sie zu duzen. Nun also, wiederholte sie schüchtern, sie habe erst gestern Abend von unserem Unglücksfall gehört, vom Verschwinden meines Vaters, dieses stattlichen, wohlaussehenden, vornehmen, weißhaarigen Herrn, der sie bei ihrem Antrittsbesuch und auch später, wenn sie ihm im Treppenhaus begegnet sei, stets zuvorkommend gegrüßt habe. Der Zufall habe sie gestern Nachmittag in die Kölner Südstadt geführt, wo ihre Klavierlehrerin wohne, und sie meine, auf dem Heimweg, es sei schon dämmrig gewesen, hätte sie Vater gesehen, auf einem verlassenen, auf einem ganz kaputten Fabrikgelände und er habe da zusammen mit einer großen, weiß gekleideten Frau gesessen, in einem wehenden Schleier oder so etwas Elegantem. Sie hätten beide auf einer niedrigen Mauer, einem Brunnenrand vielleicht, gesessen und einander angeschwiegen.

Als meine Mutter das vom Wohnzimmer aus hörte, benahm auflodernde Eifersucht ihr den Atem, und sie war einer Ohnmacht nahe. Sofort kam sie an die Tür und wollte von der Japanerin genau wissen, wo sie die verdächtige Szene beobachtet habe, ihr Ehemann mit einer unbekannten Frau, und was für eine Frau das gewesen sei. Momo zuckte ratlos die Schultern. Wie sollte sie das wissen? Sie habe ihrer Beobachtung keine besondere Bedeutung beigemessen und sei einfach weitergegangen, ohne meinen Vater zu grüßen, weil sie in dem Moment noch nichts von seinem Verschwinden gewusst habe. Und den Straßennamen habe sie sich nicht gemerkt. Eben ganz in der Nähe von ihrer Professorin. Und dann fiel ihr ein, sie hätte gehört, da sei früher einmal eine sehr große Fabrik gewesen.

»Ich glaube, sie meint die Schokoladenfabrik Stollwerck«, warf ich ein.

»Sorry, sehr liebenswürdige Frau Koller, Verehrte«, wandte sie sich an meine Mutter, »aber mehr weiß ich nicht, und jetzt muss ich dringend zur Musikhochschule. Habe ja übermorgen – nein, morgen schon – ein wichtiges Vorspielen.« Zum Abschied und zum Trost wollte sie meiner Mutter einen flüchtigen Kuss auf die Wange geben. Doch als sie die nackte Verzweiflung in den Augen der alten Frau sah, hielt sie inne.

»Aber ist das großes Problem? Ja, wenn Sie wollen, kann ich versuchen, den Weg zu finden. Es war ja die Richtung zu meiner Klavierlehrerin. Wenn Sie in einer Stunde an meine Tür klopfen ...« Das schlug sie mir vor. Und ich nickte.

Ich nahm mich eisern zusammen, wollte die sanftmütige Stimmung nicht verderben. Vielleicht hatten die Leute recht, wenn sie behaupteten, der Ozean der Zeit schwemme alle Erinnerungen zu uns zurück, die wir darin verloren hatten, und so war mir, während Momo uns anlächelte und ein wenig verwirrt aussah, das grasgrüne, in Wachskarton gebundene Schreibheft eingefallen, das Onkel Edgar mir aus Japan mitgebracht hatte. Da lag der Gedanke nahe, die hübsche Momo habe es ihm damals über die Theke verkauft oder sie habe selbst als berufsmäßige Liebesbriefschreiberin gearbeitet.

»Es sind scheinbar bedeutungslose Kleinigkeiten, die auf einmal eine Bedeutung bekommen, sobald es um das Verschwinden eines Menschen geht«, sagte ich altklug, schüttelte der Japanerin die zierliche Hand, wobei ich darauf achtete, kein Knöchelchen zu zerbrechen, und drehte mich im Hausflur zu ihr hin, weil durch das Fenster des Treppenhauses sanftes Morgenlicht auf ihr Gesicht fiel und es mit Zauberfarbe bedeckte, so dass es plötzlich nicht mehr olivenfarben, sondern weiß wie Milch aussah. Vor Entzücken nahm ich mir vor, ihr erstes Klavierkonzert zu besuchen, selbst wenn ich länger als drei Jahre warten müsste.

Aber so schnell, wie sie es versprochen hatte, ging es dann doch nicht. Erst mittags war Momo endlich ausgehbereit. Doch inzwischen hatte sich ein Keil schwüler Atlantikluft in das sommerliche Rheintal geschoben, und der Regenguss war so gewaltig, dass an einen

Fußmarsch nicht zu denken war. Es hatte den Anschein, als hätten sich die Schleusen des Himmels geöffnet, um unsere Suchaktion in der Südstadt zu ertränken. Die Warmluft traf ausgerechnet über dem Vorgebirge auf einen verirrten Stoßtrupp sibirischer Kaltluft, sodass zum ersten Mal seit hundert Jahren ein wahrer Orkan und ein paar Tornadowirbelstürme über das Gebiet fegten. Patriotische Wetterfrösche behaupteten sogar, sie hätten vor dem Dom taubeneigroße Hagelkörner gefunden. Ich tröstete mich mit dem Gedanken, dass ich bei einem solchen Weltuntergangswetter auch nicht die Fahrt auf den Hunsrück antreten konnte. Da durften Momo und ich ebenso gut zwei Stunden warten und etwas später losmarschieren, wenn der Regen aufgehört und es sich abgekühlt hätte. Und so wurde es dunkler und dunkler. Erst am frühen Abend brachen wir auf. Allmählich zog die Dämmerung herauf.

Zum ersten Mal seit Jahren kam ich in die Südstadt. Ich mied sie. Denn jeder Kölner wusste, sie stand nicht in gutem Ruf, obwohl Heimatverbände sie als das urwüchsigste Viertel von Köln rühmten. Übereifrige behaupteten sogar, nirgendwo gehe es so italienisch, so mediterran zu wie auf der Severinstraße, die nun gerade seit dem Einsturz des Stadtarchivs in Verruf geraten war. Auch bei manchem Polizisten galt das Gebiet als Treffpunkt lichtscheuen Gesindels, was natürlich niemand, der dort wohnte, auf sich sitzen ließ. Heute allerdings scherte ich mich nicht um solche Gerüchte, mochten sie böswillig erfunden oder nachweislich berechtigt sein. Als ich mit der grazilen Pfirsich-Momo an der alten Sankt-Georg-Kirche vorbeiwanderte, trieb mich nur die Hoffnung, in der Nähe der mittelalterlichen Torburg die Spuren meines Vaters und vielleicht auch der rätselhaften Frau zu finden. Da die amtlichen Ermittlungen weiter auf der Stelle traten, fühlte ich mich wie ein Schatzsucher, der ein Gräberfeld durchkämmt, in dem Archäologen schon das Unterste nach oben geschaufelt haben, ohne etwas Besonderes zu entdecken. Ich merkte bald, dass die neu zugezogene Momo sich in der Südstadt besser auskannte als ich, weil sie dort seit zwei Jahren ihre Dozentin aufsuchte. Unterwegs wollte sie mir von japanischen Komponisten erzählen, deren Namen ich nicht behalten konnte, doch sie merkte bald, dass ich nur mit halbem Ohr zuhörte.

Der Stadtteil schmiegte sich zwar an die ehrwürdige Basilika des heiligen Bischofs Severin, doch nirgendwo sonst gab es so viele Kneipen und üble Spelunken, finstere Hinterhöfe, wo nach Überzeugung der Kriminalpolizei Rauschgift in Mengen gedealt wurde. Böse Stimmen behaupteten, auf dem malerischen Markt vor dem Severintor, unter dessen gotischem Spitzbogen am Rosenmontag das Kölner Dreigestirn in die Stadt einzog, würden nicht nur Schnittblumen, Setzlinge und Topfpflanzen verkauft, sondern auch Crack, Crystal Meth und sonstige Dopes, die gerade *in Mode* waren.

Momo nahm mich bald bei der Hand und führte mich sicher durch das Geflecht der Straßen, die wegen des Regenwetters menschenleer waren und nur von unbewohnten Häusern gesäumt schienen. Wir wanderten sogar an einigen alten Kriegsruinen vorbei, deren Eigentümer vielleicht verschollen waren. Manche Fassade war mit Holzbalken und Eisenträgern abgestützt, damit sie nicht beim nächsten Unwetter zusammenbrach, und die Mauerstümpfe sahen so verfallen aus, als seien sie älter als der Römerturm in der Zeughausstraße. In der Ferne hörte ich einen herrenlosen Straßenköter winseln.

In den Regenpfützen spiegelte sich, wenn die Wolken aufrissen, ein blasser Vollmond. Wo kam der her, so früh am Abend? Und seltsam verbeult sah er aus, als hätte jemand versucht, ihn in die Zange zu nehmen und den Schmutz von seiner Oberfläche abzukratzen. Als ich Momo darauf aufmerksam machte, meinte sie, in vielen japanischen Kartenspielen, wie Wahrsager und Zauberer sie verwendeten, gelte der Mond als Zeichen für Launenhaftigkeit und Verrat.

Unser Pfad führte durch eine Wiese der Erinnerung, die in der Ferne von der Dämmerung schon tiefblau getuscht war. Ein Gemisch aus dem Duft blühenden Unkrauts und dem abgestandenen, modrigen Geruch des Zerfalls wehte mir in die Nase. Der Mond – jener Satellit, der bei uns Menschen Angst und Wahnsinn hervorruft – lugte tückisch über die Spitze des Kirchturms. Nutzlose Dinge, deren Namen oder Gebrauch die Bewohner der Südstadt längst vergessen hatten, lagen auf dem Boden: ein schneeweißer Marmorfinger, eine verrostete Eisenkette, eine verbogene Handdruckerpresse.

Bald gerieten wir in ein Viertel am Ende der Welt, wo auch meine kluge Begleiterin sich nicht mehr auskannte. Schwer atmend schauten wir uns um. Wir hatten uns heillos verfranzt, und obwohl ich mein ganzes Leben in Köln verbracht hatte, glaubte ich mich in einer Stadt zu befinden, die ich noch nie betreten hatte. Inzwischen war es acht, doch für mich sah es aus, als sei die Geisterstunde angebrochen. Wir irrten wie verlorene Seelen durch Straßen und über Brachgelände, die ich noch nie betreten hatte. Irgendwann begegneten wir einem Vagabunden, dem einzigen Lebewesen weit und breit, einem Schlafwandler mit essigfarbener Gesichtshaut und ballonähnlicher Ledermütze auf dem Kopf. Trotz der Regenwolken trug er einen grünen Augenschirm aus durchsichtigem Zelluloid, den er über der Stirn aufgeklappt hatte. Der einsame Irrläufer schrie etwas hinter uns her, was ich zunächst nicht verstand. Ich blieb stehen und sah ihm in die trüben Augen.

»Gehen Sie mit der jungen Dame nicht in eine Zupfstubin!«

»Das heißt Zapfstube«, rief ich ärgerlich zurück. »Und die weibliche Endung können Sie sich sparen.«

»Ich bin bei Zapfstuben überhaupt nicht auf das Geschlecht fixiert«, stammelte der verwirrte Augenschirm.

»Dann kümmern Sie sich gefälligst um Ihr loses Mundwerk!« Tatsächlich, wie von Gespensterhand verscheucht, war der Kobold in Sekundenschnelle verschwunden. Als wir um eine Ecke bogen, standen wir unverhofft wieder auf der Severinstraße. Sie war zwar eng, mit Kneipen gespickt und bei manchen Biedermännern übel beleumundet, doch immerhin erkannten wir die Turmsilhouette der Pfarrkirche und fühlten uns gerettet.

Gott sei Dank! Ich atmete auf. Wieder Boden unter den Füßen. Wir tasteten uns zur verödeten Schokoladenfabrik weiter, auf dem letzten Wegstück von unserer Spürnase geleitet. Denn der süßliche Duft – ich konnte es kaum glauben – schwebte nach vielen Jahren, seit die Produktion eingestellt worden war, noch immer geisterhaft in der Luft. Selbst Ortsfremde wurden rasch auf das Himbeeraroma aufmerksam, das je nach Windrichtung den zerborstenen Fabrikfenstern entstieg. Behutsam, um uns an den Glassplittern, die den Boden übersäten, nicht zu verletzen, gingen wir weiter. Die dünne Schuttdecke knirschte unter unseren Schuhen. Als wir den Innenhof der Fabrik erreichten, versanken unsere Füße im ehemaligen Baukies. Spielende Kinder hatten mit Steinwürfen die Fensterscheiben zerschmettert, und die Fassade der Fabrik sah so baufällig aus, als würde sie jeden Augenblick kippen und uns erschlagen.

Endlich blieben wir stehen, nicht weil wir unser Ziel erreicht hatten oder die Schlagschatten, wo Licht eines dunstigen Regenbogens gegen die Dunkelheit prallte, uns ängstigten, sondern weil ich in das gleiche Vakuum geriet, das ich drei Tage zuvor auf der Polizeiwache gespürt hatte, in eine ereignisleere Wolke, die mein Hirn durchzog, vielleicht weil wir eine Stunde lang durch die Südstadt geirrt waren, hinter dem rätselhaften Schatten her, den mein Vater geworfen hatte. Wie unter einem pawlowschen Reflex war ich der unbekümmerten Momo gefolgt und wartete jetzt wie gelähmt neben ihr im verwaisten Fabrikhof. Während wir in diesem sonderbaren Milchlicht des Mondes standen und uns ein Friede umfloss, wie man ihn vielleicht nur einmal in vielen Jahren verspürt, hätte ich viele Fragen aneinanderreihen können. Doch um die Grabesstille des von Baggern zernarbten Fabrikgeländes nicht zu stören, blieb auch ich stumm und konnte plötzlich winzige Geräusche hören, vielleicht waren es Ratten, die über den Bauschutt huschten. Vielleicht wurden auch sie vom süßlichen Duft angelockt, der noch nach hundert Jahren zwischen den Mauerresten der Fabrik hängen würde. Momo ließ nicht locker. Sie zog mich immer weiter, und es schien ihr mühelos zu gelingen, ihren Willen bei mir durchzusetzen. Ich konnte nur staunen, mit welcher Beharrlichkeit und Ausdauer die zierliche Pianistin neben mir her lief, ohne in der Düsternis zu stolpern, und mich zeitweilig sogar an der Hand nahm. Sie duldete keinen Stillstand, wie man auch beim Klavierspiel nicht mitten in der Partitur aufhören kann, sie gestattete mir kein Lauschen und Abwarten, drängte mich immer, nur noch ein kleines, allerletztes Stück weiter, das waren ihre einzigen einsilbigen Worte, mit denen sie mich aufmunterte.

Immer weiter stolperte ich, bis wir, wie mir schien, den tiefsten Schlund der Hölle erreichten. Ich hatte jeden Widerstand aufgegeben und folgte meiner seltsamen Verzauberin, ohne mich in meinem männlichen Selbstbewusstsein verletzt zu fühlen. Wir wollten doch ergründen, ob mein Vater noch hier war, mit diesem weiß verschleierten Wesen, hielt sie mir vor, wobei sie meinen Blick mied. Beim ersten Mal war sie mir nicht so schön vorgekommen wie am heutigen Abend. Trotz der Nässe trug sie die Leinenjacke offen und auf der Brust eine japanisch bedruckten, blaue Schleife, deren Bedeutung ich nicht kannte.

Plötzlich wusste ich nicht, was in mir vorging. Noch nie war ich mit dieser rätselhaften Japanerin durch das nächtliche Köln gewandert, und fast erschrak ich, als ich sah, wie sie zwei Finger ihrer Hand, den mittleren und den Zeigefinger, geradegestreckt auf seine Lippen legte, als wollte sie mir bedeuten, kein Wort zu sprechen, oder vielleicht auch, ich dürfte mich ihr nicht nähern, oder ich müsste alles vergessen, was wir auf unserer Wanderung erlebten. Das allein erklärte jedoch nicht mein Erschrecken. Es musste tiefer in mir begraben liegen, ein Erlebnis, eine Erinnerung, die unverhofft in mein Bewusstsein zurückkehrte, als ich ihre Finger auf den Lippen spürte. Doch ich wusste nicht, was es war.

Lautlos wie Raubkatzen schlichen wir zu einer Sickergrube am Ende des Hofes. Vor fünfzig oder fünfhundert Jahren, wer wollte das schon wissen, war sie aufgegeben worden. Mit der Taschenlampe leuchtete ich in den Schacht, noch immer von der irrwitzigen Hoffnung getrieben, mein Vater sei mit der unbekannten Frau dort hinabgestiegen oder es gäbe da unten Überreste von seiner Kleidung, seinem Schuhwerk, ein Amulett oder eine andere verräterische Spur, die der Kriminalpolizist übersehen hatte. Vergeblich. Eine Weile hielten wir uns regungslos bei den Händen und lauschten in die Stille, in deren Winkel zuweilen ein verängstigtes Käuzchen hörbar wurde. Auch der Hund winselte in der Nachbarschaft. Momo meinte, das Käuzchen lasse den Schrei eines Todesvogels vernehmen, und es gebe in Japan zahlreiche Mythen, in denen der Hund sein Unwesen treibe. Immer verberge sich unter seinem Fell eine Kreatur, die auf Erlösung hoffe. Ich hielt das zwar für Aberglauben, widersprach jedoch nicht und wagte kaum zu atmen, als wir den Schatten einer Gestalt zu sehen meinten, der auf der oberen Etage der Fabrik hinter einer Fensterhöhle vorbeihuschte.

Im Brunnenschacht fanden wir nichts als die Trümmer trauriger Erinnerungen, die nichts mit meinem Vater und seiner angeblichen Begleiterin zu tun hatten. Unser Gang war vergeblich gewesen. Leute, die seit Langem in der Südstadt wohnten und die Fabrik von früher kannten, als ihre Väter oder Brüder hier gearbeitet hatten und der Schokoladengeruch penetrant zwischen den Häusern gehangen hatte, waren erleichtert, dass das verwahrloste Gelände jetzt in Ruhe gelassen wurde und wie eine Insel im Meer verwelkter Vergangenheit lag.

Momo meinte, der Schacht werde von den Anrainern heimlich benutzt, um ihren Sperrmüll zu entsorgen, sie habe das an manchen Tagen beobachtet, und vielleicht auch, um ihre bösen Erinnerungen darin zu begraben. Als wir uns nach vorn beugten, um zum morastigen Boden hinunterzusehen, wo die Ratten wieselflink huschten, spürte ich etwas Warmes an meinem Bein und erschrak. Wir hörten es überall scharren und kratzen. Es knackte unter den Füßen, und es roch muffig in der Luft wie nach feuchten Kleiderlappen. Es war der streunende Hund, der uns lautlos gefolgt war. Vor dem Regen Schutz suchend stand er neben mir, bebend wie Espenlaub, und jaulte leise. Wirklich, er sah zum Fürchten aus, wie ein bissiges Raubtier. Er rollte seine scharlachroten Augen und wenn er beim Gähnen das Maul aufriss, konnte ich sehen, dass sich im Rachen die blaue Zunge ringelte. Momo fing an zu weinen und entschuldigte sich, sie allein sei an unserem Misserfolg schuld. Offenbar habe sie sich im Dämmerlicht geirrt, hätte vielleicht nur einen wehenden Fenstervorhang gesehen oder ein altes Poster mit einer Frau. Ich tat mein Bestes, um sie wieder auf Vordermann zu bringen.

Bevor wir die Suche abbrachen, setzten Momo und ich uns auf den nassen Brunnenrand. Vorsichtig kraulte ich dem Tier das Fell, doch ich wollte mir von der Bestie nicht die Krätze fangen und ergriff lieber Momos Hand. Als ich ihre Pianistenfinger berührte, erschrak ich, weil sie so gefroren waren, als habe sich alles Blut aus den Adern zurückgezogen. Ich fing an, die Hand behutsam zu massieren, damit die Wärme dorthin zurückkehrte, wo sie bei einem Pianisten am dringendsten benötigt wurde. Ich hatte das Bedürfnis, mich für alles zu revanchieren, was sie mir Gutes getan hatte, und erklärte ihr, dass die Mondphasen vom Schatten abhingen, den die Erde ins Weltall werfe. Es könne aber auch, verbesserte ich mich dann, mit dem Einfallswinkel zusammenhängen, mit dem das Sonnenlicht auf die Mondkugel treffe. Momo wollte nicht alles glauben, was ich ihr da weismachte, doch sie schaute ruhig zu, ohne ein Wort zu sagen, wie ich ihre Finger erwärmte. Was wäre passiert, wenn ich sie im Marmorlicht geküsst hätte? Inzwischen hatte ich eine Art Instinkt im Umgang mit dieser anmutigen Musikstudentin entwickelt und wusste, dass ich alles verderben würde, wenn ich mich zu einer Zärtlichkeit hinreißen ließe. Als wir auf dem Stein von der Nässe

beinahe durchdrungen waren, standen wir auf und kehrten mit leeren Händen zu meiner Mutter zurück, die noch wach geblieben war,
wie es sich für eine in einsamem Leid verlassene Ehefrau gehörte.

XI

Vielleicht war es die gefühlvolle Wanderung mit Momo durch die Südstadt, die mich noch bis spät in der Nacht aufwühlte. Fast wäre ich dem japanischem Charme erlegen. Was war nur in mich gefahren? Ich war ein verheirateter Mann, kämpfte gerade darum, meine Ehe zu reparieren und die Beziehung zu Isolde und dem Kind zusammenzuflicken. Ich musste an meinen Beruf denken, neue Übersetzungsmethoden ergreifen. Da durfte ich mir keine gefühlsmäßige Verirrung erlauben. Als ich zu Bett ging, wusste ich, dass ich wieder eine Stunde wach liegen und ins Dunkel starren würde. Die Gedankenkette, an der entlang ich mich vorwärts tastete, begann wahrscheinlich mit dem Verdacht, dass Vater mit einer heimlichen Geliebten unterwegs war. Meine Mutter hatte meiner behutsamen Frage vehement widersprochen, und doch hatte der Hauch eines Beweises genügt, Momos gespensterhafte Beobachtung von einer weißen Dame, um sofort wieder die alten Dämonen des Argwohns und der Eifersucht in ihrer Brust zu wecken.

Ich atmete tief ein, ihren Duft, ihre Angst. Denn auch ich war ein gebranntes Kind. Auch ich hatte Isolde betrogen. Es war während der frühen Zeit unserer Freundschaft passiert. Verlobt waren wir allerdings noch nicht. Damals hatte es eine Spanierin gegeben. Ihr sonderbarer Name fiel mir auf die Stirn wie ein gleißender Meteorit: *Accalia*. Die Betonung lag mit phonetischer Härte auf der dritten Silbe, und ich hörte heraus, wie ihre Stimme spöttisch vibrierte, wenn sie den Namen aussprach. Sie hatte ihn mir in mühsamer Wiederholung erklärt. Ich hatte die junge Frau ziemlich leicht eingenommen, wie eine feindliche Festung, die sich rasch ergibt. Aber sie hatte sich schnell einnehmen lassen, hatte Widerstand nicht leisten wollen. Die meisten Spanier, so sagte sie hinterher, als wir nebeneinander auf dem Bett lagen, sanftmütig wie Bruder und Schwester, betonten den Namen auf der zweiten Silbe. Genau so hatte sie es gesagt und mir in der Dunkelheit über meinen Bauch und die Schenkel gestreichelt. Doch sie bevorzuge die dritte Silbe. Darauf lege sie Wert. Ich müsse nämlich wissen, dass Accalia vom Namen der Urmutter von Romulus und Remus abgeleitet sei, dem sie durch Wechsel der betonten Silbe die Würze zurückgeben wolle. Ich fragte mich noch heute, wie ich all das verstanden hatte, obwohl ich so gut wie kein Wort Spanisch sprach.

So sehr ich mich jetzt in meinem Jugendbett drehte und wandte, um mein schlechtes Gewissen zu beruhigen, ich konnte die Tatsache nicht bestreiten. Es war während unseres ersten gemeinsamen Urlaubs gewesen. Isolde und ich wollten zwei Wochen in Tossa del Mar verbringen. Wir kannten den Ort an der Costa Brava nicht. Ich hatte ihn in einer Reiseagentur im Internet entdeckt und in Strandnähe eine kleine Pension gebucht. Wir bezogen zwei getrennte Zimmer, Isoldes Eltern hatten darauf bestanden, und taten so, als träfen wir morgens erst beim Frühstück aufeinander. Wir verbrachten die Zeit mit Schwimmen. Etwa fünfhundert Meter vor der Küste lag eine unbewohnte Insel. Isolde und ich schwammen sie in ruhigen Stößen an. Im kristallklaren Wasser sah ich schwarze Moosflechten, die unter Wasser den steilen Felshang der Insel bewuchsen. Als ich ahnungslos den Fuß aufsetzte, spürte ich, dass es Seeigel waren, die ihre Stachel tief in meine Fußballen bohrten. Ich hatte zuvor nie von ihnen gehört.

Am Strand hatte ich die Spanierin beobachtet. Sie saß allein mit Rita, ihrem zweijährigen Töchterchen, das mich mit traurigen Augen beobachtete, und ließ es schweigend zu, dass braungebrannte Strandläufer sie umlagerten, ihr unerbeten Coca mit Rum und der kleinen Rita Speiseeis servierten, und die gelangweilte Mutter mit Anzüglichkeiten zum Lachen brachten. Zuweilen hatte der dunkle Blick der Spanierin auf mir geruht und verstohlenes Interesse durchschimmern lassen. Ich hatte mich bemüht, ihren Annäherungsversuch, denn so deutete ich ihre Aufmerksamkeit, vor Isolde, die neben mir mit geschlossenen Augen ein Sonnenbad nahm, unerwähnt zu halten. Doch abends war es passiert, von mir nicht beabsichtigt.

Als ich die Bar verließ und am Zimmer der Unbekannten vorbeikam, erlebte ich etwas, das ich mir nicht einmal in meinen kühnsten Träumen hätte vorstellen können: Die Tür stand offen, und ich sah, dass die Spanierin im Dunkeln auf der Bettkante saß, nur mit einem Nachthemd bekleidet. Sie warf mir einen Blick zu, den ich nicht lange zu deuten brauchte, ein Blick, der sich verzehrte, hungerte und dürstete, der unsicher war, an sich zweifelte oder auch an mir, und mich mit seiner Vieldeutigkeit hypnotisierte. Ich dachte nicht nach, welche Botschaft ihre Augen mir sandten. Die Einladung der spaltweit geöffneten Tür war unmissverständlich. Ich ließ mich der Stromschnelle entgegentreiben, folgte dem Weckruf, stürzte mich kopfüber die Niagara-Fälle hinunter, warf mich mitten hinein in das Schaumbad aufwirbelnder Wassermassen und stolperte, halb betäubt von Sangria, geradewegs durch die offene Tür. Ihr Zimmer, das fiel mir sofort auf, denn es stieß wie ein Feuerpfeil in meine Nase, war angefüllt mit Düften, die nur von einer Frau stammen konnten: Parfüm, Aceton von einem Nagellackentferner, von Kleidungsstücken, die, wie ich im Trancezustand bemerkte, achtlos über eine Stuhllehne geworfen waren, Unterwäsche, wer weiß, französische Dessous *de luxe*, das alles glaubte ich blitzschnell in der Dunkelheit zu erahnen. Sogar den feuchten Mörtel an den primitiv verputzten Ziegelwänden nahm ich wahr und fand den Geruch aufregend, fast von animalischer Verführung, wie in einem exotischen Abenteuerfilm. Vom Bad her wehte mich eine Duftspur von geschmolzenem Wachs an, was mir die Vermutung eingab, dass die Spanierin sich vor wenigen Minuten ihre Beine epiliert haben mochte. Ein Bouquet wilder Fantasien wogte in meine Nüstern, über meine Stirn, meine

Lippen. Ich betrachtete das Bild des in Dämmerung gehüllten Schlafzimmers mit getrübtem Blick und glaubte zu spüren, wie die Zeit der Furcht, der Erwartung Sekunde um Sekunde, einem Rinnsal gleich zwischen meinen Atemzügen versickerte.

Von Beklommenheit überwältigt, von Scheu – *oder war es nackte Angst?* – trat ich ans Bett. Wie gesagt, Accalia saß dort, knapp auf der Bettkante, die nachtschwarzen Augen stumm auf mich gerichtet. Mit dem ersten Blick streifte ich ihr Nachthemd, genauer gesagt, nichts anderes als einen Hauch von Nachhemd, dessen Farbe, das blasseste Rosa aller Tüllschattierungen, die ich mir vorstellen konnte, sich in der Dunkelheit kaum von ihrer Haut abhob. Jedoch keineswegs regungslos saß sie da, die unbekannte Spanierin. Sie wartete nicht darauf, dass ich mein grobes Eindringen entschuldigte, meine Unhöflichkeit wortreich rechtfertigte, mich neben sie setzte und ihre Schultern umschlang, sondern sie wiegte sich in den Hüften, schwang von rechts nach links, von links nach rechts – wer dächte bei diesem Anblick nicht sofort an eine Kobra, die ihr Opfer hypnotisiert und deren Giftzahn im nächsten Moment zustechen wird?

Ja, auch ich fühlte mich gelähmt, von Unbehagen, von Angst, vom Ansturm meines Verlangens überwältigt, beugte mich über diese sich wiegende blassrosa Kobra, starrte auf die Kuhle zwischen Hals und Schulterblatt, durchwanderte mit dem Blick die unerforschte Topografie ihrer Arme, Hände und Brüste und wagte erst dann, in ihre weit geöffneten Augen zu schauen, die mir wie Abgründe voller Geheimnisse erschienen, voller labyrinthhafter Rätselwege. Denn die dunklen Augen der Spanierin betrachteten mich mit obsessiver, vielleicht auch triumphierenden Intensität, so dass ich, bezwungen von dieser Eindringlichkeit, meinen Kopf so tief zu ihr hinunter senkte, dass mein Gesicht in ihrer Achselhöhle versank, und selbst diese unscheinbare Höhle war von Löckchen umkräuselt und duftete kaum wahrnehmbar nach – konnte es Thymian sein? Ich schnupperte mich satt daran.

Jetzt fiel mir siedend heiß ein, dass die unbekannte Spanierin, die mir bis zu diesem Abend nur am Strand und in verwegenen Träumen begegnet war, genau die Geste getan hatte, an die mich Momo auf dem Hof der Stollwerck-Fabrik unbeabsichtigt erinnert hatte: Sie legte die beiden Finger ihrer rechten Hand, den mittleren und den Zeigefinger, geradegestreckt auf ihre Lippen, als ich mich geräuschlos in ihr Zimmer drückte. Sie tat, als wollte sie ihren Mund verschließen, um seine Geheimnisse nicht auszuplaudern, oder um sich gegen meine Zudringlichkeit zu verteidigen, oder um mich zu warnen, nur ja nicht laut zu sprechen, oder um mir zu bedeuten, ich müsse alles vergessen, was sich in dieser seltsamen Nacht abspielte. Trotz der Dunkelheit konnte ich erkennen, dass sie sehr schöne Hände hatte, irgendwie schien ihr Weiß über ihre Wangen und ihr Kinn zu fließen. Daher betrachtete ich zunächst nicht ihre entblößten Schultern, ihr Haar, ihre Brüste, sondern nur die Hände, die sich schließlich langsam von den Lippen lösten und mich heranwinkten und mich doch gleichzeitig auf Abstand hielten. Die Hand wies auf das schlafende Kind, das keinen Laut von sich gab, sich nicht bewegte, nicht einmal beim Atmen die Brust hob und senkte. Es lag so regungslos in seinem Klappbett, als müsse es sich still verhalten, wenn seine Mutter einen nächtlichen Besucher empfing. Einen Augenblick überkam mich die schreckliche Vorstellung, das kleine Mädchen sei gestorben.

Aber hinterher, als alles Vergnügen ausgekostet, ausgebrütet, ausgeschwitzt und ausgekocht war, fing Accalia an, sich über das Hotel zu beschweren, wie drückend heiß es selbst nachts in ihrem Zimmer sei, und dass sie die Fensterläden aufreißen müsse, und dass im Garten bis spät in der Nacht laute Musik spiele, die ihr höllischen Kopfschmerz verursache. Dann jammerte sie über einen Krampf in der Wade, weil ich in der Dunkelheit auf ihr Bein getreten war. Dann musste sie unbedingt eine Zigarette haben, die ich ihr nicht geben konnte, da ich Nichtraucher war.

Nein, ich wollte sie nicht länger sehen, und auch sie durfte mich nicht länger ansehen. Denn ich merkte, wie mir das Gesicht entgleiste. Auch meine aufgewühlte Stimmung war verflogen, mein ungestümes Verlangen, mein Begehren. Alles war in zwanzig Minuten verpufft. Mit steifen Gliedern wühlte ich mich aus dem Bett. Schon spürte ich die Reue tonnenschwer auf meinem Gewissen lasten, und als ich in die Kleider schlüpfte und mich wortlos aus dem Zimmer schlich, fühlte ich mich wie ein aus dem Zuchthaus entflohener Sträfling. Draußen auf dem Etagenflur war es still geworden. Das Kapitel *Accalia* schien eigentlich abgeschlossen. Ihre letzten Seufzer waren im dämmrigen Schlafzimmer verhallt, alle ihre Beschwerden über die Ungerechtigkeiten spanischer Männer verklungen. Aber als ich die Tür hinter mir leise ins Schloss drückte und auf dem menschenleeren Korridor stand, befiel mich wieder das Gefühl, die Sache sei doch noch nicht ganz zu Ende. Irgendwann müsse ich noch einmal zu Accalia zurück und ihr meinen rüden Aufbruch erklären. »Es war für mich nicht nur ein Ausrutscher«, hörte ich mich keuchen, während ich an der Zimmerflucht entlang eilte.

Ja, meine Beine waren bleischwer, als ich die Treppe hinuntersprang.
Ja, ich fühlte mich schuldig, aber wer will es mir verdenken?
Ja, ich war auch grenzenlos erleichtert.

Eine Art Pendel manichäischer Gefühle schien in meiner Brust zu schwingen. Mal bedrückendes Schuldbewusstsein, mal Lossprechung von allen Sünden. Ich raste zu Isoldes Zimmer, um mich dort vor meinem schlechten Gewissen zu verstecken. Isolde schlief bereits. Noch Stunden später, nachdem ich mich reumütig in ihr Bett geschlichen hatte und sie sich im Halbschlaf vertrauensvoll an mich schmiegte, bildete ich mir plötzlich ein, Accalias von einem rosaroten Nichts umhüllten Körper neben mir zu spüren.
Doch genug der Zerrbilder.

Am nächsten Morgen war es endlich so weit. Nichts konnte mich mehr aufhalten. Um sechs flog ich aus dem Bett. Um halb sieben jagte ich die Treppe hinunter, das Butterbrot zwischen den Zähnen. Drei Minuten später schmiss ich den Motor an – ich hatte ja schon zwei Tage vorher vollgetankt und mir die Straßenroute aus dem Internet heruntergeladen –, legte den Turbogang ein und fuhr am Rhein entlang zum Bonner Verteilerkreis, der früh am Morgen noch gähnend leer vor mir lag. Und dann ging's quer durch die abgeernteten Spargelfelder des Vorgebirges und hinauf bei Meckenheim zwischen Apfelplantagen, in denen der gestrige Sturm gewütet und Blätter, winzige Frühgeburten von Äpfeln und Zweige über den Asphalt gesät hatte, in die Eifel. In die seit Jahrhunderten wie armer Leute Findelkind vernachlässigte Eifel.

Denn wer kennt sie überhaupt? Seit alters her war die Eifel ein armer Landstrich geblieben, absichtlich unterentwickelte Grenzregion zu Frankreich und Belgien, vom wirtschaftlichen Aufschwung der Industrienation Deutschland abgeschnitten, verödetes Vorfeld im immer denkbaren Krieg zwischen den verfeindeten Ländern. Weiter westlich konnte man noch heute vereinzelt die bröckelnden Zahnreihen ehemaliger Panzersperren besichtigen. Ich hatte gelesen, dass neuerdings sogar Archäologen mit dem Westwall befasst waren. Die Zeiten hatten sich gewandelt. Doch die jahrhundertealte Vernachlässigung der Region war noch immer an der armseligen Infrastruktur erkennbar. Nur wenige Autobahnen und Bundesstraßen durchquerten das gewellte Hochland. Traktoren und Erntewagen behinderten rasches Vorwärtskommen, doch die Landstraße gewährte weite Panoramablicke auf unberührte Landschaften, ließ an Kraterhügeln die Umrandung vorzeitlicher Maare erraten, gestattete die Fernsicht auf versprengte Dörfer, gespitzte Kirchtürme und bei der Rodung verschonte Waldstücke. Ich fuhr an der wohlhabenden Abtei Maria Laach vorbei. Auf meinem Plan stellte ich fest, dass ich mich im Zickzackkurs bewegte. Es war mir gleichgültig. Ich war die Strecke seit Jahren nicht gefahren, nur einmal als Schuljunge, als Vater mir in Trier die gewaltige Porta Nigra gezeigt hatte.

Nach einer halben Stunde entdeckte ich an einer Straßenkreuzung im Niemandsland eine Hinweistafel auf Manderscheid. Mir fiel ein, dass Max die Stadt als Luftkurort erwähnt hatte. Um ein Haar wäre auch mein Vater vor siebzig Jahren im Zuge der Kinderlandverschickung dort in einem Pflegeheim für jugendliche Tuberkulosepatienten untergebracht worden. Nur der Zufall hatte es anders gefügt und ihn für den Hunsrück bestimmt. Vielleicht wäre Manderscheid der angenehmere Ort gewesen, um ein Kind aus der Großstadt zur Schule zu bringen. Die Umgebung bot Ausflugsziele in Massen, vor allem die flach bewaldeten oder mit Büschen bewachsenen Hügel, die immer noch klar erkennbaren Ränder vorzeitlicher Vulkankegel, die vor Jahrtausenden ihre Feuersbrunst ausgespien hatten und deren Lava später erkaltet war. Die Stadt Gerolstein lebte von ihrer tektonischen Vergangenheit, schöpfte das Mineralwasser aus tiefen Brunnen und füllte es in Flaschen ab, deren Etikett europaweit bekannt war. Bimsstein wurde in halb Europa verbaut, Tuffstein, ein anderes Endprodukt tellurischen Aufbrausens, trug zum Aufschwung bei. Städte am Rhein übernahmen die Verschiffung der Produkte, die das unterirdische Brodeln als Geschenk hinterlassen hatte.

Der Regen, das Grundwasser und die Launen der Natur hatten die erloschenen Vulkane in malerische Seen verwandelt, die heute beliebte Ausflugsziele von Spaziergängern und Wanderern waren, von erstem, buntem Herbstlaub bekränzt. Einige wurden als Wasserreservoir genutzt, andere waren als Badebetrieb aufgenommen und dienten der Bevölkerung zur Erholung. Fischer warfen am Ufer ihre Angeln aus, nach altem Brauch, wie es seit Jahrzehnten Usus war, ohne Schleppnetze, ohne tödliche Stromschläge oder Detonationen unter Wasser. Manche Besucher kamen von weit her, aus Belgien und Holland, weil es dort keine Vulkane gab, standen am Ufer und schauten zu und betrachteten die magere Ausbeute, die in Plastikeimern zappelte. Alle erfreuten sich an der Anmut der friedlichen Gewässer, niemand dachte an die schreckerfüllte Vorgeschichte, die diese landschaftlichen Kleinodien geschaffen hatten.

Ich fuhr an einem alten Gasthaus vorbei, das allein im Wald lag und dessen Bezeichnung mir vertraut vorkam, als sei ich mit meinen Eltern vor vielen Jahren dort einmal zum Mittagessen eingekehrt, Rehbraten mit Preiselbeeren, den ich wegen des strengen Wildgeschmacks nicht herunterbekommen hatte und mich mit einem Spiegelei zufriedengeben musste. Das Reklameschild über dem gewölbten Eingang trug die Aufschrift *Zur Wildsau*. Es ließ mich rundum schauen, ob ich die Jäger sah, die vor hundert Jahren durch die Eichen- und Buchenwälder gestreift waren, mit ihren hechelnden Jagdhunden das Schwarzwild aus seinem Gelege gescheucht und es mit der Büchse erlegt hatten. Kurz vor Daun bog ich nach links ab. Es ging hier nach Wittlich und von da in Serpentinen durch die ersten Weinberge hinunter ins Tal der Mosel. Von alters her, ich weiß nicht, wie es gekommen ist, wurde sie als *lieblich* bezeichnet. Gewiss ließ der Blick von oben auf den begradigten Fluss, auf dessen Spiegelfläche französische Frachtschiffe unterwegs waren, Worte wie Anmut, Friede, Besinnlichkeit im Betrachter aufsteigen. Doch im engen Tal staute sich der Verkehr auf Straßen, deren Verbreiterung und Begradigung die mit Schiefer ausgelegten Berge verhinderten. Früher hatte es hier eine Moseltalbahn gegeben. Deren Betrieb war eingestellt, die Gleisanlagen zur dringend erforderlichen Vergrößerung der Verkehrsfläche genutzt worden. Es hatte wenig Erleichterung verschafft.

In Kues überquerte ich den Fluss auf einer Brücke, deren Auffahrt am linken Moselufer vom mächtigen Bau des Hotels *Drei Könige* flankiert war. Im Moselführer las ich, dass Kaiser Wilhelm II. hier abgestiegen war und von der Terrasse aus den Anblick der Burgruine Landshut genossen hatte, die gegenüber auf einer steilen Bergnase thronte.

Da der Verkehr auf der zweispurigen Brücke immer wieder ins Stocken geriet, konnte auch ich diesen Anblick hinter dem Steuer fünf Minuten lang genießen. Auf der anderen Seite kurvte ich durch enge Parkverbotszonen, bevor ich nach einer halben Stunde am tief gelegenen Moselufer einen Parkplatz fand, vielleicht war es ein altes Eisenbahngelände. Ausführliche Besichtigung der hübschen Stadt Bernkastel folgte. Ich nahm mir Zeit, ließ meinen Vater warten. Unbehagen zwang mich zur Langsamkeit. Eigentlich fürchtete ich mich vor dem Augenblick, da ich ihn wo möglich auf der Höhe des Hunsrücks fände. Da bewunderte ich lieber die alten Häuser mit bunt bemaltem und ehrwürdig beschriftetem Fachwerk, die um den Marktplatz standen. Das Rathaus in rotem Sandstein im Puppenstubenformat, doch mit Pranger, Ketten und Handschellen ausgestattet. Das putzige Spitzhäuschen, das so schief stand, als müsse es umkippen. Das sah so aus der Gegenwart geworfen aus, als seien es die Kulissen eines Walt-Disney-Films, die man hinterher abzutransportieren vergessen hatte. Mein Zeigefinger steckte zwischen den Seiten des Reiseführers durch Hunsrück und Soonwald, auf denen von einem berühmten Kardinal und Philosophen, Theologen, Mathematiker und ich weiß nicht was sonst noch alles die Rede war: Nikolaus von Kues.

Vom Moselufer aus fragte ich mich durch die Gässchen der Altstadt zur Landstraße in den Hochwald durch. Ein beleibter Mann in offenem Hemd und mit bestickten Hosenträgern, der entweder Uhrenhändler oder Schieber war und ungelogen sechs oder sieben Armbanduhren um den Unterarm geschnallt hatte, war so freundlich, mir den Fluchtweg aus dem Labyrinth der Verkehrsumleitungen und Baustellen zu zeigen. Auf engen Kurven mit schönem Rückblick auf das rebenbewachsene Moseltal ging es zur Hunsrückhöhe hinauf, vorbei an der Wegekapelle in Longkamp, einem Städtchen, in dessen Namen sich der römische Ursprung verbergen mochte. Manche Strecken fuhr ich im Schritttempo, um die Landschaft zu genießen, wo die Weinberge inzwischen durch Eichen- und Fichtenwälder abgelöst wurden. Einmal kreuzte eine Wildsau meine Straße, wechselte unbeirrt durch den Verkehr von einem Buschwerk ins andere und zog in Kiellinie sechs, sieben gestreifte Frischlinge hinter sich her. Ich hätte gern einen Augenblick angehalten und den drolligen Tierchen zugesehen, doch gerade in dem Moment setzte ein kurzer Regen ein, woraufhin die Gruppe wie durch Zauberhand im Unterholz verschwand. In Gonzerath hielt ich an, eigentlich nicht aus einem zwingenden Grund, sondern nur um seelisch zu verschnaufen und die etwaige Begegnung mit meinem Vater noch eine Viertelstunde zu verschieben. Wer hätte denn geahnt, dass dieses unbekannte Örtchen schon siebenhundert Jahre alt war!

Obwohl der Anblick der Wildsau und ihrer Kleinen, die ich nie in freier Natur beobachtet hatte, mich einen kurzen Moment von der Straße ablenkte, kehrten die Überlegungen, als ich wieder das Asphaltband mir entgegenrollen sah, zu meinem Vater zurück. Eigentlich hatte ich während der gesamten Fahrt kaum aufgehört, sein Bild vor mir zu sehen, seine Stimme zu hören. Mehr und mehr wurde mir klar, dass ich eine Reise in seine Vergangenheit angetreten hatte, obwohl mir nichts garantierte, dass ich ihn auf dem Hunsrück tatsächlich fände. Wenn aber doch, dann in welcher Zeitphase? Lebte er in der Gegenwart oder in der Vergangenheit, die mir unzugänglich wäre? In welchem Lebensalter träfe ich ihn? Als einen sechsundsiebzigjährigen Mann oder einen zehnjährigen Schuljungen? In welcher Rolle des Doppellebens, das Onkel Max ihm prophezeit hatte, träte er auf? Wenn ich mir Vater vergegenwärtigte, stand er nicht nur als liebevoller Beschützer vor mir, sondern auch als strenger Zuchtmeister, ein schwankendes Bild, das sich während meiner Kindheit in mir gefestigt hatte. Welches Bild böte sich mir heute an? Würde ich einem Schulkind begegnen?

Allerdings drangen die Erinnerungen mit unterschiedlicher Intensität auf mich ein. Wenn sich während der Fahrt die Serpentinen hinauf in einer Kurve ein schöner Blick auf die Landschaft eröffnete, vergaß ich meinen Vater auch schon mal und genoss nur den Anblick der Maisfelder, die in den Augustsonne reiften, oder des blühenden Heidekrauts, der weißen Birkenstämme, an denen entlang der Weg führte, oder glaubte das Knistern und Knacken der Eichen und Buchen zu hören, die hundert Jahre alt sein mochten und mehr und mehr, je höher die Straße anstieg, von Fichten und Krüppelholz abgelöst wurden. Wenn ein Wild, ein aufgeschrecktes Reh oder ein Hase die Straße überquerte oder sich mit seinem verwegenen Zickzacklauf vor dem Auto her erst recht in Gefahr brachte, oder wenn ich den Wagen scharf abbremsen musste, weil ein Igel unbeirrt über die Fahrbahn kroch, genoss ich das kitzlige Schauspiel und hatte meinen Vater vollkommen vergessen.

Traute ich ihm wirklich zu, dass er ein Doppelleben führte und eine Parallelfährte angelegt hatte? Eine für die andern, eine für sich selbst? Auch wenn ich das gewundene Asphaltband nicht aus den Augen verlor, spürte ich, dass sich Schuldbewusstsein bei mir einfraß. Ich hätte viel dafür gegeben, die Ursache meines Unbehagens zu kennen. War es das schlechte Gewissen, weil ich ihm nachspürte? Verstände er, dass nicht Neugier mich hierher führte, sondern die Sorge? Und wenn ich ihn in einer anderen Existenz fände, wenn er hier oben mit einer unbekannten Frau zusammenlebte – wie sollte ich mich verhalten? Sollte ich so tun, als hätte ich sie nicht bemerkt? Sollte ich freimütig auf ihn zugehen und sagen: »Hier bin ich. Lass mich an deinem neuen Leben teilnehmen?« Aber wie verhielte ich mich einer anderen Frau gegenüber? Distanziert? Unbefangen? Und was würde ich hinterher Mutter berichten? Das waren vielleicht die Fragen, die mir Unbehagen bereiteten und mich noch einmal stoppen ließen, diesmal auf einem menschenleeren Rastplatz im Wald. Ich setzte mich an einen blank geputzten Steintisch, packte mein

Butterbrot aus, biss hinein, steckte es wieder ein, weil ich vor Aufregung keinen Hunger verspürte, und dachte nur an das, was mich in Weidenroth erwarten mochte.

Vor einer Woche, an dem Tag, als Vater von der Implantation zurückgekehrt war, hatten wir abends einträchtig einen Tierfilm gesehen. Vater saß mit einem Glas Riesling in seinem Fernsehsessel, Mutter und ich nebeneinander auf dem Sofa. Schweigend hatten wir auf dem Bildschirm verfolgt, wie eine Löwenfamilie durch die afrikanische Savanne zog. Plötzlich hatte ich mit ungläubigem Entsetzen gesehen, wie das Löwenmännchen einen der eigenen männlichen Nachkommen zerriss und seinen Schädel zwischen seinen Zähnen zermalmte. Der Kommentator hatte lakonisch dazu bemerkt, der animalische Instinkt verleite den Löwen, sich vor dem künftigen Rivalen im Streit um die Herrscherrolle zu schützen. Mutter und ich hatten dem grausigen Spektakel stumm zugesehen. Ich wusste nicht, welche Gedanken meinen Eltern durch den Kopf gingen. Meine Mutter blickte manchmal zu meinem Vater und dann zu mir hinüber, als wollte sie sagen: »Da seht ihr Männer, dass ihr euch sogar an unschuldigen Kindern vergreift.« Was hatte mein Vater wohl gedacht, von dem ich nur den Rücken und den Hinterkopf sah und die Hand, die den Moselwein im Glas kreisen ließ? Sollten jetzt Vater und ich ein schlechtes Gewissen haben, weil auch wir in Mutters Augen zur Gattung mörderischer Tiermännchen gehörten?

Die Vorstellung, meinen Vater oder mich mit einem gefühllosen Löwen gleichzusetzen, war natürlich absurd. Und doch hatte sich der Film in meinem Gedächtnis verhakt. Jetzt fiel er mir wieder ein, als ich durch den Hochwald fuhr. Gab es nicht tatsächlich in jeder Familie den Kampf um Dominanz, wenn der Sohn in die Pubertät wuchs und keine Lust mehr hatte, dem Vater zu gehorchen? In unserer zivilisierten Welt artete die Rivalität zwar nicht in Mord und Totschlag aus, doch für jemanden, der während des Autofahrens über diese Frage grübelte, mochte daraus die unterschwellige

Sorge erwachsen, unter Anklage gestellt zu werden für Dinge, die ihm nicht einmal im Traum durch den Kopf gingen. In fast vierzig Jahren hatte ich nicht ein einziges Mal gewagt, meinen Vater anzuschreien, selbst wenn er mich als Kind verprügelt hatte, und selbst dann nicht die Hand gegen ihn erhoben, wenn er mir mit einem Stock zu Leibe rückte. Ich glaube, ich hätte biblische Angst empfunden, dass eine Hand, die sich gegen den eigenen Vater stellte, verdorren oder verfaulen müsse. Es wäre mir absurd vorgekommen, mich körperlich gegen ihn zu wehren. Welches Unbehagen erwuchs mir heute, da ich mich aufmachte, um ihm zum ersten Mal nachzuschnüffeln? Vielleicht hatte ich ja tatsächlich Grund, mich schuldig zu fühlen. Die Schlussfolgerung, dass meine Suchexpedition mich ihm innerlich nicht näher brächte, sondern von ihm entfernen könnte, schien mir plötzlich auf der Hand zu liegen.

XII

Mit gemischten Gefühlen fuhr ich weiter. Die Hunsrückhöhenstraße brachte mich nach Morbach. Doch ich fuhr nicht in das Städtchen hinein, sondern suchte die Abzweigung nach Weidenroth. Ich erinnerte mich, dass der kleine Ort seit einer Flurbereinigung in die Stadt Morbach eingemeindet war. Der Weg führte durch flaches Gelände, meistens Viehweiden, teilweise war die Straße nicht asphaltiert, aber keinesfalls beschwerlich, allerdings wegen vieler Kurven unübersichtlich. Ich stoppte in einem Wäldchen, wo ich einen Arbeiter entdeckte, der Brennholz zu sammeln schien. Ich wollte mich bei ihm erkundigen, ob ich auf der richtigen Straße fuhr. Ja, nickte er fröhlich, weil er, um mir Rede und Antwort zu stehen, seine beschwerliche Arbeit unterbrechen und den krummen Rücken aufrichten durfte. Ich sei jetzt genau an den *Sechs Prinzen* angelangt und von da aus … Ich unterbrach ihn, weil mir der Prinzenname ungewöhnlich für die armselige Gegend vorkam. Wieso er von sechs Königssöhnen spreche, wollte ich wissen..

»Jo, äppes, sehen's nur«, fuhr er mit dialektalem Schwung fort. »Dat do drübbe isser Kaisergarte. Zu Kaisers Zeiten, dat ess übber hundert Joor her, da habbe de Loit hiea die große Kaisereiche gepflanzt un drumrum sechs kleine – dat soll der Kaiser sain un sin Sünne.« Mit den Fingern kämmte er durch seinen struppigen Kaminbürstenbart.

Daraufhin sah ich mir die Baumgruppe genauer an, oder vielleicht sah sie mich an, jedenfalls zählte ich die Stämme. Wie es mir der Waldarbeiter erklärt hatte, waren es genau sechs Eichen, die kreisförmig und in ehrerbietigem Abstand eine mächtige Eiche umstanden, die wahrscheinlich schon vorher existiert hatte und jetzt den natürlichen Mittelpunkt der später gepflanzten kaiserlichen Familienmitglieder bildete. Ich bedankte mich höflich bei dem Mann, zum einen, weil er mir bestätigte, dass ich mich auf dem richtigen Weg befand, und zum andern, weil er mich gelehrt hatte, die sieben Bäume in der richtigen Ordnung abzuzählen. Ich war froh über die kleine Geschichtsstunde. Denn dass der Kaiser Wilhelm, der in Bernkastel im Hotel *Drei Könige* auf der Moselterrasse zu sitzen pflegte, auch sechs Söhne gezeugt hatte, wusste ich jetzt von den Bäumen. Um solche kaiserlichen Einsichten bereichert fuhr ich weiter. Der Waldarbeiter schien ein Genussmensch zu sein. Ich hatte ihm angesehen, wie sehr es ihm behagte, mich, erkennbar einen Mann aus der Großstadt, über die ländlichen Gepflogenheiten belehren zu können. Jemand hatte behauptet, die Geschichte sage uns gern ihr Gedächtnis auf, aber niemand höre ihr zu. Sie müsste nur ein wenig verständlicher sprechen, wie die sieben Bäume zu mir gesprochen hatten, dachte ich im Weiterfahren.

Die Wegbeschreibung war dem Waldarbeiter allerdings nicht gut gelungen. Sie hatte sich zwar einleuchtend angehört, doch ich merkte, dass ihre innere Logik sich in Umständlichkeiten verlor und ich mich bald verfahren hatte. Einem glücklichen Zufall war es zu verdanken, dass ich am Ende eines Buschwerks auf einen Wegweiser stieß, der nach links zu einem Ort namens Merscheid zeigte, nach rechts jedoch zu dem Dorf Weidenroth, wohin mich meine Tagestour führen sollte. Im Weiterfahren fiel mir ein, im Hunsrückführer gelesen zu haben, dass Merscheid früher ein bedeutender Ort gewesen sei und man dort vor dem Krieg die seinerzeit berühmten Hunsrücker Haferflocken hergestellt habe.

Mittlerweile befielen mich erneut Zweifel, ob ich am Ende der langen Autofahrt tatsächlich in diesem gottverlassenen Kaff eine Spur meines Vaters finden würde. Willkürlichen Grundstücksgrenzen folgend, schlängelte sich die Straße in Kurven durch welliges Gelände. Vor mir erkannte ich die Silhouette eines Kirchturms.

Auch vom Licht der Mittagssonne beschienen, blieb es ein unscheinbares Dorf, wohin der gewundene Weg mich brachte, auf den ersten Blick ein Sammelsurium von alten und neuen Häusern, das mich weniger beeindruckte als der Kaisergarten, den die Vorfahren der heutigen Bewohner angelegt hatten und dessen Bedeutung sich mir dank des Waldarbeiters erschlossen hatte. Das Dorf zählte kaum mehr als dreihundert Einwohner. Das verriet mir der Hunsrückführer. Die Eingemeindung des Fleckens in die Ortschaft Morbach folgte administrativer Zwangsläufigkeit, wobei man außer Acht lassen musste, dass beide Stadtteile laut Tachometer fünf Kilometer auseinander lagen. Im Sommer ein angenehmer Wanderweg, im Winter bei Schnee und Eis wahrscheinlich eine beschwerliche Rutschpartie.

Zwischen den wie Moosflechten zwischen alten Hausfurchen wuchernden Wohlfühlbungalows fuhr ich zur Kirche, deren Turm die krummen, oft durchhängenden Dachfirste überragte. Ich suchte den Marktplatz mit einer großen Linde in der Mitte und dem Brunnen, die zu jedem ordentlichen Dorf gehörten. Man wusste ja, wozu die Linde gebraucht wurde. Um die Ketzer, die Gottesleugner, die Hexen früherer Jahre an einem dicken Ast im Raschelwind baumeln zu lassen, bis sie aussahen wie geräucherte Schweineschwarten, falls sich nicht bereits die Bussarde und Geier an ihnen gütlich getan hatten. Doch ich fand die Linde nicht und auch nicht den Brunnen. Den Siedlern, die vor tausend Jahren den Hochwald gerodet, die harzigen Kiefern zu Stümpfen und Brennholz zerkleinert und das Dorf gegründet hatten, war nicht danach zumute gewesen, ihre paar lumpigen Kupfermünzen für nutzlosen Zierrat zu verschwenden.

Statt dem Markplatz mit duftender Linde in der Mitte und einem Gesundheitsbrunnen sah ich nur langweilige Alterssitze. Bestimmt gehörten sie pensionierten Zahnärzten oder Rechtsanwälten, die in gesunder Mittelgebirgsluft steinalt werden wollten und ihren Vorgarten emsig in Schuss hielten. An vielen Bungalows waren die forstgrünen Fensterläden am helllichten Mittag geschlossen, offenbar waren die Bewohner nach Morbach oder Bernkastel zur Arbeit unterwegs. Einige Gartentore waren mit vergoldeten Spitzen geschmückt, und das Warnschild *Vorsicht! Bissiger Hund* sah man häufig. Vielleicht lag eine gewisse Ungerechtigkeit, eine Mitleidlosigkeit in den unterschiedlichen Bauweisen. Arm prallte auf engem Raum gegen reich, beruflicher Erfolg gegen Versagen. Zum Glück war der Dorfkern erhalten geblieben, der so alt war, dass ich vielerorts die Ungerechtigkeit nicht mehr erkannte, weil sie vom Firnis des Vergessens zugedeckt wurde. Ich passierte einige Bauernhöfe, die bestimmt hundert Jahre oder mehr auf dem Buckel hatten und sich noch um keine Bauvorschrift kümmerten, die Regentraufe nicht genau fünf Meter hoch, das Dach nicht walmförmig, sondern auch sattelartig beschiefert, oder eine Scheune mit rostigem Wellblechdach. Ohne die Verstöße wäre es ein langweiliges Dorf gewesen. Aber so sah es hübsch und hässlich durchsprenkelt aus, alte und neue Versatzstücke ergänzten sich. Frische Kuhfladen dampften auf der Straße.

In der Mitte des Dorfes stand die kleine, weiße Kirche, dem heiligen Erasmus geweiht. Sie besaß einen viereckigen, kantigen Turm mit einem spitzen Dach. Schräg gegenüber lag das Holzmuseum, dessen hübschen klassizistischen Bau ich aus dem Internet wiedererkannte. Ich stoppte das Auto. Vielleicht fand ich hier eine erste Spur, die mich zum Volksschüler Franz Koller führte. Ich parkte den Wagen auf dem Hof und stieg aus. Auf der Freitreppe kam mir ein älteres Ehepaar entgegen und wollte von mir wissen, ob es im Ort einen anständigen Gasthof gebe. Ich musste mit Bedauern verneinen und sagte, ich käme selbst von auswärts und sei zum ersten Mal in Weidenroth. Dann betrat ich das ehemalige Schulgebäude.

Das kleine Vorzimmer war ein mit hellem Fichtenholz getäfelter Raum, der allerdings so leer auf mich wirkte, als seien die Bewohner soeben ausgezogen. Im großen Ausstellungsraum des Museums saß eine junge Frau an einem einfachen Tisch, auf dem ein Kasten mit Karteikarten und ein Laptop standen. Fröhliche blaue Augen lächelten mich an. Ich stellte mich mit leichter Verbeugung vor. Mein

Rücken war von der Autofahrt ein wenig steif geworfen. Ich stützte mich beim Sprechen auf die Tischplatte und musterte von oben die schmalen Schultern, über die brünettes, glattes Haar floss. Ich betrachtete auch unauffällig das himmelblaue T-Shirt, über dessen Brust der Spruch *ILUVU* lief, der bestimmt nicht einer turkmenischen Sprache entstammte. Vielmehr konnte ich ihn mühelos als amerikanisch-lockeres Bekenntnis *I love you* identifizieren, auch wenn Isolde mir ständig bescheinigte, ein altes Fossil wie ich verstünde nichts von flotten Teenager-Slogans. Der Bauchnabel war unter dem Top einen schmalen Streifen sichtbar und erwies sich als gepierct. Um die Hüften spannten sich knapp und eng die Jeans und mündeten oberhalb blanker Fußknöchel wieder ins Freie. Ganz unten, soweit ich es feststellen konnte, ohne mich unangemessen vorzubeugen, steckten nackte Füße in hellen Indianerslippern mit buntgefärbten Fransen an den Nähten.

Ich stellte mich vor. Mein Name bedeutete der aufgeweckten Zwanzigjährigen nichts. »Ich suche meinen Vater«, sagte ich daraufhin und tat schmucklos, als sei es üblich, sich in einem Holzmuseum nach seinem verschollenen Vater zu erkundigen. »Ich suche Franz Koller, Franz Josef, ganz korrekt gesagt. Doch den *Josef* lässt er im Allgemeinen unausgesprochen. Er ist spurlos verschwunden.«

»Aha«, lächelte sie. »Er hat sich einfach aus dem Staub gemacht.« Ihre Vergissmeinnichtaugen blitzten vor Schalk.

»Der Name, soweit ich weiß, wurde damals einer Million Knaben verliehen im Gedenken an den uralten österreichischen Kaiser Franz Joseph«, fügte ich hinzu und hoffte, die adrette Frau zu einem weiteren hübschen Lächeln zu bringen. Aber sie wies mich mit kurzem Schweigen zurück, in dem eine Spur von Argwohn lag.

»Und ich heiße Weber«, zwitscherte es zurück. Die Lippen des Mädchens öffneten sich. Rosettenförmig angeordnete Sommersprossen an beiden Nasenflügeln verliehen ihr ein elfenhaftes Aussehen. Sie schenkte mir das erhoffte Lächeln, und zwar nicht gefällig aufgesetzt, sondern ganz unübertrieben und natürlich, ein feines, fast japanisches Porzellanlächeln, das ich als freundliche Hinwendung zu einem Besucher aus der Ferne auffasste. Vielleicht hatte sie das gleiche Lächeln dem älteren Ehepaar geschenkt, das mir auf der Treppe begegnet war. Das junge Mädchen zeigte auf ein Plastikschildchen, das wie eine Brosche über der Brust angeheftet war und ihren Namen bestätigte. »Utta«, fügte sie hinzu, was nun eindeutig Entgegenkommen und fast Vertraulichkeit verriet. Mir lag auf der Zunge, die nette Person nach einem Gasthof zu fragen, wohin ich sie zum Mittagessen einladen könne. »Ja, ich bin die Utta. Und wie heißt du?«, platzte es neugierig aus ihr heraus. Eine feine blaue Haarsträhne an ihrer Schläfe glänzte so prächtig wie die Schwanzfeder eines jungen Fasans. Es war schier unmöglich für ein junges Mädchen, mit zwanzig nicht wunderschön auszusehen. Es war eine morphologische Unmöglichkeit.

Das *Du* war mir ungewohnt, erschreckte mich ein wenig, ich war von Herrn Kindermann nicht daran gewöhnt, so kameradschaftlich angesprochen zu werden. Doch es hörte sich auch nett an, schloss mich in einen nahen Kreis ein, irgendwie erwärmte es meine Gefühlswelt, erweckte Jugendlichkeit, schweißte mich in eine Frischhaltepackung mit grünem Bändchen.

»Ich heiße Thomas«, hätte ich am liebsten freudestrahlend erwidert und ihr die Hand hingehalten.

Stattdessen streckte ich die Hand in die Vorwärtsrichtung aus, an der hübschen Utta vorbei, machte mit dem Arm eine Halbkreisbewegung, zeigte durch den Ausstellungsraum und erzählte, hier sei früher eine Volksschule gewesen, und mein Vater sei als kleiner Junge für ein paar Monate in Weidenroth zur Schule gegangen.

»Ach, das ist aber sehr lange her«, sagte sie enttäuscht, weil ich auf ihren lockeren Ton nicht einging, und stutzte mich zurecht, indem sie mir auf ihren Lippen ein abfälliges Halblächeln zeigte, das so kühl, so gefroren wirkte, als läge ein Abgrund zwischen ihrem zwitschernden Jugendalter und meinen immer noch soliden achtunddreißig Jahren. »Die Schule ist doch schon vor fünfzehn Jahren zugemacht worden. Das war ja eine Ewigkeit, bevor ich hier anfing.«

»Ach, Sie stammen wohl nicht aus Weidenroth?«, fragte ich unsicher zurück, verließ mich auf das vertraute Sie und wagte mich nicht an das kokett offerierte Du heran.

»Sehe ich etwa so aus?«, fragte sie spitzfindig. Nein, sie sah überhaupt nicht aus wie eine Landpomeranze. Ich war auch nicht gegen Versuchungen gefeit, nicht gegen die schrecklichen Versuchungen, die wie der Blitz die Erinnerung an Accalia bei mir einschlagen ließen. Eher sollte ich an ein paar hübsche, friedliche Dinge denken, ermahnte ich mich im Stillen. Statt Utta von oben auf die Brüste zu schielen, sollte ich an Lieblingskäfer denken, an Marienkäfer zum Beispiel, oder an Lieblingsbäume, an die sieben Eichen im Kaisergarten, oder an meinen Vorzugsdichter Perrault. Stattdessen gab ich mich anatomischen Betrachtungen hin und kämpfte mit mir, um Utta endlich zu duzen und ihr versuchsweise über die Arme und vielleicht sogar kurz über die Schulter zu streicheln.

Auch sie hatte ihre momentane Verstimmung sofort wieder vergessen und lenkte zu ihrem Lächeln zurück. »Doch, doch« versicherte sie. »Eigentlich schon. Ich meine, ich bin sozusagen ein Weidenrother Gewächs. Meine Großmutter hat als Kind hier gewohnt. Aber sie hat Gott sei Dank nach Bernkastel geheiratet, in die Stadt. Sie hat immer gesagt, das Beste an Weidenroth ist, dass ich da mit List und Spucke weggekommen bin. Aber das hat sie im Spaß gesagt. Ich weiß es auch nur von meiner Mutter und kann es nicht persönlich bezeugen. Denn die Oma war schon tot, als ich zur Welt kam. Ich bin omalos aufgewachsen.« Sie lachte. »Aber wozu erzähle ich dir das eigentlich? Ist doch vollkommen uninteressant für dich, den Mann aus der Großstadt.« Unüberhörbar hatte sie das Du betont und mir selbstbewusst an den Kopf geworfen

»Nein, nein, überhaupt nicht«, beeilte ich mich zu versichern, ohne in die Du-Falle zu tappen.»Sie sind also in Bernkastel zur Schule gegangen. Ich bin eben durchgefahren, habe mir den hübschen Markt angesehen. Die reinste Puppenstube.«

»Ja, der Markt ist Anziehungspunkt für durchreisende Touristen, die dann spurlos wieder verschwinden«, sagte sie abfällig. »Aber jeden Tag den Berg raufkraxeln mit meinem asthmatischen alten VW und hier zur Arbeit und abends wieder zurück, das ist nun wirklich kein Zuckerschlecken.«

Darauf wusste ich im ersten Atemzug nichts zu erwidern, fühlte mich angegriffen, gehörte in Uttas Augen ja auch zu den Touristen. Wahrscheinlich hatte sie schon vergessen, dass ich wegen des ehemaligen Volksschülers Franz Koller hergekommen war und deutliche Spuren hinterließ. Ich schaute zum Fenster auf den Hof hinaus, wo tatsächlich ein grau gespritzter, altersmürber VW parkte. Darüber gespannt wie eine Wäscheleine hing eine Telefonleitung durch, über die sie vielleicht täglich von ihrem Freund angerufen wurde. Ich gab mir Mühe, Mitgefühl zu zeigen.

»Ja, kann man nachempfinden. Ich bin selbst heute zweihundertfünfzig Kilometer gefahren«, sagte ich, und dachte an mein eigenes Auto, das zwar nicht zur Luxusklasse gehörte, doch regelmäßig in der Werkstatt gewartet wurde und fahrtüchtig war. Daher spürte ich Schuldbewusstsein, weil sie im alten VW die Serpentinen hinaufkraxeln musste. Ich suchte nach einem Vorwand, um das Gespräch in Gang zu halten, und bemerkte altklug, das Gebäude, in dem das Museum untergebracht sei, mache den Eindruck, als sei es von Schinkel inspiriert. Utta Weber nickte, als kenne sie den Architekten. Oder sie spielte die Gebildete, damit ich erst gar nicht anfing, sie nach Schinkel auszufragen, und keine Verlegenheit zwischen uns aufkam.

»Tja, wo kann er nur sein«, seufzte ich, um von dem berühmten Baumeister abzulenken. Auf keinen Fall wollte ich die hübsche Utta überfordern, und meinte mit meinem Seufzer natürlich meinen Vater, der hier vielleicht untergetaucht war. Das junge Mädchen zuckte unschlüssig die Schultern, wollte mich zwar nicht vor den Kopf stoßen, lehnte jedoch Verantwortung für Vaters Verschwinden ab. Ich sah nervös auf die Uhr. Schon fast zwei. Eine schneeweiße Katze strich am Fenster vorbei und jagte unsichtbare Mäuse. Einen Moment bildete ich mir ein, ein leichtes Geräusch zu vernehmen, weil die winzigen Nager über meine Schuhe huschten.

Wieder blickte ich auf die Uhr. Ich fühlte mich durch die Minuten gehetzt. Ein Gedanken, ein Blick jagte den anderen und trieb zur Eile an. Ich sah den Uhrzeigern zu, die sich rasend schnell bewegten, vor allem der Sekundenzeiger, und überlegte, ob ich Utta noch sagen solle, es sei nicht weiter schlimm, den berühmten Architekten nicht zu kennen. Damit befinde sie sich im Einklang mit neunundneunzig Prozent der deutschen Bevölkerung. Stattdessen streckte ich Utta die Hand aus, denn schon war es soweit, dass ich mich verabschieden musste. Wir standen einen Moment unschlüssig da und wussten nicht, wie wir das Abschiednehmen zu Ende bringen sollten. Ich prägte mir die Wärme und Weichheit ihrer Hand ein, die sie mir eine kurze Weile anvertraute, als müsste ich diese Frau demnächst unter tausend anderen mit verbundene Augen am Druck ihrer Hand wiedererkennen. Ich versuchte, verstohlen nachzusehen, ob an einem ihrer Finger ein mit einem Diamanten besetzter Verlobungsreif blitzte oder schon ein massiv goldener Ehering glänzte.

»Und unser schmuckes Holzmuseum? Das ist dir keinen Besuch wert?«, fragte sie schließlich, wollte mich nicht einfach gehen lassen und wiederholte ihr Angebot, wir sollten uns duzen. Ich glaubte ein Echo in ihrer Stimme zu hören, vielleicht vibrierte eine Spur Enttäuschung darin. Das abstrakte Denken war nicht meine Stärke. Ich spürte, wie die Zweifel in mir aufstiegen, und wollte vor der hübschen Frau nicht ins Bodenlose versinken. Fast verlor ich den Überblick. Darum gab ich mir Mühe, Festigkeit in meine Stimme zu legen und auf Utta nicht wie ein Schwachsinniger zu wirken.

»Ich muss erst noch etwas erledigen. Aber dann komme ich zurück«, versprach ich wider eigene Überzeugung. Der Widerspruch zerrte in mir. Ich überlegte einen Augenblick, ob ich in dem Dorf übernachten sollte, wenn ich meinen Vater nicht fand, und ob ich dann zur fröhlichen Utta Weber zurückkehren würde. Im Holzmuseum könnte ich mich mit einer Pobacke lässig auf die Tischkante flegeln und ihr von oben aufs Haar und die Schultern und das himmelblaue T-Shirt blicken. Alles lag vor meinen Wünschen ausgebreitet, auch der pseudo-turkmenische Spruch ILUVU. Mit dem Gedanken trat ich zurück in die Hitze des späten Mittags.

»Versuch es mal am Ende des Dorfes«, rief Utta hinter mir her. »Wenn dein Vater hier durchgekommen ist, müssen ihn doch die Leute gesehen haben. Frag mal die Frau Alban im letzten Haus links. Die ist zwar uralt, doch ihrem Späherblick entgeht nichts. Die hat wahre Adleraugen.«

Ich blieb auf der Türschwelle stehen, schaute zu Fräulein Weber zurück, die mir erlaubt hatte, sie Utta zu nennen, und sagte: »Danke dir schön«, eigentlich nur, um auch einmal das lockere Du anzubringen und mich jugendlich aufgefrischt zu fühlen. Damit schloss ich hinter mir behutsam die Tür und wollte in mein Auto steigen, als ich den jungen Mann sah. Blondschopf, kesser Drei-Tage-Bart rund ums Kinn, der draußen herumlungerte und offenbar auf Utta wartete. Sogleich vertraute er mir an, er heiße Timo Hillebrand, und mit seinem Geständnis vermittelte er mir das Gefühl, grenzenlos alt und überflüssig zu sein. Jeder hat schon so etwas erlebt, unerklärliche Einschüchterung, innere Erniedrigung.

Ich hatte mich hinters Steuer geklemmt, den Sicherheitsgurt angelegt, beobachtete im Rückspiegel den blonden Wikinger und dachte hämisch, dass sein flotter Name von Timotheos abgeleitet sei und *gottesfürchtig* bedeutet. Ich war überzeugt, in zwanzig Jahren hatte Utta den Bruder Leichtfuß satt und seinen Dauerprotest gegen Umweltverschmutzer und Kapitalistenschweine und Politmafiosi als schwachsinnige Tiraden eines unreifen Spätpubertierenden durchschaut. Doch bis dahin, auch das war mir klar, würden sie sich lieben und knutschen und im Glück ertrinken und viele Kinder bekommen. Als ich den Zündschlüssel drehte, wusste ich, dass ich das adrette Fräulein Weber nicht mehr wiedersah.

Hinter der ehemaligen Schule lagen ärmliche Bauernhäuser. Auf kleinen Höfen standen verdreckte Traktoren, und die Scheunentore waren sperrangelweit aufgerissen, so dass ich im Innern die Strohballen und Heuschütten sah. An der Bäckerei und einem Friseursalon mit einem *Geschlossen*-Schild im verstaubten Schaufenster vorbei fuhr ich, wie Utta mir geraten hatte, zum Ortsrand in Richtung Hunolstein. Als letztes Wohngebäude fand ich zur linken Hand ein ziemlich armseliges Haus mit zwei Stockwerken. Die Fassade war mit grauem Verputz beworfen und im oberen Teil mit Schieferplatten gegen den Regen und den Westwind geschützt. Die Haustür lag höhlenartig im Innern versteckt und wurde durch drei Sandsteinstufen erhöht, dem Marmor der armen Leute. Die emaillierte Hausnummer 62 war oben rechts an der Hauswand festgeschraubt. Das vorletzte Haus an der Dorfstraße, ehe sie in Serpentinen bergabwärts nach Hunolstein weiterführte.

Um mich vom nutzlosen Gedankenballast zu befreien, das verklärte Bild der hübschen Utta und die umwölkte Erinnerung an ihren Wikinger, betrachtete ich die sandsteinrote Türumrandung des Hauses Nummer 62 genauer. Sie wies über dem Türsturz zwischen zwei halbkreisförmigen Vertiefungen ein sonderbares Dreieck auf, es sah fast aus wie ein Freimaurerzeichen, aus dessen Mitte sich die Jahreszahl 1912 hervorhob. Vielleicht verbarg sich hinter dem Zierrat eine dunkle Geschichte, malte ich mir aus. Schon wollte ich die Hand zur Klingel heben, die in ein poliertes Messinggrund gefügt war, wo ich auch den Namen Alban las, den Utta mir genannt hatte. Ich würde Frau Alban nach der Bedeutung des Dreiecks fragen. Bemerkenswert waren auch die breiten Stufen aus korallenrotem Sandstein, denen sich die Last so vieler Jahre eingeprägt hatte, dass ich mich fast scheute, sie mit meinen Schuhen zu betreten. Doch zuvor gab es etwas anderes zu erledigen, was viel wichtiger war als das vermeintliche Freimaurerzeichen. Beinahe hätte ich es übersehen!

Denn vor dem Haus – und mein Herz tat einen heftigen Sprung – parkte tatsächlich das Auto meines Vaters. Ich traute kaum meinen Augen. Ich legte die Hand auf die Motorhaube, um zu prüfen, ob der Wagen kürzlich benutzt worden war. Die Karosserie war kalt. Die Gardine vor dem Straßenfenster wurde zur Seite geschoben. Eine Hand, offenbar eine Frauenhand, pochte von innen gegen die Glasscheibe, um mich entweder zu verscheuchen oder ins Haus zu rufen. Das Pochen galt mir. Doch ich sah nicht, wer hinter dem Netzvorhang stand.

Vor Aufregung zitterten mir die Knie, als ich die ausgetretenen Stufen hinaufstieg. Ich läutete. Als nichts passierte, läutete ich ein zweites Mal. Nach einer Weile hörte ich hinter der Tür schlurfende Schritte. Dann öffnete eine Frau, von der Jenseitigkeit des Alters zur Zwergin geschrumpft, ein fiebrig gerötetes Gesicht, eingefallene Wangen, die einen zahnlosen Mund umschlossen, und das Haar, glatt nach hinten gekämmt, hennarot gefärbt, aber an den Wurzeln bleich wie frischer Schnee. Schneeweiß schimmerte auch die Kopfhaut durch die dünnen Haarsträhnen, als müsse die Wahrheit des Greisenalters unbedingt ans Licht kommen. Wassertrübe und zugleich listige Krötenaugen blinzelten mich an. Die Frau war an die achtzig Jahre alt, wenn nicht mehr, humpelte am Krückstock und roch säuerlich nach Frittenöl. Offenbar hatte ich sie beim Kochen gestört. Um die Schultern trug sie ein schwarzes, mit Blumen besticktes Umschlagtuch. Ihre weiße Bluse steckte in einem grasgrünen Faltenrock, der so aussah, als sei er aus zerknittertem Vorhangstoff geschneidert.

»Sind Sie die Frau Alban, die ...?«, begann ich und hätte trotz ihrer halben Blindheit beinahe gefragt, ob sie Adleraugen besitze oder ob sie mir über das Dreieck über der Tür Auskunft geben könne. Ich vermochte nicht, den Satz vernünftig zum Abschluss zu bringen. Auf gut Glück legte ich mir einen volkstümlichen Ton zu, die hier im Dorf gut ankäme. Die hennarote Greisin hob die Augenbrauen, die schneeweiß leuchteten. Sie verstand mich aufs Wort und nickte stumm. Ich fasste ihr Schweigen zunächst als Zeichen von Misstrauen auf, nannte ihr daraufhin meinen Familiennamen, ebenfalls auf gut Glück, ohne zu wissen, ob sie vielleicht taub sei, und auch den Namen schien sie zu verstehen. Denn plötzlich zwinkerte sie mir zu, als seien wir vertraute Freunde. Vor dem Haus stehe das Auto meines Vaters, erklärte ich ihr als nächstes, damit sie jeden Verdacht fallen ließ. Ob er im Haus sei und ich ihn sprechen dürfe. Damit war alles Erforderliche gesagt.

»Tach ers mol«, sagte sie in freundlicher Stimmdehnung, aber mit der Schwerverständlichkeit der Gebisslosen. Auch wenn sie mir noch keine Hand zur Begrüßung entgegenstreckte, setzte sie, offensichtlich in friedfertiger Absicht, eine Nickelbrille auf, die ihr an einer Schnur, die einem Schnürsenkel ähnelte, am Hals baumelte. Ich wusste nicht, warum ich den Gedanken an Perrault nicht loswurde. Vielleicht war es berufsbedingt. Denn die Frage ging mir nicht aus dem Kopf, ob Frau Alban einer Hexe in einem Märchen glich. Nach längerem, kopfnickendem Überlegen schob sie mir endlich eine spindeldünne Hand entgegen. Ich ergriff sie herzlich und sah sofort, dass deren Finger rot geschwollen waren. Es fiel mir nicht leicht, Frau Albans Dialekt zu verstehen. Doch ich begriff, dass sie zunächst noch zögerte, bevor sie mich ins Haus ließ. Bestimmt stand selten ein Unbekannter vor ihrer Tür. Der unangekündigte Besuch stimmte sie misstrauisch.

»Also, wie gesagt, das Auto von meinem Vater ...«

Abgesehen von den zuckenden Augenbrauen, hatte Frau Albans Miene bisher wie versteinert gewirkt. Aber sobald sie die Brille aufgesetzt hatte, fand sie sich in der Welt zurecht und erwachte zum Leben. Vielleicht empfing sie durch die dicken Gläser sogar mehr

Eindrücke, als sie verarbeiten konnte. Denn zunächst beugte sie sich vor, um mich genauer zu mustern. Mein friedliches Aussehen stellte sie vermutlich zufrieden. Denn mit einem Mal wurde sie gesprächig.

»Dä Franz, ach, do bis dä kleene Franz Koller, gellau? Dat Fränsje is also Ihr Vatter? Ach, kumm rein, Franz. Dat wulle mer jo nisch zwischen Dür un Angel bespräche.« So fuhr sie in ihrer holprigen Mundart fort, die ich, ihrem seltsamen Wortgesang hinterherhorchend, zu verständlichem Hochdeutsch zu glätten versuchte.

»Thomas Koller, nicht Franz, ich bin der Thomas«, verbesserte ich höflich und setzte meinen Fuß in den dämmrigen Hausflur. Eine Tür quietschte leise in den Angeln. Vielleicht hörte uns jemand zu. Ich spähte in die Dunkelheit. Nirgendwo war ein Lichtstreif zu erkennen.

»Dann entschuldige vielmals, Thomas, gellau«, erwiderte sie und kaute am Brillenbügel. Keiner weiteren Bewegung ließ sich entnehmen, woran sie dachte. Irgendwo im hinteren Teil des Hauses rumorte eine Wasserspülung. Das Geräusch schien Frau Alban an etwas zu erinnern, denn sie hob lauschend den Kopf. Wir waren nicht allein, vielleicht saß mein Vater in der Küche, dachte ich irgendwie bedrückt, doch auch erleichtert und folgte der Greisin drei Schritte weiter durch den Hausflur. Der war so niedrig, dass ich unwillkürlich den Kopf einzog. Am Ende lag, wie ich vermutet hatte, eine kleine Küche, ein scheunenartiger Raum mit einem Steinboden, der vielleicht ursprünglich ein Schuppen gewesen war. Rechts führte eine Wendeltreppe nach oben. In der Küche roch es so stark nach Fritten und gedünstetem Weißkohl, dass ich am liebsten das Fenster aufgerissen hätte. Auf dem Herd brodelte ein Topf Gemüsesuppe. Das blecherne Ofenrohr stieg unverkleidet an der Wand hoch bis unter die Decke.

Tatsächlich waren wir nicht allein. Doch nicht mein Vater, sondern ein Mann im blauen Drillichzeug hockte mit behäbiger Miene in einem Rohrsessel, hatte wegen der Hitze die Hemdärmel hochgerollt und die Ellbogen auf die Tischplatte gestemmt und beobachtete mich listig, als wollte er sagen: *He da, denk bloß nicht, weil du aus der Stadt bist, kaufen wir dir alles ab!* In seinen Augen flackerte das angeborene Misstrauen des Dörflers. Aber dann schien er seine Abneigung zu überwinden und nickte mir halbwegs freundlich zu. Das war wohl seine übliche Begrüßung. Jetzt lud auch Frau Alban mich mit knapper Handbewegung ein, neben dem Mann Platz zu nehmen, allerdings nicht auf einem zweiten Rohrsessel, denn den gab es in der engen Küche nicht, sondern auf einem einfachen Holzstuhl mit einem Sitz aus Strohflechten, der so derb aussah wie der auf dem Gemälde von van Gogh. Neben dem Suppentopf standen ein Teller mit Pommes frites, eine angebrochene Flasche Apfelsaft und ein leeres Zahnputzglas, in dem ein paar halb vertrocknete Margeriten steckten. Am Fliegenfänger über dem Tisch klebten eine Million Insektenkadaver. Ich notierte alle Einzelheiten so aufmerksam, als müsste ich hinterher ein Protokoll darüber aufsetzen.

Von Frau Alban wusste ich nichts. Doch ich hatte den Eindruck, dass sie in einer grauen Zeitblase lebte. Nur uralte Gegenstände umgaben sie. Vielleicht sollte ich angepasster sagen, sie schwebte als *Raumschiff Enterprise* im schwerelosen Universum, in einem Nebelland, in dem es außer ihrem Dorf und ihrem Haus nichts gab. In der Ecke stand wahrscheinlich noch aus der Vorkriegszeit eine Nähmaschine der Marke Pfaff, die mit Schwungrad und Fußpedal bedient wurde und mit goldenen Schlingpflanzen bemalt war. Das Gehäuse des Radioapparats, Marke Volksempfänger, der auf der Fensterbank stand, glänzte zwar fuchsrot poliert, mochte aber außer Quietschtönen und Hintergrundsrumoren keine Laute von sich geben, und durch das dunstbeschlagene Fenster fiel mein Blick, soweit ich überhaupt etwas wahrnahm, in einen ungepflegten Gemüsegarten, an dessen weitmaschigem Spanndraht rostige Geräte lehnten, zum Beispiel eine Spitzhacke, mit der vielleicht ein Mensch erschlagen worden war, und ein Spaten, mit dem man ihm das Grab ausge hoben hatte. Abgesehen vom beharrlichen Brodeln der Suppe war nichts in der Küche zu hören. Unbewusst lauschte ich, ob Mäuse durch das Reisig huschten, das neben dem Herd als Brennmaterial gebündelt lag, oder sich in Mauerritzen flüchteten. Doch es war totenstill im Haus und im ganzen Dorf und, wie es schien, still im weiten Erdkreis. Nur in der Nachbarschaft begann ein Hund zu winseln.

»Der Schlachterhund«, sagte der Mann in der blauen Montur und zuckte die Achseln, als könne niemand ihn für das jaulende Vieh verantwortlich machen. Ich sah mir den wichtigtuerischen Klotz genauer an. Mit seinen breiten Schultern war er bestens dazu prädestiniert, sich mit Schlachterhunden auszukennen.

Frau Alban fing an zu lachen. Sofort strömte das Wasser aus ihren Augen, die ohnehin wässrig schwammen. Immer wieder schüttelte sie sich und bebte am ganzen Körper. Ein fröhliches Dauerschnauben zuckte über ihr fiebriges Gesicht, als habe sie seit Tagen nicht gelacht und wolle einiges nachholen. Ihre Stirn wurde ganz schwitzig vor verrückter Hexenheiterkeit.

Es klopfte an der Tür. Sofort hatte Frau Alban sich wieder gefasst, stand würdevoll auf, strich den Rock glatt und schlurfte auf ihren gichtigen Beinen durch den Hausflur, um dem Ankömmling zu öffnen. Ein Mann, der um die Schulter eine schwarze Ledertasche trug, trat ein, wobei er sich seiner Körperlänge wegen unter dem Türsturz bücken musste, und sprach auf Hochdeutsch mit unserer Tischrunde.

»Ihr alle zusammen, ich grüße euch ergebenst«, sagte er zeremoniös und verbeugte sich ironisch. Er hatte so dichte Augenbrauen, dass man befürchten musste, er werde von einem Moment zum nächsten ein biblisches Drohwetter loslassen, und wenn er die Stirn runzelte, glich er beinahe einem Drahthaar-Foxterrier.

»Dunner und Duria, der werte Herr Goldschmidt«, grüßte Frau Alban ebenso zeremoniös zurück und gab sich mir zuliebe Mühe, in verständlichem Hochdeutsch zu sprechen. »Der Herr Goldschmidt ist unser Postmeister, gellau«, erklärte sie in meine Richtung.

»Ja, heute leider auch aushilfsweise der Briefträger«, sagte der Neuankömmling mit breitem Lachen, öffnete die Ledertasche und legte einen Einschreibebrief auf den Tisch. Der Postbeamte hatte geschwollene Tränensäcke, eine dickporige Nase und Schweißflecke unter den Armen. Denn draußen war es heiß geworden, und der offenstehende Hemdkragen sah reichlich speckig aus.

»Dafür gibt's aber 'n Bier«, sagte der Mann in der blauen Montur, der mich über den Hund des Schlachters aufgeklärt hatte, schüttelte dem Ankömmling über den Tisch die Hand und servierte ihm eine Büchse aus dem Kühlschrank, als sei er bei Frau Alban zu Hause. Die drei begannen langatmig darüber zu diskutieren, dass die Poststelle im Dorf im Zuge von Sparmaßnahmen demnächst nach Morbach verlegt werde. Das sei so vom Landrat verfügt worden, sagte der Postmeister. Frau Alban und der Mann in der blauen Montur wetteiferten in ihrem Bedauern, dass sie in Zukunft für jede ›Scheiß-briefmarke‹ fünf Kilometer laufen müssten. Der Postmeister wiederum klagte darüber, dass er dann in eine neue Dienstwohnung umziehen müsse. Dabei zuckte er fatalistisch die Schultern und fügte hinzu, er setze seine einzige Hoffnung darauf, dass Gottes und der Verwaltung Mühlen auf dem Hunsrück noch langsamer gingen als anderswo in Rheinland-Pfalz.

Hin und wieder sah der Mann auch mich an. Jedes Mal lag heimliche Verachtung in seinem Blick, mit Neid gemischt, weil er mir ansah, dass ich aus der Großstadt kam. Das Nummernschild an meinem Auto hatte es ihm vermutlich verraten.

»Denken Sie nur nicht, das ist hier so 'n Kaff, wo nichts passiert. Da unten in Wietbusch gibt es sogar klassische Konzerte«, erklärte er mir. »Jeden Sommer, stimmt doch?«, fragte er dann den Mann in der blauen Montur, der nicht nur für Schlachterhunde, sondern auch für Musik zuständig war.

»Stimmt so ungefähr«, bestätigte dieser träge.

»Da gibt es Bänfitzkunzerte«, ergänzte Frau Alban.

«Ich glaube, Sie wollten *Benefiz-Konzerte* sagen, liebe Gertrud«, warf der Mann vom Postamt ein, zwinkerte mir verständnisvoll zu und rieb sich die roten Tränensäcke.

Der Blaumann nahm einen Schluck aus der Dose und rülpste verächtlich. Der Postbeamte schnallte langsam die schwarze Ledertasche zu. Dann bückte er sich und befestigte Fahrradklammern an seinen Hosenbeinen. »Bin ja immer per Sportvelo unterwegs«, erklärte er wegwerfend, als er meinen neugierigen Blick bemerkte.

»Und wo ist denn nun mein Vater?«, fragte ich Frau Alban und wollte den allgemeinen Tratsch zurück auf mein Anliegen lenken. Unbehagliches Schweigen senkte sich über die Runde, als hätte ich einen wunden Punkt berührt. Die drei Gesichter wandten sich mir mit sichtbarer Empörung zu, fast als hätte ich eine ungehörige Frage gestellt. Vielleicht würden sie jetzt irgendeine Geschichte erfinden, um sich vor mir zu rechtfertigen, überlegte ich, und der Verdacht, sie steckten mit meinem Vater unter einer Decke und wollten mich absichtlich in die Irre führen, huschte mir durch den Kopf. Vielleicht würden sie auch erstaunt behaupten, sie hätten keine Ahnung, wo mein Vater sei. Sie hätten ihn mit jemandem anderen verwechselt. Oder sie speisten mich mit Belanglosigkeiten ab. Oder sie würden zwar im ersten Augenblick bestätigen, dass sie ihn gesehen hätten, doch im nächsten versichern, mein Vater habe sein Auto herrenlos im Dorf zurückgelassen. Schließlich antwortete mir Frau Alban, aber sie dehnte ihre Worte so umständlich, als müsste ich ihr jedes einzelne mit der Kneifzange aus dem Mund reißen. Ich bedurfte großer Selbstbeherrschung, um Ruhe zu bewahren.

»Der Franz ist irgendwann eben fortgegangen«, behauptete die alte Frau und kehrte die leeren Hände nach oben, um mir zu zeigen, dass keine weiteren Erklärungen darin zu finden seien.

Der Mann in der Montur bekräftigte es wie aus der Pistole geschossen, obwohl er sich bisher kaum am Gespräch beteiligt hatte. Jetzt nickte er so nachdrücklich, als sei er verpflichtet, der Hausherrin bei jeder Behauptung als Leumundszeuge beizustehen. Dabei war ich mir nicht sicher, ob er meinen Vater überhaupt kannte. Sogar der Postmeister, der noch an der Tür stand und gar nicht wissen konnte, weshalb ich nach Weidenroth gekommen war, nickte bereitwillig, woraus ich schloss, dass auch er sich gegen mich verschworen hatte. Allerdings fügte er als pflichtbewusster Beamter hinzu: »Obwohl ich mich da nicht festlegen möchte.« Dann rückte er die Tragschlaufe seiner Ledertasche noch fester über die Schulter, tippte an eine nicht vorhandene Dienstmütze und schritt zur Tür.

Ich sah ihm nach und wartete darauf, dass er sich unter dem Türsturz bückte, und als hätte er meine Gedanken gelesen, blieb er auf der Schwelle stehen, blickte auf die Straße und sagte mit Bedauern: »Ich werde das alles vermissen.« Er sprach mit der Bedächtigkeit eines Beamten, und ohne den Mann genauer zu kennen, erriet ich, dass er in seiner Lebensplanung nie erwogen hatte, den Ort eines Tages zu verlassen. Mit einem Achselzucken verschwand er im Freien und ließ mich mit der Frage allein, wie man das eintönige Dorf vermissen könne.

Ich wandte mich wieder Frau Alban und dem Mann in Blau zu. »Wissen Sie wenigstens, wann er zurückkommt?«, fragte ich zunehmend ungeduldig. Diesmal wusste auch der Mann im blauen Leinenkittel keine Ausrede beizusteuern, obwohl Frau Alban sich mit einer diesbezüglichen Frage an ihn richtete und dabei ein Gesicht zog, als finge sie gleich an zu weinen und daher obliege ihm die Aufgabe, an ihrer Stelle zu antworten.

»He, Eddy, weißt du, wann der Franz zurückkommt?« Als der Mann nicht antwortete, fuhr sie nach kurzem Nachdenken fort: »Der wird nicht ewig wegbleiben. Ist nur eben zu seiner Marianne.« Mir stockte der Atem. Wer war ›seine‹ Marianne? Hätte Frau Alban mir mitgeteilt, mein Vater sei vor fünf Minuten mitten im Dorf von einem ausgebrochenen Stier auf die Hörner genommen und zertrampelt worden, ich wäre nicht weniger außer Fassung geraten. Hatte mein sechsundsiebzigjähriger an Arthrose leidender Vater, der daheim kaum die Treppe hinaufkam, eine Geliebte in einem Hunsrückkaff versteckt? Bestürzt starrte ich auf den sauber gefegten Boden, auf dessen Fliesen sich ein junges Mädchen spiegelte, vielleicht Uttas Zwillingsschwester, glattwangig, sanft und adrett proportioniert. Schon fiel mir meine verhärmte Mutter ein, die sich daheim vor Kummer die Augen ausweinte und der zweiundsiebzig Lebensjahre alle Spuren einstiger Jugend und Schönheit abgeschliffen hatten. Sie ahnte nichts von einer Rivalin. Oder ahnte sie es doch? Jedenfalls besaß sie nicht die Waffen, um sich gegen eine Zwanzigjährige zu wehren. Mutter war langsam in ihren Bewegungen geworden, und in ihren Augen schimmerte Traurigkeit, auch wenn an guten Tagen noch ihre frühere Anmut spürbar war und sie sich für ihr Alter schlank und kerzengerade hielt.

»Und wo finde ich diese Marianne?«, fragte ich noch einmal und sah mir jetzt zum Vergleich auch Frau Alban genauer an. An ihrem *Verwitterungsgrad* zu messen, so hätte Isolde gelästert, musste sie noch den Weltkrieg erlebt haben. Bestimmt war sie ein paar Jahre älter als Onkel Max. Jetzt bemerkte ich, dass ihr linkes Bein dick bandagiert war.

»Aber das ist doch die zweite Thalweiler von der Post«, murmelte die Alte und humpelte zum Herd, um die Kaffeekanne auf die rotglühende Feuerstelle zu stellen. »Und die finden Sie in Hunolstein. Die läuft Ihnen ja nicht mehr weg.«

Weshalb sollte mir denn Vaters Marianne weglaufen? Ich wollte mich versichern, ob ich Frau Albans Bemerkung nicht missverstanden hatte. »In Hunolstein, sagen Sie? Das ist doch das Nachbardorf oder nicht?« – »Ja, ja. ist alles eingemeindet. Wie Weidenroth. Gehört jetzt zu Morbach. Ja, auch Hunolstein, und da ist jetzt Ihr Vater, da unten im Wietbusch.«

»Mein Vater«, wiederholte ich langsam. »Und wo in Hunolstein finde ich ihn? Auf der Post?«

»Nee«, griemelte die Frau. »Das Postamt von Hunolstein gibt's och nicht mehr, ist ja längst geschlossen wie demnächst bei uns. Das wurde alles nach Morbach verlegt. Aber die Marianne finden Sie auf'm Kirchhof, und der liegt auch nicht in Hunolstein, sondern unten im Wietbusch. Da gibt's noch ein paar alte Gräber.« Die Frau blinzelte mir listig zu, als wolle sie sagen: da, wo wir alle mal hinkommen. »Aber nicht mehr auf den alten Friedhof von Wietbusch. Der ist seit fünfzig Jahren geschlossen.«

Ich war verwirrt und verstand immer weniger.

»Auf dem Friedhof …«

Ich versuchte, Frau Albans widersprüchliche Erläuterungen zu verstehen. Gleichwohl fiel mir ein Stein vom Herzen. Wenigstens hielt Vater auf dem Hunsrück keine hübsche Freundin versteckt, sondern besuchte offenbar ein Grab auf dem Friedhof.

»Der Franz hat mir erzählt, früher, also nach dem Krieg, sei er immer mit seiner Marianne nach Wietbusch gewandert«, sagte die alte Frau.

»Da war es so *rumantisch*«, grinste der Blaumann.

»Ja«, stimmte Frau Alban ihm zu und wackelte mit ihrem Schrumpfkopf. »Das ist wohl so gewesen. *Rumantisch*.«

Ich konnte mir nicht vorzustellen, dass die Bekanntschaft meines Vaters mit einer Dorfschönheit bis in die graue Nachkriegszeit zurückreichte. »Und meinen Vater kennen Sie auch? Hat er Sie manchmal besucht, Frau Alban? Woher kennen Sie ihn überhaupt? Ich habe erfahren, dass er als Schuljunge hier auf den Hunsrück geschickt worden ist. Damals hatte er es wohl auf der Lunge, wie viele Kinder, die unterernährt waren. Aber hat er vielleicht später Urlaub in Weidenroth gemacht? Das ist doch ein gesunder Luftkurort hier oben, einfach herrlich an einem Sommertag wie heute.« Dann fragte ich Frau Alban noch, ob sie die Marianne und den Franz auch vor fast siebzig Jahren gekannt habe, und ob die beiden, mein Vater und die unbekannte Frau, vielleicht schon bei ihr zu Besuch gewesen seien, vielleicht zu dritt hier in der Küche gesessen hätten. Immer deutlicher wurde mir bewusst, dass ich mich Turbulenzen in der Vergangenheit meines Vaters näherte, von denen niemand sonst in unserer Familie etwas geahnt hatte.

»Freilich kenne ich den Franz seit undenklichen Zeiten! Der war doch ein kleiner Bub!« Sie schien sich über meine Unwissenheit zu wundern. »Nach dem Krieg hat er doch bei uns gewohnt. Bei mir und dem Opa Johann. Wollen Sie mal sein Zimmer sehen? Da schläft er auch heute noch, wenn er kommt. Aber erwarten Sie ja kein Himmelbett!«

Ich lachte verlegen. Nein, ich erwartete kein Himmelbett mit Baldachin und allerlei Zierrat. Ich wollte einfach mal sehen, wo mein Vater als Zehnjähriger gewohnt habe. Dass er auch jetzt noch hier übernachtete, hätte ich nicht gewusst. Die uralte Frau Alban schaute mich prüfend an, als ob ihr hinsichtlich meiner Identität plötzlich Zweifel kämen, zeigte aber schließlich mit ihren gichtigen Fingern die Wendeltreppe hoch. Hinaufsteigen müsse ich allerdings allein, da die Stufen für ihre Knie zu beschwerlich seien. Damit klopfte sie auf das bandagierte Bein. Inzwischen könne sie mir eine Tasse Kaffee aufbrühen, hätte allerdings nur Muckefuck im Haus. Ich zuckte die Schultern. Der Kaffee war mir gleichgültig. Doch ich dankte ihr höflich und stieg die knarrenden Stufen hinauf. Im Treppenhaus war es dunkel. Es war ein wenig unheimlich, nach oben zu steigen, und ich fühlte mich bedrückt, weil es so aussah, als drängte ich mich jetzt sozusagen gewaltsam in Vaters Leben. Es war ja dieselbe Treppe, die er auch später noch oft hinaufgestiegen war, vielleicht mit Marianne, und er ein ehrloser Herumtreiber, ein Ehebrecher.

Oben am Treppenabsatz angelangt, öffnete ich eine Tür, die rechter Hand in ein winziges Kabuff führte. Es lag unter der Dachschräge, so dass ich mich bücken musste. In der Ecke stand ein großes Bett. Es war frisch bezogen und ließ nicht erkennen, ob jemand dort geschlafen hatte. Es lag keine schmutzige Wäsche herum, nicht einmal Socken. Doch in der Ecke stand eine schweinslederne Handtasche. Sie kam mir bekannt vor. Auch ihr sah ich allerdings nicht an, ob mein Vater hier in früheren Jahren die Nacht mit Marianne verbracht hatte. So sehr ich den Atem anhielt und mir Mühe gab, in alle Winkel zu lauschen, konnte ich keinen Laut vernehmen, der mir verriet, was sich hier abgespielt hatte. Nur ein warmer Windhauch drang gelegentlich zwischen den Dachspanten herein.

Ich roch auch kein Geheimnis, ich ertastete nichts Besonderes. Ich fragte mich, wie der heimwehkranke Postmeister Goldschmidt wohl urteilen würde, wenn er in so einem erbärmlichen Zimmer hausen müsste. Wenn er zum Klappfenster der Dachkammer hinaussähe, zum Beispiel im Herbst bei dichtem Nebel, und draußen nichts anderes erblicken würde als triste Viehweiden? Oder wenn er nachts auf die schattenversponnene Landschaft schauen müsste, auf die Silhouetten schwarzer Tannen, deren Spitzen höchstens im elfenbeinernen Mondlicht glänzen würden? Oder wenn er eine eiskalte Winternacht da oben unter dem ungeschützten Dach schlafen müsste? Ja, ich dachte mir da oben eine Menge Konjunktive aus.

Auch über meinem Kopf gab es nichts Besonderes zu sehen, vor allem keinerlei Hinweise auf einen Zimmerbewohner. Ich bemerkte nur die unverputzten Holzsparren des Dachstuhls, unter die ich mich bückte, und konnte darüber die roten Dachpfannen erkennen. Hier oben hörte ich keine Geräusche aus der Küche, keine Gesprächsfetzen, nicht mal das Glucksen einer Wasserleitung. Die Wände schwiegen mich an. Je länger ich blieb, desto enger schienen sie zusammenzurücken, als wollten sie mir die Luft abschneiden. Endlich setzte ein leises Brummen ein, als stände eine Elektromaschine in der Nähe. Im Winter musste es echt gruselig sein, wenn der Eiswind hier durch alle Löcher pfiff.

Die Fensterluke war geöffnet, um Tageslicht hereinzulassen und den muffigen Raum zu lüften. Als ich hinausschaute, fiel mein Blick wieder auf den vernachlässigten Gemüsegarten, an dessen Ende ein Bretterhäuschen stand, wahrscheinlich eine Latrine, die man auf dem Land als *Plumpsklo* oder noch ordinärer benannte.

Über den Garten hinweg ging der Blick auf einige Zeilen Apfelbäume und auf zwei Pferde, die scheinbar herrenlos auf der Weide standen und das Fell an einem der Obstbäume rieben, das eine Tier schwarz, das andere braun. Weiterhin sah ich über eine Talsenke zu einem Dorf auf der anderen Seite hinüber. Das mochte Hunolstein sein. In der Ferne standen Telegrafenmasten, aber zwischen ihnen schienen keine Drähte gespannt, zumindest sah ich keine Vögel darauf sitzen. Irgendwie standen sie leer, nutzlos und manche sogar schief in der Landschaft. Der Anblick war so trist, dass ich mir fast wünschte, die Sonne ginge unter und Nacht bedecke die weite Einsamkeit.

Mir drückte es das Herz ab bei dem Gedanken, unter welchen erbärmlichen Umständen der tuberkulöse Schuljunge hier gehaust haben musste. Außer einem Bett gab es in seiner Kammer nur einen aus dunklem Holz geschreinerten Kleiderschrank, der leer war. Kein Spiegel, nicht mal ein Heiligenbild oder ein vertrockneter Palmsonntagswedel hing an der Wand. Sie war mit einer verschossenen Blümchentapete beklebt, die selbst freundliches Tageslicht nicht mehr zum Blühen brachte. Der Ausblick auf die öde Natur bereitete mir zeitversetzt unterschwellige Schuldgefühle. Nirgendwo war eine menschliche Seele, ein Gehöft, eine Viehherde zu erblicken. Scheinbar herrschte eine friedliche Beschaulichkeit über der Landschaft, doch wenn ich an den zehnjährigen Franz zurückdachte, wirkte sie auf mich bedrohlich. Wie einsam musste er sich erst im Winter gefühlt haben, wenn alle Straßen tief verschneit gewesen waren! Und wie beklemmend, wenn dicke Nebelschwaden über der Gegend gelegen hatten!

Bedrückt stieg ich hinunter zu Frau Alban, die ihr ganzes Leben in dieser gespenstischen Einsamkeit zugebracht hatte und sie mit unerschütterlichem Gleichmut zu ertragen schien. Beim Hinuntertappen fiel mir der Ausdruck *Stiegenhaus* ein, den ich in Österreich gehört hatte und der, wenn ich mich nicht irrte, solche engen, grauseligen Wendeltreppen bezeichnete. In einer Übersetzungsarbeit hatte ich das Wort benutzt, um ein starres deutsches Satzgerippe aufzulockern. Jetzt stieg ich das gewendelte Stiegenhaus zurück in die Küche.

»Geheizt wurde da oben aber nicht«, sagte ich, als ich wieder unten am Tisch saß. »Heizkörper habe ich nicht gesehen.«

»Nee«, bestätigte Frau Alban. »Wo kämen wir da hin! Im Winter ist die Pisse nachts im Pisspott gefroren, wenn jemand da oben schlief. Aber als der Franz hier wohnte, war es hauptsächlich Sommer, soweit ich mich erinnere, und da hat er den Pisspott brav geleert. Jeden Morgen … aber Sie haben recht: Auch ein Stück Winter hat er noch mitbekommen. Aber heute sind die Winter hier oben milder geworden von wegen dem Klimawandel. Aber vor fünfzig, sechzig Jahren, wissen Sie, da hatten wir Jahr für Jahr den Schnee vor der Haustür einen Meter hoch. Da war Weidenroth wochenlang eingeschneit. Wenn ich als junges Mädchen nach Morbach musste, zum Einkaufen, da ging ich durch Schneewände durch, die unsere Waldarbeiter hochgeschaufelt hatten. Und als mein Schwiegervater, der Opa Johann, Gott hab ihn selig, da oben geschlafen hat, da ist ihm auch nachts der Pisspott zugefroren«, bekräftigte sie noch einmal und griemelte verschmitzt, als bedeute es eine Auszeichnung, dass sie mir ein Familiengeheimnis anvertraute.

XIII

Ich stand auf. Unruhe trieb mich fort. Ich dankte für den Kaffee, den ich halb stehen gelassen hatte, ungenießbarer Kaffeeersatz, und ließ mir den Fußweg nach Wietbusch zeigen, der, wie Frau Alban mir kopfwackelnd versicherte, nur ein paar Minuten lang war. Im Dorf war es still, es gab fast keinen Verkehr. Wahrscheinlich saßen die älteren Leute noch beim verspäteten Mittagessen, und die Jungen gingen ohnehin nach Morbach, Longkamp oder Bernkastel zur Arbeit. Am Ende des Dorfes wurde die Stille noch dichter. Er war, als beträte man ein anderes Land. Das Territorium des Schweigens öffnete sein gefräßiges Maul, um jeden zu verschlingen, der ahnungslos talwärts schritt. Hin und wieder mochte es ja erholsam sein, in der Leere eines frühen Nachmittags zu ertrinken, ohne Menschen, die von allen Seiten auf mich zu strömten und etwas von mir verlangten, Herrn Kindermann, Isolde, Felizitas, wenn sie quengelte, und jetzt vollkommen in der Stille einzugehen, sich nach keinem umsehen zu müssen, auch nicht nach meinem Vater, obwohl ich ihn suchte. Aber selbst Erholung musste mal ein Ende finden.

Es roch anders am Hang als oben im Dorf, blumiger, aromatischer, obwohl der Boden nur sparsam bewachsen war, mit vernachlässigttem Krüppelgewächs. Es duftete zwar nicht nach Wald, denn wenig Bäume wuchsen entlang des Pfades, aber offenbar wehte ein Harzgeruch von irgendwoher. Er schien überall in der Luft zu schweben. Da es kaum Bäume oder Büsche gab, die Schatten spendeten, wanderte ich durch einen Überfluss an Sonnenglanz und Sommerhitze. Eine asphaltierte Straße schwang sich in Serpentinen zum Tal und auf der anderen Seite weiter nach Hunolstein hinauf. Weit und breit war kein Auto zu sehen, nicht mal ein vom Traktor gezogenes Fuhrwerk. Ich schlug mich in die Büsche, stakste über einen Fußweg, der zwischen verblühten Ginstersträuchern und Distelalleen zur Kirche hinunter führte, und passte höllisch auf, dass ich nicht über eine Baumwurzel oder einen aus dem Boden ragenden Felsbrocken stolperte. Auf einzelnen dicken Steinblöcken waren schwarze und weiße Zahlen und Pfeile gepinselt, die einen alten Wanderweg markierten. So las ich: *Hunolstein 3 Kilometer* und errechnete, dass es bis zur Wietbuschkirche, die auf halbem Weg lag, nicht mehr weit sein könne. Ich erschrak beinahe. Mitten im Gelände waren zwei Ziegen angepflockt, die mich mit ihren blassen Glasaugen feindselig musterten. Als sie zu meiner Begrüßung ein heiseres Meckern ausstießen und ihr Maul aufrissen, sah ich ihre gezackte blaue Zunge, die mich an den Höllenhund in der Kölner Südstadt erinnerte, der mich und Momo in der Nacht mit seiner purpurfarbenen Zunge erschreckt hatte.

Immer tiefer senkte sich der Pfad ins Tal, das in sattem Grün stand. Das ließ auf reichlich Wasser schließen. Vielleicht war die Au versumpft. Gebüschelte Binsen schossen am Rand eines Baches hoch. Wenn ich als Kind aufs platte Land in Ferien fuhr, hatte ich manchmal auf einer langweiligen Wanderung aus ihren fleischigen Blattspreiten Zöpfe geflochten und mir damit die Zeit vertrieben. Vielleicht hatten vor Hunderten von Jahren Zisterziensermönche hier im Tal ihr Kloster errichtet, aus der später die Kirche im Wietbusch entstanden war. Inzwischen schritt es sich angenehm über den moosbewachsenen Steinboden, immer den Hang abwärts, und ich genoss die Stille, die einmal durch fernes Dröhnen unterbrochen wurde. Ich glaubte, zwei Jagdflugzeuge zu erkennen, die so rasend schnell den Himmel zerteilten, als fielen sie über einen Wasserfall ins Nichts. Plötzlich hörte ich das Summen wilder Bienen und blieb stehen, um einen Schwarm zu entdecken. Von Autoverkehr war noch immer weit und breit nichts zu hören, und Abgase stiegen mir von nirgendwoher in die Nase. Zuweilen ließ ein frischer Windstoß das Laub aufwirbeln. Es ging auf drei Uhr zu, die Temperatur war noch höher gestiegen, oder vermutlich staute sich die Hitze im Tal. Im letzten Stück wurde der Pfad steiler, und zuletzt musste ich über ein Absperrgatter klettern, wobei ich mir an einem hochstehenden Stacheldraht den Hosenschritt zerriss. Ich steckte den Zeigefinger ins Loch, um festzustellen, ob mein Schenkel verletzt war. Dann ging ich weiter.

Geröll kullerte unter meinen Schuhen, winzige Steinchen, die man in ein Stundenglas sperren konnte. Der Abstieg wurde mühsam. Natürlich hatte ich unpraktische Großstadtschuhe angezogen statt Wanderstiefel, aber wer konnte mit einer Kletterpartie rechnen! Am hellbraunen Seitenleder meiner Sommerschuhe zeigten sich erste Kratzer. Gott sei Dank war der Boden des Wanderpfades nicht schlammig, nicht einmal feucht. *Pupstrocken* würde die norddeutsche Isolde ihn nennen. An einer besonders abschüssigen Stelle musste ich mich an einem Ginsterbusch festhalten. Der Puls pochte mir in den Schläfen. Unten angelangt klopfte ich mir den Staub von den Hosenbeinen. In der Nähe gurgelte ein Bach, der sich im hohen Gras versteckte. Mit einiger Sorge dachte ich an den beschwerlichen Heimweg, zumal wenn ich mit einem Sechsundsiebzigjährigen im Schlepptau den Pfad hinaufsteigen müsste. Ich hielt einen Moment an, denn mein Atem ging schnell, und auch die Pumpstation zwischen meinen Rippen machte sich mit unregelmäßiger Gangart bemerkbar.

Im Wurzelwerk des Gestrüpps und im Krüppelholz entdeckte ich Tierdung, wahrscheinlich die Losung von Rehen. Es krachte im Gehölz, als flüchte ein Tier vor mir, das bisher ganz still gelegen hatte, um nicht entdeckt zu werden, vielleicht ein wildes Kaninchen. Oder sollte es eine Schlange gewesen sein? Ich ging schleunigst weiter.

Die schwarzen Köttel könnten tatsächlich von Wildkaninchen herrühren, beruhigte ich mich. Aber mein Herz klopfte noch immer erschrocken. Alles Mögliche könnte auf mich lauern. Ich war mir nicht sicher, besaß bezüglich Tierlosungen keine Jagderfahrung, musste mich auf das ungeübte Auge des Spaziergängers im Stadt-wald verlassen. Ein Eichhörnchen mit glänzenden Knopfaugen sprang mir auf dem schmalen Pfad entgegen. Sprang *fürbass*, hätten die Leute vor hundert Jahren gesagt. Es hatte auf dem schmalen Pfad, auf dem man sich nicht ausweichen konnte, seit Wochen keinen Menschen gesehen, erschrak bei meinem Anblick und sprang hastig ins Gebüsch oder vielleicht auf einen Baumstamm. Nur – Bäume waren nirgendwo zu sehen. Wohin mochte es sich gerettet haben?

Ich blieb mit den Füßen im verfilzten Gras und wuchernden Farn-büscheln hängen. Ein Duft von wilden Buschröschen stieg mir in die Nase. Ein paar Meter stiefelte ich durch Heidekraut, das in einer schmalen Bodensenke wuchs. Dann kam ich an verkohlten Baum-stümpfen vorbei, einer unerlaubten Feuerstelle. Schwarze Wurzeln und Holzbretter ragten geisterhaft aus dem Boden wie die gestreck-ten Finger eines dort Vergrabenen. Vor Unbehagen begann ich zu schwitzen, auch wegen der Hitze und der Stille, die ich allmählich als beklemmend empfand. In den Kniekehlen rann der Schweiß und brannte wie auch unter den Achseln. Fliegen umschwärmten mich. Das Hemd klebte mir am Rücken. Zweimal rutschte ich auf meinen glatten Ledersohlen aus und landete mit den Knien im Moos. An einigen Stellen wurde der Pfad durch Granitbrocken gestützt, damit Wanderer nicht zu Schaden kamen.

Ich blickte rundum und suchte nach abgeernteten Feldern. Auf dem Berg gegenüber, wo die Straße weiter nach Hunolstein führte, sah ich Mais, Raps und Weizen auf dem Halm stehen, die bald abge-erntet würden. So stellte ich mir als Großstädter die moderne Drei-felderwirtschaft vor, die Anbauflächen sorgfältig voneinander abge-grenzt, ungefähr wie im Mittelalter.

Auf dem letzten Stück roch es stumpf. Toter Verwesungsgeruch stieg mir in die Nase. Ich schaute mich um, ob hier vielleicht Torf gestochen wurde. Doch nichts deutete darauf hin Am Ende münde-te der Pfad in der geteerten Landstraße, die am Turm der Wietbuschkirche vorbeiführte und auf der anderen Seite des Tälchens nach Hunolstein anstieg.

Vor der Kirche blieb ich stehen, um Luft zu schnappen. Die Außenmauern waren ursprünglich weiß gekalkt gewesen. Doch bis zur Kniehöhe zog sich jetzt ein erdbrauner Feuchtigkeitsstreifen. Da die Fundamente des Bauwerks in in sumpfigem Boden ruhten, krochen grüne Fäulnisflechten am Verputz hoch. An der Wand des Langschiffs lehnten alte, ausgemusterte Steinkreuze, die ihre Gräber verloren hatten und mit ihrer geschwungenen Form auf die Barockzeit wiesen. Ein verwinkelter Ort öffnete sich hinter einer verrosteten Eisenpforte, die sich mühsam öffnen ließ. Hinter dem Chor ragten windschiefe Grabsteine aus dem Boden. Wahrscheinlich lag dort der ehemalige Friedhof, der laut Frau Alban seit Jahrzehnten geschlossen war. Sehen oder hören konnte ich auch hier keinen Menschen. Neben der Kirche wuchs eine mächtige Linde und warf ihren Schatten über eine Sitzbank, wie in einem Märchenbuch von Perrault.

Die dunkelgrün gestrichene Kirchentür stand nur einen Spalt offen, als werde sorgfältig kontrolliert, wer außerhalb des Gottesdienstes eintreten dürfe. Auch mir war plötzlich zumute, als müsse ich innehalten und mir die nächsten Schritte genau überlegen. Vorsichtig trat ich näher. Welches Bild würde sich mir im Innern bieten? Verhaltene Orgelmusik tönte mir entgegen. Gottlob etwas Festliches, das zu meiner Stimmung passte, vielleicht ein Präludium von Buxtehude oder Bach oder irgendetwas, was es sonst noch in der Ecke gab, um meinen Erwartungen zu entsprechen. Ich bin ja kein Fachmann.

Als ich die Kirche betrat und unter einer von schmucklosen Holzsäulen gestützten Empore weiterging, bemerkte ich am bunt bemalten Hochaltar zwei Männer. Es war tatsächlich mein Vater, der neben einem älteren Mann im grauen Arbeitskittel stand und mit ihm sprach, vielleicht ein Gärtner oder Küster, der den Kirchenbau in Ordnung hielt. In einer Ecke neben dem Altar entdeckte ich einen alten Taufstein, dessen Becken ein kupfergrüner Deckel mit rundem Knauf abdeckte. Ich war heilfroh, ich war grenzenlos erleichtert, meinen Vater wohlbehalten vorzufinden, wäre am liebsten sofort auf ihn zugegangen und hätte ihn umarmt. Vielleicht hätte ich ihn im ersten Schreck auch angeschrien, was ihm eigentlich eingefallen sei, Mutter und mich dermaßen in Angst zu versetzen. Doch der Schreck fuhr mir solcher Gewalt in die Glieder, dass ich wie angewurzelt stehen blieb und ihn nur von fern beobachtete, unfähig, ein Wort herauszubringen. Ich vermochte auch nicht, ihn zu umarmen und auszufragen, wo zum Kuckuck er die fünf Tage gesteckt habe. Die Knie schlotterten mir ein wenig. Daher musste ich mich zunächst auf eine Bank setzen, ohne mich bemerkbar zu machen. Ein paar Minuten sah ich den Männern zu, um mich auf ihre Lage einzustellen und wieder wieder ruhig durchzuatmen. Es erschien mir wichtig, ein paar Gesprächsbrocken aufzuschnappen, die mir Aufschluss über Vaters Verschwinden geben könnten. Doch zu meiner Enttäuschung waren ihre Worte nur undeutlich zu verstehen, und auch die spärlichen Gesten der beiden ließen nicht erkennen, ob sie sich stritten oder im Einvernehmen waren.

»Ja, im … im Dreißigjährigen … ja, im Krieg«, hörte ich auf einmal meinen Vater sagen, als habe sich in dem geschlossenen Innenraum der Kirche die Windrichtung gedreht. Der Dreißigjährige Krieg? Was hatte das zu bedeuten? Es klang vorwurfsvoll, als sei der Gärtner schuld daran, dass die grausamen Kämpfe damals bis auf den Hunsrück vorgedrungen waren. Mich jedoch beruhigten die abgehackten Worte auch, weil ich mir zeitweilig Sorgen gemacht hatte, er könne an Gedächtnistrübung oder Alzheimer leiden. Und jetzt musste ich feststellen, dass er sich mit dem Dreißigjährigen Krieg beschäftigte, der ungefähr zur Lebenszeit von Perrault stattgefunden hatte.

»Ja, im Krieg … die Burg Hunolstein«, ergänzte in schleppendem Tonfall der Gärtner, der vielleicht stolz war, sich mit einem gebildeten Herrn aus der Stadt zu unterhalten. »Die ist damals abgefackelt worden.« Ich schob mich aus der engen Bank und ging auf Vater zu. Er hörte mich, drehte sich zu mir um und war kein bisschen überrascht, mich zu sehen. »Was machst du denn hier?«, fragte er beinahe gleichgültig. Ich wusste erst nicht, was ich sagen sollte.

»Dasselbe kann ich dich fragen«, erwiderte ich schließlich bockig Wir schüttelten uns kurz die Hände. »Mutter und ich, wir haben uns Sorgen gemacht«, wagte ich noch zu sagen. »Kein Mensch wusste, wohin du gefahren bist, auch nicht Max. Und von dem Dorf Weidenroth oder hier der Kirche in Wietbusch hatten wir nie was gehört.« Es klang wie eine Zurechtweisung, und das sollte es ja auch. Der Gärtner oder Küster, oder wer immer er war trat, zwei Schritte beiseite.

»Nie gehört? Verstehe ich nicht. Max kennt doch das Dorf. Er weiß, dass ich als Schuljunge ... Nein, ich habe ihn sogar einmal nach Weidenroth mitgenommen.«

»Aber Onkel Max hatte keine Ahnung, wo du warst. Versteh ich nicht ...«

»Sein löchriges Gedächtnis«, schimpfte mein Vater. »Und eine Fahrt, vielleicht die letzte, die Abschiedstour, die kann niemand mir verbieten. Das geht niemanden etwas an.« Er setzte sich mit mir in eine Bank.

»Große Sorgen als kleiner Ausgleich für die Erfüllung letzter Wünsche«, sagte er noch einmal mit Nachdruck. »Aber die allerletzte Fahrt kann niemand mir verbieten.« Er starrte eisig vor sich hin, als sei das Thema damit für ihn erledigt.

»Ich bin bei Frau Alban gewesen, habe mit ihr gesprochen«, sagte ich nach einer Pause und schnitt ein anderes Thema an, um zu vermeiden, dass wir uns an unserer Meinungsverschiedenheit hochschaukelten.

»Ach ja.« Er ging gleich auf mein Manöver ein und schien sich an meiner Bemerkung zu erwärmen. «Frau Alban kennt mich seit mehr als sechzig Jahren, ich habe damals als Schuljunge ein halbes Jahr in ihrer Dachkammer gehaust. Erst hatten wir einen wunderbaren Sommer. Dann kam der Winter, und da wurde es verdammt kalt da oben. Weidenroth liegt, glaube ich, fünfhundert Meter hoch, und damals hat es noch wie verrückt geschneit. Der Schwiegervater von Frau Alban, ich glaube, ihr Mann ist sehr lange in russischer Gefangenschaft geblieben, ihr Schwiegervater, der Opa Hannes war ein gichtkranker, alter Mann und saß meistens mit bandagierten Beinen in der Küche am Ofen, wo er's warm hatte. Eigentlich hieß er nicht Johannes, sondern ich erinnere mich, sein wirklicher Name war Gwendelin. Doch mir den zu merken, habe ich als Kind nicht richtig hinbekommen. Der Opa Hannes hat einmal die Woche Erbsensuppe gekocht, die war verdammt lecker. Es gab ja auch wenig zu essen. Ich wurde dann aus meiner Dachkammer runtergerufen und durfte ordentlich zulangen, bis mir fast der Bauch platzte. Die Leute auf dem Hunsrück haben damals sehr bescheiden gelebt. Ja, eigentlich auch noch heute. Du wirst es nicht glauben, Thomas, doch den würzigen Geruch der Erbsensuppe habe ich noch heute in der Nase. Die habe ich auch mein ganzes Leben gern gegessen. Und dazu hat der Opa ein Stück von geräuchertem Eisbein reingeschnitten. Schnittlauch gab's auch und was weiß ich noch ...«

»Mit Bauchspeck«, warf ich versöhnlich ein. Uns beiden zuliebe ging ich auf den lockeren Ton ein, obwohl die Suppe mich wenig reizte. »Wahrscheinlich waren auch Zwiebeln dabei, und Sellerie, Möhren, vielleicht hat er Steinpilze gesammelt.«

»Nö«, meinte Vater. »Möhren habe ich nie gemocht. Die habe ich mit dem Löffel auf den Tellerrand geschoben. Aber ich habe die geräucherte Mettwurst zu erwähnen vergessen. Die hat er immer reingeschnippelt, damit die Erbsensuppe herzhaft schmeckte. Aber der verfluchte Winter. Du weißt ja, das Dorf liegt, wie gesagt, ziemlich hoch. Die Saukälte, nein, das war kein Zuckerschlecken. In meiner zugigen Dachkammer habe ich wie ein Schneider gefroren.« Er rieb sich die Hände, als sei ihm noch immer kalt.

»Ja, ich weiß«, wehrte ich grinsend ab. »Die Geschichte mit dem Pisspott habe ich schon von Frau Alban gehört. Dann hast du also die vergangenen fünf vollen Tage nur Erbsensuppe gegessen?« Vater lachte schuldbewusst. »Nein, erst war ich zwei Tage in Bernkastel.«

»Bestimmt im Hotel *Drei Könige*«, versuchte ich abermals einen Scherz und dachte an den Kaisergarten und den Waldarbeiter, der mir den Weg gezeigt hatte.

Vater schüttelte den Kopf. »Nein, ich habe oben die Burgstraße gesucht, in der Nähe der Ruine Landshut. Ziemlich mühsam für mich, da raufzuwandern.«

»Da hat man bestimmt einen schöner Fernblick, wette ich.«

»Nein, da liegt der Friedhof. Und da liegt Hildegard, die früher hier in Weidenroth zur Schule ging.«

Ich schwieg und überlegte, wer denn Hildegard gewesen war.

»Ursprünglich sollte ich als Schuljunge nur für einen Sommermonat nach Weidenroth, zur Erholung. Der Arzt hatte Tuberkulosesymptome bei mir festgestellt, du weißt ja, wegen Unterernährung nach dem Krieg. Aber dann musste unerwartet auch meine Mutter ins Krankenhaus und lag mit verschleppter Tuberkulose monatelang in der Lindenburg. Mein Vater kam erst spät aus russischer Kriegsgefangenschaft, als Adenauer nach Moskau gereist ist, und meine Mutter wusste sich nicht zu helfen. Ich glaube, unser Pfarrer hat ihr den Tipp gegeben. Er hatte Beziehungen zum Pfarrer in Hunolstein, weil sie zusammen das Priesterseminar besucht hatten. Da wunderte man sich, was für Leute einem den Weg kreuzten.«

»Ausgerechnet im Priesterseminar«, lachte ich.

»So wurde aus dem einen Monat in der Dachkammer ein halbes Jahr, nur weil sich die Wege im Priesterseminar gekreuzt hatten. Als es Ende November anfing zu schneien, wurde es verflucht kalt. Da oben gab es keine Heizung und warme Klamotten hatte ich nicht dabei. Manchmal bin ich mit Frau Alban in den Wald gegangen. Sie war damals etwa zwanzig und schon verheiratet. Ein toller Feger mit ihren roten Haaren. Rot wie Erdbeeren, habe ich immer gedacht. Sie hat, glaube ich, alle Männer im Dorf verrückt gemacht. Hat ja später, als ihr Mann so lange in Russland blieb, ein uneheliches Kind bekommen. Nun, damals haben wir einträchtig das bisschen Brennholz gesammelt, was die Holzarbeiter zurückgelassen hatten. Kiefernspäne, Abfall von zersägten Buchen, kleine Äste. Ich habe noch heute den frischen Holzgeruch in der Nase, genau wie von der Erbsensuppe. Nachts träume ich manchmal von Fingern, die harzverklebt sind. Mit dem Beil habe ich mir einmal richtig tief vorn ins Schienbein gehauen. Die Narbe sieht man noch immer. Da hat die Haut nie Farbe angenommen, ist bis heute weiß geblieben.« Er zog das Hosenbein ein Stück hoch und zeigte mir die Narbe, die genau über dem Fußgelenk saß und mir nie aufgefallen war. »Ich hatte auch kein richtiges Schuhwerk. Warme Jogginghosen kannte man nicht. Der Opa Hannes, also der Gwendelin, lebte in ständiger Angst, dass man ihm die gichtkranken Beine eines Tages amputieren müsste.«

»Muss echt scheußlich gewesen sein«, sagte ich mit geheucheltem Mitgefühl.

»Als ich im Frühjahr zurück nach Köln musste, habe ich Rotz und Wasser geheult. Inzwischen war aus dem Stadtkind ein Dorfkind geworden. Ich sprach nur noch Hunsrück-Platt. Neben der Kirche gab es einen Hügel. Da sind die Kinder im Winter runtergerodelt. Ich besaß zwar keinen Schlitten und konnte nicht mithalten, aber ich habe mich oben hingestellt, und wenn die beiden Thalweiler-Mädchen, die ältere, das war Hildegard, und die jüngere, also meine Marianne, in ihren roten Wolljacken runterrodeln wollten, durfte ich ihnen einen kleinen Schubs in den Rücken geben, um sie anzustoßen. Ich sehe mich noch heute, als sei es erst gestern gewesen, Das war echt ein Privileg, dass ich die beiden anstoßen durfte. Das hatte ich inzwischen mit viel Geduld erworben. Es ging mir jedes Mal durch die Brust wie ein Feuerstrahl.« Er grinste mich lausbübisch an.

»Und hier die Wietbuschkirche?« wollte ich wissen. »Wie passt die in euer Universum?« Ich blickte mich um, betrachtete die schmucklosen Wände der Kirche, an denen nur die Stationen des Kreuzwegs im Passepartout-Rahmen hingen. Nun ja, das Universum war mir ein wenig vollmundig geraten, wenn ich an die Steinbank unter der Linde dachte, von der aus man nichts weiter überschaute als das Tal und die Pfarrkirche von Hunolstein, deren Pfarrer mein Vater die Bekanntschaft mit dem Hunsrück verdankte. Wieder überzog ein versonnenes Erinnerungslächeln sein Gesicht.

»Also das kannst du dir nicht vorstellen«, holte er aus. »Wietbusch ist heute sorgfältig restauriert und wird in Schuss gehalten. Aber damals war es ein ziemliches Sumpfloch, wo man sich eine Lungenentzündung einfing, wenn man sich lange in der feuchten Gruft aufhielt. Aber für uns Kinder und für mich, den Jungen aus der Großstadt, ein wunderbarer Spielort, ein verzaubertes Refugium. Weil kaum jemand aus dem Dorf die Kirche aufsuchte, war sie ein prima Versteck für Abenteuer. Dahin zogen wir uns zurück. Da hingen wir einfach rum. Ich hatte damals einen Freund. Er hieß Manfred. Als ich mich mit ihm anfreundete und später auch mit den beiden Thalweiler-Mädchen ein bisschen vertrauter wurde, war die verrufene Wietbuschkirche und der alte Friedhof hinter dem Chor unser Rückzugsgebiet, unsere Zufluchtsstätte. Und noch ein wenig später habe ich mich dann und wann auch ganz allein mit der hübschen Marianne dorthin verdrückt. Nur mal um so rumzumachen, um zu *chillen*, wie die Jugendlichen heute sagen.«

Vielleicht trog ihn die Erinnerung, wenn er sie so verklärt sah. Aber vielleicht empfand ich auch einen Stich Neid, weil er so zartfühlende Erlebnisse im Gedächtnis gespeichert hatte. Ich merkte, dass ihm Tränen in die Augen stiegen, und wusste nicht, wonach ich ihn weiter ausfragen sollte. Das Wichtigste hatte er mir erzählt. Auch hier gab es diese mächtig dicke Glaswand, gegen die ich schon anderswo geprallt war und nicht zu durchdringen vermochte. Meine Sorgen waren verausgabt. Was sollte ich mich noch weiter nach den Gründen seiner Heimlichtuerei erkundigen? Natürlich hatten wir seinetwegen nächtelang vor Sorge kaum ein Auge zugemacht. Doch es erschien mir in diesem Moment, da wir einträchtig und halbwegs versöhnt auf der Bank saßen, absurd, mich nach jener Marianne Thalweiler zu erkundigen, deren Name mir Frau Alban genannt hatte.

»War Hildegard deine große Liebe?«, fragte ich nach einer Weile, die wir stumm dem Küster zusahen. Er hatte eine alte Osterkerze entfernt und durch eine neue ersetzt. Zu spät wurde mir bewusst, dass ich die Namen der beiden Mädchen verwechselt hatte. Mein Vater sah mich fast zornig an. »Hildegard? Du meinst wohl Marianne. Sie war die jüngere und in der Schule auch meine Sitznachbarin.«

»Marianne Thalweiler, die später auf der Post gearbeitet hat.« Fast hätte ich mir auf die Lippen gebissen, weil ich nun doch so unvorsichtig nach seiner damaligen Liebschaft fragte.

»Ach, da hat wohl Frau Alban aus dem Nähkästchen geplaudert. Ja, sie später auf dem Postamt gearbeitet. Aber für mich viel wichtiger war, dass sie damals ein paar Monate neben mir in der Schulklasse gesessen hat. Die Volksschule gibt es heute nicht mehr. Man hat sie zu einem Holzmuseum umgewidmet. In meiner Schulzeit waren wir in einem einzigen großen Raum untergebracht, von der ersten bis zur achten Klasse. Ich gehörte damals ins zweite Schuljahr, Hildegard war eins über mir, und Marianne saß neben mir in der Bank. Das ist jetzt über sechzig Jahre her, und damals als Zehnjähriger habe ich mächtig für sie geschwärmt. Bestimmt kommt dir das lächerlich vor. Aber die Erinnerung hat sich mir eingeprägt. Nicht nur halbsenile Opas denken noch fast liebevoll an das, was sich in ihrer Kindheit abgespielt hat. Es gibt in jedem Alter Erlebnisse, die graben sich im Gedächtnis ein. Die vergisst man nie. Die kann man nie mehr rausreißen. Ich weiß, das klingt für ziemlich abgedroschen. Aber Marianne ist damals für mich eine große Liebe gewesen.«

Ich nickte. Bisher war alles glatt gelaufen, auch wenn ich gern noch mehr von damals gewusst hätte. Vater sah mich zweifelnd an, als täte es ihm auf einmal leid, mir so viel von Marianne erzählt zu haben. Oder hielt er mit etwas hinter dem Berg? Ich legte ihm die Hand auf den Arm, um ihn von meiner Verschwiegenheit zu überzeugen. Er war streng mit mir verfahren, als ich ein Kind war, doch er hatte mich selten gezüchtigt, obwohl Ohrfeigen damals noch gängige Münze gewesen waren, sogar in der Schule. Richtige, drastische Prügel hatte ich nur einmal von ihm bezogen. Dazu hatte er mich in den Keller geschleppt, damit niemand im Haus mein Gebrüll mitbekam. Er hatte mich mit der einer Hand gepackt und mich mit der anderen im Kreis herum getrieben, hatte seinen Ledergürtel geschwungen und mir, genau abgezählt, dreißig Hiebe versetzt. Noch Wochen später hatte ich sie auf meinen Pobacken gespürt, ungefähr so fühlten sich die Striemen an, als hätte ein Fuhrwerk im Matsch seine Fahrspuren eingegraben. Damals hatte ich mir geschworen, meinen Vater für den Rest meines Lebens abgrundtief zu hassen. Alles war längst abgearbeitet und beglichen. Ich seufzte schuldbewusst.

Schuldbewusst – es sagte sich so leicht und war doch unvorstellbar, weshalb ich mich jetzt schuldig fühlte. So wie Zahlen keine Begrenzung hatten oder Zeit, war auch die Wurzel eines Schuldbewusstseins tief vergraben. Wieder dachte ich an Alltäglichkeiten, wie es Zahlen zu sein schienen. Täglich rechnete man mit ihnen, multiplizierte, dividierte Zahlen über Zahlen. Doch egal wie riesig groß sie waren, man konnte noch eine dazurechnen, oder sie mochte mikroskopisch klein sein, so ließ sie sich immer noch durch eine Zahl teilen. Und wie sah es mit der Zeit aus? Ich durfte gar nicht nachdenken, wie grenzenlos sie sich dehnte, ohne jemals an einen Anfang oder ein Ende zu stoßen. Wie konnten Astronomen das aushalten, täglich mit der Unendlichkeit zu hantieren, der unendlichen Tiefe des Weltalls, die ja, wenn ich es richtig begriff, auch Zeit bedeutete. Entfernung war mit Zeit verkuppelt, weil das, was aus endloser Entfernung zu uns Menschen drang, vor unendlichen Zeiträumen geschehen war, ausgestrahlt, explodiert sein musste! Vater hatte versucht, mir als halbwüchsigem Gymnasiasten die Dimensionen der kosmischen Katastrophen zu beschreiben, und ein Vierteljahrhundert später saß ich neben demselben Mann und bekam nicht mal die Dimension meines eigenen Schuldbewusstseins in den Griff.

Doch um zu meinem abgrundtiefen Hass und meiner Züchtigung zurückzukommen, die hatte ich beide bald vergessen. Die Tracht Prügel hatte ich bezogen, als ich die vierte Klasse besuchte. Ich erinnere mich dunkel, dass ich am Tag zuvor im Kindergarten der katholischen Pfarrei, der gegenüber meinem Elternhaus lag, aus Mutwillen meine Notdurft verrichtet hatte. Es war mein Pech, dass ausgerechnet der Küster mich beim Pinkeln beobachtet hatte. Während der Strafexekution war meine Mutter einmal um den Block spaziert, um mein Gebrüll nicht zu hören. Hinterher, als Vaters Zorn verraucht war, hatte sie mir aus dem Kühlschrank ein Langnese Speiseeis spendiert, als sollte ich mir damit mein geschwollenes Sitzfleisch abkühlen!

Von dieser Züchtigung abgesehen, hatte Vater fast nie die Hand gegen mich erhoben. Wir hatten uns später noch oft gestritten, um Vorherrschaft gerungen, ich hatte gegen ihn aufbegehrt, meine Freiheit eingefordert, wie alle Heranwachsenden es tun, und wie ich es eines Tages auch bei meinem niedlichen Töchterchen erleben würde. Doch die Kluft zwischen Vater und mir hatte sich nie so sehr geweitet, dass sie in Feindseligkeit geendet wäre. Ich nahm auch für mich in Anspruch, dass ich meiner zarten Feli, wenn sie launisch oder unartig war, nie mehr als einen sanften, symbolischen Klaps auf den Po gab, obwohl ich wusste, dass sie mir in zehn Jahren ebenso auf der Nase tanzen würde wie ihre Mutter schon heute. Hätte ich bei meinem Kind derb zugeschlagen, ich glaube, dann hätte ich die Züchtigung, zehnfach verstärkt auf dem eigenen Körper gespürt. Die Mitfühlsamkeit fremden Schmerzes hatte ich wahrscheinlich von meinem Vater geerbt, der wie gebrochen und mit krummem

Rücken neben mir in der Wietbuschkirche saß. Sie war in meine Gene eingeschweißt.

»Dann schon eher die zuckersüße Marianne.«

Ich erwachte aus meinen Selbstvorwürfen und sah überrascht, dass mein Vater schmunzelte. »Da fällt mir soeben etwas ein: Hildegards jüngere Schwester saß also neben mir in der Bank. Eine einzige Lehrperson unterrichtete uns, Fräulein Bonefahs. Die haben wir Schulkinder natürlich heimlich *Frollein Bohnerwachs* genannt. War aus Manderscheid zugewandert, aus der Eifel, jenseits der Mosel, und die war durch hundertjähriges Misstrauen von den Hunsrückmenschen getrennt. Ich erinnere mich: Die *Bohnerwachs* trug immer eine beige Seidenbluse mit Rüschen am Hals, jeden Tag die gleiche, als müsste sie hinter dem bauschigen Kragen einen Kropf verstekken. Und einen Dutt hatte sie auch.« Er kicherte ein bisschen seltsam, geistig zurückgeblieben, wie ein Kind. »Die Prügelstrafe war damals noch erlaubt und wurde ständig praktiziert. Die *Bohnerwachs* hatte keinen kräftigen Schlag. Daher musste der Sohn des Pächters aus dem Gutshof nach vorn, ein Mordsbrocken aus der achten Klasse. Der bekam den Zeigestock und hat uns auf die Hand gedroschen wie ein Sadist.« Wieder hörte ich das sonderbare Kichern.

»Aber der Krieg ebnete den Abgrund ein, auch den, der früher zwischen Hunsrück und Eifel bestanden hatte. Die alten Glaubenskriege waren ausgetragen und verebbten angesichts der Feuersbrunst, die über Europa loderte. Fräulein Bonefahs war unverheiratet, das gehörte sich damals so für Lehrerinnen. Vielleicht war sie eifersüchtig auf uns, weil wir jung und gesund vor ihr saßen, voll unbändiger Lust auf Zukunft. Jedenfalls sprang sie schroff mit uns um, wog ständig den Zeigestock in der Hand, jederzeit bereit, den Sohn des Gutsverwalters nach vorn zu rufen, damit er uns verprügelte. Sie war eine alte *Juffer*, vor der hatten sogar die Kinder aus dem Dorf Respekt, die von ihren Eltern Kopfnüsse und Tritte gewohnt waren.«

Mein Vater starrte ins Leere. Nein, er fixierte den Küster, der noch immer am Altar die Kerzen putzte, als erwarte er von ihm die Bestätigung, dass die Glaubenskriege wirklich beendet waren. »Nach einer oberflächlichen Prüfung in Kopfrechnen und Schönschrift«, fuhr Vater fort, »war ich in die zweite Klasse abgeschoben worden. Fräulein Bonefahs wusste ja, es war nur für kurze Zeit, dann wurde ich wieder ausquartiert. Da nur vier Kinder die beiden Eingangsklassen besuchten, durfte ich in der zweiten Bankreihe sitzen, hatte während des Unterrichts das Pult, das bei Schreibübungen benutzt wurde, als Brustwehr hochgeklappt und beobachtete in seinem Schutz die blasshäutige Marianne Thalweiler aus der ersten Klasse, meine geheime Liebe. Manchmal sah sie mich mit ihren großen Augen an, als wolle sie mich etwas sehr Wichtiges oder Geheimnisvolles fragen, traue sich aber nicht. Doch angesprochen hat sie mich nie. Sie hat kein Wort verloren. Da hätte sie sich eher die Zunge abgebissen. Mit ihrem schmalen, zarten, hellen Gesicht kam sie mir von Anfang an wie die Jungfrau Maria im weihnachtlichen Krippenspiel vor, anbetungswürdig, Thomas, richtig überirdisch schön. Wenn sie nach vorn gerufen wurde und sich mit furchtsamem Gesicht in der engen Bankreihe an mir vorbeidrängte, stieß sie manchmal unbeabsichtigt mit ihrer Hüfte gegen meinen Rücken. Dann überlief es mich heiß und kalt. Wenn ich mich unauffällig bückte, konnte ich zwischen Schülerfüßen und Tischbeinen ihre Lederschuhe sehen. Sie waren zwar einfach braun, wie alle Kinderschuhe im Dorf, aber sie hatten an jeder Seite flauschige Lederquasten, die an die Rüschen von *Fräulein Bohnerwachs* erinnerten. Das hat mir imponiert. Und im Gegensatz zu meinen verdreckten Quadratlatschen waren ihre Schühchen stets auf Hochglanz poliert.«

Ich gähnte verstohlen. Die lange Autofahrt von Köln auf den Hunsrück und die drückende Hitze steckten mir in den Knochen. Auch Vaters Erzählung begann mich zu ermüden. Braune Kinderschuhe mit flauschigen Quasten interessierten mich wirklich nicht.

Aber Vater stemmte die Vergangenheit hoch wie ein Gewichtheber, warf mir die Bleigewichte seiner Erinnerungen vor die Füße und sah mich so herausfordernd an, als müsste ich ihm dafür dankbar sein, oder ich sollte ihn jetzt noch ausgiebig befragen, wie es damals gewesen sei, wenn ihre Hüfte seinen Rücken gestreift hatte und ihm heiß und kalt geworden war. Als müsste ich verstehen, dass er sich in einem Dorf wohlgefühlt hatte, das gerade einmal vierundsechzig Häuser zählte und dessen Bewohner im Krieg Gott angefleht hatten, dass die Feuerwalze sie verschonen solle. Und tatsächlich: Sie waren von Gott erhört worden. Die amerikanischen Truppen hatten das strategisch unbedeutende Nest gar nicht beachtet, waren mit ihren Panzern einfach herumgekurvt. Vater geriet ins Schwärmen, als er vom Kriegsende erzählte, das Frau Alban miterlebt und ihm später geschildert hatte. Er sprach mit einer rechthaberischen Beharrlichkeit, als sei er selbst dabei gewesen. So starrsinnig hatte ich ihn nie erlebt. In jedem Satz das gleiche Mantra: *Wenn ich Marianne auch nicht wiedersehen kann, will ich doch wenigstens von ihr erzählen.*

Von seinem endlosen Redefluss wie betäubt, blickte ich stumm auf meine Hände, wollte Vater nicht in diesem Zustand erleben, unbeirrt, rechthaberisch, in sich selbst verschlossen, mir unzugänglich. Aus Verlegenheit knackte ich mit den Fingergelenken, so laut, damit auch er es merken würde und vielleicht zu sprechen aufhörte, und als er immer weiter sprach, faltete ich die Hände wieder zusammen, wie damals im Krieg die Leute in Weidenroth gebetet hatten. Ich hatte Lust, ihm einfach dazwischen zu rufen, er solle endlich den Mund halten. Ich wollte nicht länger anhören, was er mir von damals zu erzählen hätte. Er sollte schleunigst in die Gegenwart zurückfinden. Ich wollte mit ihm nicht von dieser Jugendliebe, sondern von Mutter reden, von ihren Sorgen, und dass wir noch heute nach Köln zurückkehren müssten. Das seien drei oder vier Stunden Autofahrt. Ich wollte ihn nicht barsch unterbrechen, aber irgendwie musste ich mir Gehör verschaffen, damit er endlich aufhörte mit albernen Erzählungen, die niemanden interessierten. Aber auch wenn ich die Hand beruhigend auf seinen Arm legte und ihn sanft rüttelte, bekam er es nicht hin, vermochte das rotierende Schwungrad nicht anzuhalten. Im Moment war er mit seinem ersten Schultag in Weidenroth beschäftigt. Ich wusste, er hatte einige Monate lang die Schule besucht. Wenn ich ihn nicht mit Gewalt bremste, würde er mir und sich selbst noch stundenlang davon weitererzählen.

Schließlich gelang es mir, ihn zum Aufstehen zu bewegen. Um nicht den Eindruck zu machen, ich sei ungeduldig und hörte ihm nicht zu, fragte ich ihn ein paar Mal: »Ja, und dann? Und wie ging es weiter?«, als wollte ich die Fortsetzung seiner Beichte erfahren. Eine Glocke schallte von fern, nicht aus der Wietbuschkirche, in deren Mittelgang wir jetzt standen und deren Glockenturm kein Geläut mehr barg, sondern wahrscheinlich vom hochragenden Kirchturm in Hunolstein.

XIV

Der Junge sei gleichaltrig gewesen und habe Manfred geheißen, erzählte Vater, während er sich anschickte, mit mir hinauszugehen. Er sei der Neffe der Lehrerin gewesen und auch aus Manderscheid gekommen. Und ein rotgespritztes Fahrrad der Marke *Allright* habe er mitgebracht, das einzige Fahrrad im ganzen Dorf, mit einem echten Rennlenker, scharf nach unten gebogen, sodass man beim Fahren einen Buckel machen musste, um dem Gegenwind keinen Widerstand zu bieten. Der Lenker sei allerdings leicht verbogen gewesen, weil Manfred einen Unfall gehabt habe, und der schmale Ledersattel – »Der war steinhart, so dass er dem Radfahrer beim Aufsitzen fast die Hoden abklemmte.« Jedenfalls sei Manfred ein Pfundskerl gewesen und habe in Vaters zweite Klasse gehört. Er habe allerdings auf der anderen Seite des Mittelganges gesessen, meterweit von ihm getrennt, weshalb sie sich während des Schulunterrichts nur durch Zeichensprache verständigen konnten. Im einzigen Klassenraum sei es im Sommer stickig heiß gewesen, und wenn die Fenster nicht geöffnet worden seien, habe es wie in einem Ziegenstall gestunken.

Ich hörte ihm mit geheuchelter Anteilnahme zu, wie man dem Fernsehen zuhörte, wenn es unablässig von der Verwesung der Welt berichtet, von den Katastrophen, von der Perfidie der Politik. Es gab zuviel hechelnde Geschwätzigkeit. Auf dem Bildschirm drängten sich die Schreckensnachrichten. Das Ohr ermüdete, fasste es nicht mehr. Das Hirn schaltete ab. Was mein Vater aus der Tiefe der Jahre herausbeförderte und mir auftischte, war ebenso verwest und sollte von Vergessenheit verschlungen sein und begraben im Zeitmeer.

Nein, ich wollte nicht mehr. Es artete in Geschwafel aus, in die Erinnerungsvernarrtheit eines alten Mannes, der die Verbindung zur Gegenwart verlor. Vater erzählte immer weiter, während wir unschlüssig im Mittelgang der Kirche standen. Als Übersetzer von Kinderbüchern lebte zwar auch ich in der Vergangenheit und wanderte durch das Märchenlabyrinth, das jemand vor dreihundert Jahren erfunden hatte. Aber wenn mein Arbeitstag zu Ende war, wenn ich die Wörterbücher zuklappte und den Computer ausschaltete, kehrte ich in die Gegenwart zurück. Vielleicht urteilte ich ungerecht über meinen Vater, der wie in der Zeit verloren neben mir stand, sich auf die Kirchenbank stützte und wie hilfesuchend zu dem Gärtner oder Küster hinüberblickte, der von der Osterkerze die Wachstränen des vergangenen Jahres abkratzte. Aber ich brachte es nicht über mich, ihm geduldig zuzuhören. Ich wollte nur noch zurück nach Hause.

»Manfred bewohnte einen anderen Kontinent«, erzählte er mir soeben. Vater holte mit beiden Armen aus, als wollte er mir zeigen, wie groß der Abstand zwischen den Sitzreihen gewesen war. »Da die dortigen Schüler nicht an der Fensterseite saßen, standen sie nicht unter Beobachtung. Sie lebten in einem Schattenreich und bekamen nicht mit, was draußen auf der Straße vor sich ging. Die älteren Schüler spielten sogar, wie ich manchmal beobachtete, während des Unterrichts im Schutz der aufgeklappten Schreibpulte Mühle oder Halma. Es war viel aufregender, jenseits des Mittelgangs zu sitzen als hier vorn an der Fensterfront, wohin ich verbannt war. Ein anderer Kontinent, wie gesagt.«

Doch ungeachtet der unsichtbaren Grenze zwischen beiden Seiten des Klassenzimmers, war Manfred Vaters bester Freund geworden. Dass er der Neffe seiner Lehrerin war, trug bestimmt dazu bei. Doch auch er kam aus der Stadt, keiner besonders großen, aber doch einem viel größeren Ort als Weidenroth, und schon am ersten Schultag hatte er dem zehnjährigen Franz aus Köln erlaubt, sich sein Rennrad näher anzusehen und es in die Hand zu nehmen und auf dem Schulhof eine Proberunde zu drehen. Er bot Vater seine Freundschaft an, weil er nicht so grob und dumm war wie die Kinder aus dem Dorf. Natürlich ließ er ihn merken, dass er der Neffe der Lehrerin war und allerlei Privilegien genoss, obwohl seine Tante alle Schüler ohne Bevorzugung behandelte. Zum Beispiel durfte Manfred, wenn sich im Klassenzimmer die schlechte Luft staute, von seiner Schattenseite herüber auf die Sonnenseite wechseln und die Fenster zur Straße öffnen und sie hinterher, wenn zum Unterrichtsschluss geläutet wurde, wieder zumachen. Er bekam auch nie Stockschläge auf die Hand und konnte Papierbällchen durchs Schulzimmer flitschen, was jedem anderen Prügel eingebracht hätte. Aber solche Bevorzugungen fielen nicht ins Gewicht angesichts des schmählichen Schicksals, das er mit meinem Vater teilte, als Stadtkind in ein elendes Dorf verfrachtet worden zu sein.

Ich wollte meinen Vater sanft am Ärmel zur Kirche hinausziehen. Doch vielleicht hatte der Gärtner oder Küster gemerkt, dass ich ihn in Bedrängnis brachte, denn er machte vom Altar her ein Handzeichen, dass er seine Arbeit beendet habe und die Kirche abschließen müsse. Vater bedankte sich bei dem Mann mit Handschlag, weil er die Kirchentür, die wochentags geschlossen blieb, extra für ihn geöffnet hatte, und drückte ihm ein paar Euro in die Hand. Als wir ins Freie traten, blieb Vater plötzlich stehen, fing an, leise zu glucksen und blickte mich lausbübisch an. Er wollte wieder weitererzählen. Ich merkte es ihm an. Er wollte auf der Steinbank ausruhen und in der Sonne sitzen. Aber ich klopfte unmissverständlich auf das Zifferblatt meiner Uhr. Es war schon vier. Die Zeit drängte.

Gewiss wollte ich ihm nicht zeigen, dass ich seine Geschichten ermüdend fand, ich wollte ihm seine Welt nicht zerstören und war um Munterkeit bemüht. Langsam setzten wir uns in Bewegung. Gezwungen lachend tat ich mit ihm die ersten Schritte, als lernte ich einem Kleinkind das Gehen. Ich wusste, es würde ein langwieriger, stockender Aufstieg werden, unangepasst in den Bewegungsabläufen unterschiedlicher Altersstufen. Aber als ich einträchtig mit ihm den Fußweg den Hügel hinauf nach Weidenroth einschlagen wollte, der zunächst noch sanft anstieg, hielt Vater sich bereits nach wenigen Metern an mir fest und kam nicht weiter. Mir hatte gerade die Frage auf der Zunge gelegen, ob es in der Schule nicht auch so etwas wie Lust auf Sex gegeben habe. Vielleicht wäre es ein wenig locker gefragt gewesen. Aber Lockerheit hätte ihm gutgetan. Stattdessen japste er nach Luft und kam kaum weiter.

»Manchmal haben wir hier unten Pfifferlinge gefunden«, erzählte er schwer atmend und seufzte, weil er daran dachte, wie leicht es ihm damals gefallen war, das Herunterkraxeln mit Marianne, die beweglicher geblieben war als er, trotz ihrer im allgemeinen doch eher sitzenden Tätigkeit hinter dem Postschalter. »Sie kannte sich aus im Giftschrank der Natur. Blauer Eisenhut, Hundspetersilie, Herbstzeitlose und was weiß ich. Das wächst alles hier irgendwo. Man musste sich in Acht nehmen. Aber ich konnte ihr vertrauen.«

Die chronische Arthrose, die ihn seit einigen Jahren plagte, war mit aller Macht zurückgekehrt und hatte sich in den letzten Tagen offenbar verschlimmert, vermutlich aufgrund der anstrengenden Autofahrt. Immer wieder musste er stehen bleiben und ächzend nach Luft schnappen, so krampfhaft er es vor mir zu verbergen suchte. »Ja, seitdem habe ich jedes Mal bei Marianne übernachtet«, sagte er plötzlich, und fasste sich an die Brust, so dass ich Angst bekam, er erleide halb auf dem Berg einen Herzinfarkt. »Nicht *mit* ihr geschlafen, Thomas. Das gab's nicht. Nur *bei* ihr übernachtet. Da war es einfach kuscheliger als in der zugigen Dachkammer von Frau Alban.«

Die kleine Mühe des Aufstiegs genügte, dass er den Faden verlor. Aber ich fragte nicht weiter nach. Es hätte uns bloß aufgehalten. Daher nickte ich ihm bekräftigend zu, und Vater stolperte weiter. Die Anstrengung stand ihm ins Gesicht gezeichnet. »Der Berg schafft mich noch«, japste er, blieb wieder stehen und hielt sich an einem Strauch fest, um nicht abzurutschen. Er blickte einen Moment zurück auf die Wietbuschkirche, die unter uns lag, und sah so besorgt aus, als habe er dort etwas vergessen. Nach einigem Schnaufen hatte er das Gleichgewicht zurückgewonnen. »Weiter geht's«, sagte er zuversichtlich und zeigte mit dem Kinn die Richtung bergaufwärts an. Wir setzten den Fußmarsch schweigend fort. Er atmete mühsam; obwohl wir nun wirklich keinen Berg hinaufkraxelten, sondern nur einen größeren Hügel bestiegen, hatte er Atemschwierigkeiten bekommen, vielleicht auch weil er pausenlos redete. Einmal hielt er sich schwerfällig an meinem Ärmel fest. »Tierisch steil hier«, sagte er verzagt. Vor Erschöpfung ging er so mühsam, als wenn er mit Bleischuhen unterwegs sei.

Zum ersten Mal fielen mir die braunen Altersflecken auf seiner Kopfhaut auf, die im Sonnenlicht matt schimmerten. Ich bekam ein schlechtes Gewissen, weil ich ihm zuviel zumutete, und ging noch langsamer. Nach einem Dutzend Metern blieb er wieder stehen und schnappte nach Luft. Dann setzte er sich auf einen dicken Baumstamm, der am Wegrand liegen geblieben war, und schien endgültig den Kampf aufzugeben. Verlegen bat er mich, ihn da einfach ein paar Minuten sitzen zu lassen und allein ins Dorf zu gehen. Dann sollte ich ihn mit dem PKW abzuholen. Bevor ich antworten konnte, legte er unvermittelt die Hand auf meinen Arm.

»Ich hoffe, Thomas, ich bin dir ein brauchbarer Vater gewesen«, sagte er leise. Ich war erschrocken, weil er noch nie in dieser deprimierten Stimmung mit mir gesprochen hatte, als wollte er das Fazit seines Lebens als Vater ziehen, weil die Endzeit jetzt angebrochen war. Unsere Blicke begegneten sich. Auf dem Grund seiner Pupillen vibrierte die Angst, dass ich ihn im Stich ließe, dass er allein auf dem Baumstamm zurückbleiben müsse. Er bot ein klägliches, ein düsteres Bild, und mir war zumute, als sollte ich ihm mit meinem Blick die Angst aus den Augen wischen. Ich überlegte einen Moment, ob ich den alten Mann nicht in meine Arme nehmen und ihm die Hand auf die Lippen legen sollte, um ihn daran zu hindern, so entsetzliche Worte zu sagen. Was war das für ein Unsinn? Warum sagte er so etwas? Ich hatte ihm doch keinen Anlass gegeben, an meiner Hilfsbereitschaft zu zweifeln.

»Wie kannst du mich so etwas fragen?« Statt ihn zu trösten und ihm Mut zu machen, fuhr ich ihn beinahe an. »Dir und Mutter verdanke ich doch sozusagen alles, was dann in meinem Leben gekommen … ich meine, wie alles sich entwickelt hat.« Mir fielen die Schiller-Dramen ein, mit denen er mich im Wintergarten malträtiert hatte. Wenn ich ihm dankte, meinte ich es ganz ehrlich. Aber natürlich auch unehrlich, wie ertappte Kinder Ausflüchte machen, wenn sie sich vor ihren Eltern rechtfertigen. Während ich auf Vaters Kopfhaut die Altersflecken zählte, überlegte ich, ob ich ihm kameradschaftlich auf die Schulter klopfen sollte. Aber als ich ihn so hinfällig vor mir sah und die Flecke zählte dachte ich wiederum: Nein, besser nicht. »Wer hat dir solche Dummheiten in den Kopf gesetzt?«, fragte ich stattdessen.

»Ja, ja, ich weiß, das ist auch für dich deprimierend.« Er nickte müde, zog den Autoschlüssel aus der Tasche, als hätten wir schon das Haus von Frau Alban erreicht, vor dem sein PKW parkte, und begann nervös damit zu spielen. Der Autoschlüssel war an einem Schlüsselbund befestigt, an dem eine Silbermünze hing, angeblich ein echter Maria-Theresia-Taler, auf den Vater stolz war, im Todesjahr der österreichisch-ungarischen Monarchin geprägt.

Seine Stimme zitterte vor Erregung. Rührung übermannte ihn. «Aber es war nicht Neid oder so eine Art Opportunismus, der mich um ihn werben ließ.« Zunächst verstand ich ihn nicht. Dann erriet ich, dass er von Manfred, dem Neffen der Lehrerin, sprach.

»Aber Vater, das denkt ja auch niemand«, beruhigte ich ihn und wischte mir selbst den Schweiß von der Stirn.

»Es bedeutete auch eine Flucht nach vorn. Verstehst du, Thomas? So etwas wie Abenteuerlust, die Sehnsucht nach Neuem. Du denkst, das Leben auf dem Land sei nicht besonders spannend gewesen. Aber für mich war es ungeheuer fremd, befremdend, aufregend. Ich war noch nie ganz allein gewesen, ohne Aufsicht durch meine Mutter, und war unverhofft nach Weidenroth verpflanzt worden, ein abgeschiedenes Dorf. Sag es ruhig: ein Kaff, wo Kinder einfach auf der Straße spielten, deren Dialekt ich kaum verstand, die sich über mich, den angeblich feinen Pinkel aus der Großstadt, lustig machten, die mit ihrem Gelächter über mich herfielen, mich umzingelten, einmauerten. Anfangs war ich total isoliert, ohne etwas dafür zu können. Und nun bot sich mir plötzlich eine Art Befreiung, als ich Manfred traf, der ebenso ein Fremdkörper im Dorf war wie ich. Aber er war eben auch der Neffe der *Bohnerwachs*!« Er lachte trübe, fast reumütig.

Plötzlich erinnerte ich mich, was Onkel Max gesagt hatte, und wiederholte es in meinen Worten. »Vielleicht hast du damals zum ersten Mal ein Doppelleben geführt, Vater, ja, regelrecht ein Doppelleben.« Erstaunt über meinen Mut blieb ich vor ihm stehen, bewunderte ihn ein wenig, tatsächlich, ich beneidete ihn für seinen Schneid, seine Fantasie als Zehnjähriger, seine Erlebniswelt, die in meinem Gedächtnis lebendig geblieben war. »Wenn du mir aus deiner Jugend erzählst, schlüpfst du in eine zweite Haut«, variierte ich meinen Gedanken und wusste nicht, ob ich da in eine eigene Falle tappte. Plötzlich dachte ich an einen ganz anderen Menschen, der mit dem Dorf nicht das Geringste zu tun hatte. Mir fiel Momo ein, die porzellanfeine Japanerin, die mich zum Brunnen düsterer Erkenntnis geführt hatte.

»Ein Doppelleben? Mach dich nicht lächerlich«, setzte er sich verdrossen zur Wehr.

Wieder begann er mit dem Schlüsselbund und der *Maria Theresia* zu klimpern. So lebendig und einfühlsam die Geschichten aus der Schulzeit und seiner großen Liebe bisher geklungen hatten, so hatten sie mich zugleich erleichtert, hatten eine schwere Hypothek von mir genommen. Was hatten Mutter und ich uns in den vergangenen Tagen nicht alles für Gründe für sein spurloses Verschwinden ausgedacht! Unfall, Gedächtnisverlust, Alzheimer … Stattdessen hatte er tagelang in Jugenderinnerungen geschwelgt.

Ich ließ ihn da auf seinem Baumstamm hocken und stiefelte weiter. Wie ein Häufchen Elend sah er aus, als ich noch einmal zurückblickte, um ihm zu versichern, dass ich zurückkommen würde. Ich winkte ihm zu, und er winkte mir nach. Oben im Dorf klemmte ich mich hinters Steuer und holte ihn ab. Ich musste ihn anschnallen, so sehr zitterten ihm die Hände, und er schien sich auch nicht auf der Straße zurechtzufinden. Wir verabschiedeten uns von Frau Alban, die vor das Haus gehumpelt kam und mich ebenso herzlich und wehmütig und Trost suchend umarmte wie *ihren kleinen Franz*, und schon fuhren wir von Weidenroth ab, erst am Kaisergarten vorbei, dann in Richtung Morbach und anschließend die Serpentinen hinunter nach Bernkastel. Mein Vater fuhr langsam voraus, ich hinterher, um ihn unterwegs nicht aus den Augen zu verlieren. Als wir jenseits der Mosel die Eifelstraße hinauffuhren und nach einer Stunde das Ortsschild Manderscheid erreichten, bog mein Vater rechts ab auf einen Rastplatz. Ich folgte ihm und fragte ihn, ob er austreten müsse.

»Ja«, sagte er. »Ich habe es nötig.«

Bestimmt war es die Faszination des Ortsnamens, der ihn an seinen Klassenkameraden erinnerte, dass er hier anhielt und sich auf eine Bank setzte, die Beine ausstreckte und über die hügelige Landschaft hinwegschaute. Am Horizont erkannten wir eine größere Ortschaft, wussten aber beide nicht, ob das die Stadt Manderscheid war. Sobald Vater auf der Bank ein wenig verschnauft hatte, war wohl unvermeidlich, dass neue Erinnerungen aus ihm hervorsprudelten. Allerdings trug ich Mitschuld an seiner Redseligkeit. Denn ich war so unvorsichtig, ihn beiläufigen Tons zu fragen: »Und wie ging's weiter mit Manfred und deiner Marianne und der Hildegard?«

»Hildegard, das war eine andere Geschichte. Sie war zwei Jahre älter, bereits halb erwachsen in meinen Augen und strahlte eine gewisse Autorität aus mit ihren zwölf Jahren. Sie hatte für mich keinen Blick übrig, denn sie besuchte schon die vierte Klasse. Außerdem kam ich aus der Stadt, war ein Zugewanderter, mit dem niemand im Dorf zu tun haben wollte. Sie glich der jüngeren Marianne nur wenig, hatte nicht ihr fein geschnittenes Kindergesicht, sondern einen breitknochigen Kopf und ernste Augen. Ihre Haut war gebräunt wie bei einem Bauernmädchen, wo doch Marianne fast durchsichtig, jedenfalls sehr blass, fast unnatürlich bleich aussah. Mit Hildegard habe ich kein Wort zu wechseln gewagt, weder im Klassenraum, noch auf dem Schulhof. Aber ich bin jeden Tag mit Manfred den beiden nachgeschlichen, um herauszufinden, in welchem Haus sie wohnten. Ihr Vater war Schreinermeister, und vor dem hatten wir höllischen Respekt. Wenn er eine Knallzigarre austeilte, blieb kein Auge trocken!«

»Und du hast später nie mit dieser Hildegard oder Marianne geschlafen?« fragte ich noch einmal und räusperte mich und hätte mir am liebsten in die Wangen gekniffen, derart dreist und unverschämt kam mir meine Frage vor.

Er zuckte zurück, wie von einem Peitschenhieb getroffen. »Mit einer von beiden geschlafen? Wo denkst du hin? Ich bin ein alter Mann, ein lendenlahmer Gaul. Ich mag auch den vulgären Ausdruck nicht. Der wird den Thalweiler-Mädchen nicht gerecht. Damals waren wir Kinder und wussten nicht mal, dass es da etwas gab, das sogenannte Geheimnis der Geschlechter, das niemand ergründen kann. Und später? Du weißt nicht, wie rasend schnell sich die Dinge im Leben wandeln.« Er schüttelte den Kopf, als sei es für ihn noch immer unbegreiflich, dass er die zartgliedrige Klassenkameradin Marianne, die später zur Post gegangen und verbeamtet worden war, Marianne, die unverheiratet geblieben war, als hätte sie ihr Leben lang auf den Richtigen gewartet, dass er sie niemals in die Arme genommen, an sich gedrückt und geküsst hätte. Er runzelte die Stirn, als müsse er in einer Mördergrube die Antwort suchen.

»Geschlafen?«, fuhr er empört fort. »Sagt man das heutzutage, wenn einem wegen einer Frau die Luft wegbleibt, wenn man ohne sie aber auch nicht mehr atmen kann? Die Frage möchte ich mir nicht stellen. Die gehört sich nicht. Und nach so langer Zeit ist das vergessen, die hübsche Marianne, die neben mir saß und sich mit der Hüfte an mir vorbeigezwängt hat. Ja, dann kann es vielleicht passieren, dass man innerlich einmal ins Schleudern gerät und sich aneinander tröstet und eine Stunde warm hält. Aber es ist nur ein Mal passiert, und, Thomas, das bleibt unter uns.«

»Hat Frau Alban das mitbekommen?«, murmelte ich verlegen.

»Nein, Marianne hatte mich beim ersten Wiedersehen zu sich nach Hause eingeladen, zum Abendessen. Sie war ja unverheiratet. Ich kam von der Loire und hatte eine Flasche Rotwein dabei. Ach Gott, ist Frau Alban so wichtig?«

»Du meinst, wenn du an die Loire gefahren bist, angeblich zur Besichtigung der Weinschlösser, bist du stattdessen …«

»Nein, nicht stattdessen, sondern hinterher. Ich bin anschließend noch zwei Tage auf den Hunsrück gefahren. Da gibt es inzwischen gute Verbindungen, Autobahnen zwischen Deutschland und Frankreich, quer durch das Gaunerparadies Luxemburg. In meiner Kindheit konnte man davon nur träumen.«

»Vom Gaunerparadies?«, missverstand ich ihn lachend.

»Quatsch!« Mein Vater schaute sich um. Inzwischen hatte ein Wohnwagen neben uns gehalten. Plötzlich saß am Tisch nebenan eine etwa vierzigjährige Blondine mit Lockenwicklern im Haar und hatte über die nackten Schulter ein Handtuch gebreitet, als hätte sie sich soeben in ihrem Palast auf Rädern den Kopf gewaschen. Sie war ungeschminkt, nicht einmal richtig angezogen, nur eine Turnhose und ein Hemd drüber, das halb aus dem Gummizug heraushing, und glotzte uns herausfordernd an. Die Schuhe hatte sie von den Füßen gestreift und reckte die nackten Zehen fächerförmig in die Sonne. Vor ihr auf dem Tisch stand eine Schale mit Seifenwasser, in der sie die lackierten Fingernägel badete. Mein Vater nickte der Frau so freundlich zu, als sei sie eine gute Bekannte, doch alsbald blickte sie abweisend in eine andere Richtung, wollte mit einem alten Mann nicht in Funkkontakt treten. Vielleicht wollte Vater aber auch die Situation ausnutzen, um mir zu beweisen, dass er einen kühlen Kopf behalten hatte und bei Frauen noch immer Eindruck schinden konnte.

»Die will nichts von dir wissen«, rief ich Vater zu.

»Das macht die Frau ja gerade interessant«, gab er grinsend zurück.

Wir fuhren weiter. Unterwegs ein kurzes Gewitter. Ein eiskalter Sommersturm. Das Wetter spielte verrückt. Hagelkörner und dicke Regentropfen prasselten abwechselnd auf unsere Autos, als würde sie mit Kiessteinchen beworfen. Unbeirrt fuhr ich weiter, immer hinter den roten Rücklichtern des anderen Wagens her, den ich keine Sekunde aus den Augen verlor. Einer Wildsau mit Frischlingen begegneten wir nicht mehr. Ich hätte sie mir gewünscht, um auf andere Gedanken zu kommen. Denn während der Fahrt wurde ich oft von der Straße abgelenkt und grübelte über alles, was ich erfahren hatte. Ich starrte geistesabwesend auf die Straße und nahm mir vor, mir daheim den Mund nicht zu verbrennen. Es blieb Vater überlassen, Mutter seine Abwesenheit zu erklären. Ich selbst wollte eisern dazu schweigen. Ob er seiner Frau von der Jugendfreundin erzählte oder nicht, war mir egal. Da wollte ich mich nicht einmischen. Ich hatte meine Pflicht erfüllt und Vater heimgelotst. Natürlich würde Mutter mich bedrängen, ihr haargenau zu berichten, was Vater getrieben hätte. Doch das sollten die beiden untereinander ausmachen.

Am nächsten Morgen fuhr ich nach Hamburg, um Isolde und Felizitas zurückzuholen. Für das nächste Jahr wollten wir unsere Tochter in meiner alten katholischen Grundschule anmelden. Das hatten wir am Telefon bereits vereinbart.

XV

Bei meinem Kinderbuchverleger, dem fortschrittsbedachten Herrn Kindermann, hatte ich leider keinen Erfolg. Da war Sendepause. Ich konnte ihn nicht für *Die Schöne und das Biest* begeistern und musste mir einen neuen Arbeitsplatz suchen. Es dauerte einige Wochen, denn mit Französischübersetzern konnte man die Straße pflastern. Schließlich fand ich eine Anstellung bei einem Modehaus, das in Paris Damenkleider einkaufte und seinerseits Designaufträge an eine Fabrik in Lyon vergab, wo die Preise ziviler waren als an der Seine. Es war eine nüchterne Beschäftigung, die keine starken Emotionen in mir weckte, mir keine großartige Loyalität abverlangte. Damenmode interessierte mich wenig. Eigentlich entsprach die neue Arbeit dem, was Isolde verächtlich einen *Job* nannte. Doch ich gebe zu, ich war auch allmählich erleichtert, dass ich mich von Perrault verabschieden konnte, dessen Märchen mich zehn Jahre meines Lebens gekostet hatten und die, wie ich aus der Distanz meines neuen Berufs erkannte, tatsächlich nicht mehr nahtlos ins 21. Jahrhundert passten.

Mein Lesegeschmack veränderte sich. Statt französischer Romanciers aus ferner Vergangenheit lernte ich den stoischen Philip Marlowe kennen, den flotten Donald Lam, den smarten Tom Aragon. Alle neuen Freunde saßen mit mir im überfüllten Abteil eines ICE nach München, Florenz, Rom oder wer weiß wohin, wo ich ihre Detektivgeschichten mit angezogenen Ellbogen durchblätterte. Sogar mein Bücherschrank bekam eine neue Farbe. Statt würdiger, ledergebundener Klassiker drängten sich schwarzrot gestreifte Buchrücken aneinander, als seien sie gleich uniformierte Rekruten derselben Kompanie. Fast hätte ich ihnen zuliebe angefangen, Shagpfeife zu rauchen und Bourbon Whiskey zu trinken.

So absurd es klang, erst jetzt wurde mir bewusst, dass ich zehn Jahre in eine Fabelwelt eingezwängt gewesen war, ohne zu merken, wie rasend schnell sich jenseits der märchenhaften Schlossmauern die Umwelt veränderte. Ständig wurden in der Kommunikationstechnik neue Methoden entwickelt, Algorithmen angewandt, die man bisher für utopische Spielereien gehalten hatte, im Universum wurde täglich ein schwarzes Loch entdeckt, das noch größer, noch weiter entfernt von unserem Planeten lag, noch gefräßiger alle Sterne verschlang, die in sein Gravitationsfeld gerieten. Fast musste man befürchten, auch unsere Erde werde eines Tages, vielleicht in einer Million Jahren, als galaktischer Reisbrei verschluckt. Statt die Wunder der Gegenwart zu erkennen, hatte ich in einem Fantasieland gewohnt, in dem alle Dinge regungslos und für alle Zeit an ihrem Platz verankert waren. Den Kontakt mit der Außenwelt hatte ich Isolde überlassen.

Verständlicherweise stellte mich die neue Beschäftigung vor Aufgaben, die ich erlernen musste. Ich arbeitete mich in ein Vokabular ein, das sich nicht mit Drachen, Rittern und Hexen beschäftigte, sondern mit französischem Stoffdesign, italienischer Nähseide, Schweizer Musselin, ich lernte die Landkarte Europas und des Orients auswendig und durfte britische Wollstoffe nicht vergessen. Manchmal im Zug, der mich nach Lyon oder Aix beförderte, dachte ich an meine Fahrt nach Weidenroth und wurde, je öfter ich mir die Einzelheiten vergegenwärtigte, den Eindruck nicht los, dass Vater mir einen wichtigen Teil der Wahrheit verschwiegen hatte. Allmählich war ich mir sicher, dass er mir noch ausführlicher gebeichtet und mich aus der Fassung gebracht hätte, wenn ich beim Gespräch in der Wietbuschkirche nachgehakt hätte. Leider hatte meine neue Beschäftigung, so überlebenswichtig sie für meine Familie war, einen Nachteil: Das Damenbekleidungsgeschäft lag in Frankfurt, zu weit von Köln entfernt, um die Strecke morgens und abends auf der verstopften Autobahn zurückzulegen. Daher musste ich mir in Bockenheim ein preiswertes Zimmer suchen und kam nur am Wochenende nach Hause.

Zudem hatte es den Anschein, als habe die Fahrt in den Hochwald meinen Vater die letzten Energien gekostet. Mitten in der Woche erreichte mich der aufgeregte Anruf meiner Mutter, die mit kaum verständlicher Stimme mitteilte, Vater sei im Treppenhaus gestürzt, habe sich ein Wadenbein gebrochen und sei in die Klinik gebracht worden. Ich müsse sofort nach Hause kommen, forderte sie mit lebensfremder Unabweisbarkeit und wollte nicht begreifen, dass ich nicht alles stehen und liegen lassen und zu ihr kommen konnte. Da wir zudem Überstunden einlegen mussten, um allen Aufträgen nachzukommen, traf ich erst am späten Freitagabend in Köln ein.

Der ICE brauste unter einem Gewitter her. Die Frau, die mit mir im Abteil saß, betete vorsichtshalber zur gütigen Jungfrau, als die Blitze immer dichter vom Himmel schossen, und dem Schaffner schlotterten die Knie, als er meine Fahrkarte lochte und der Zug in eine Steilkurve flog. Von der riesigen Glaskuppel des Kölner Hauptbahnhofs waren ein paar verschmutzte Scheiben geregnet. Am folgenden Morgen besuchte ich meinen Vater im Zwei-Bett-Zimmer der Lindenburg. Meine Mutter saß am Bett und empfing mich vorwurfsvoll. »Ach, sieht man dich auch endlich!«

Vater sah elend aus. Das ließ sich nicht bestreiten. Er hatte trotz des Schlafmittels nachts keine Ruhe gefunden, litt Schmerzen am Bein und war überzeugt, dass er nie mehr richtig gehen könne. Meine Mutter hatte schon einen Rollstuhl organisiert und einen Krankenpfleger, der Unsummen kostete und ›wahrscheinlich nicht mal verständlich Deutsch spricht‹, schimpfte Vater. Mit der Gelassenheit eines Mannes, der mit solchen Problemen in den nächsten zwanzig Jahren nicht konfrontiert sein würde, beruhigte ich ihn, es gebe vorzügliche Pflegeeinrichtungen. Auch seien im Internet seriöse Preisvergleiche möglich. Er ließ sich nicht überzeugen.

An diesem und dem folgenden Tag blieb er im Krankenhaus, wo

ich ihn mit Isolde und Felizitas besuchte. Die Kleine hopste so munter im Zimmer herum, dass meine Frau sie nach zehn Minuten behutsam hinausbugsierte und mit ihr in der Kantine einen Kakao trank.

»Hol mich hier raus«, flüsterte mein Vater erregt, als wir allein waren. Und noch leiser, damit der schlafende Bettnachbar, ein bulgarischer Maurer, nicht wach wurde, sagte er: »Ich habe viel zu erledigen. Sehr viel, mein Junge, und du bist der Einzige, den ich dafür brauchen kann.«

»Aber Mutter ist auch noch da. Kann sie dir nicht helfen?«

»Zum Teufel mit ihr. Sie ist ein schwächlicher Klapperkasten«, schimpfte er mit unterdrückter Stimme, »denkt meistens an sich, jammert von morgens bis abends. Ich brauche jemand, der fest zupackt. Ich brauche dich!«

Ich vertröstete ihn. »Mal sehen. Vielleicht nächstes Wochenende.«

Er nickte einigermaßen zufrieden, als habe er genau diese Zusage erwartet.

Aber so schnell ging es doch nicht. Denn zunächst musste ich außerplanmäßig für meine Firma zur Modemesse nach Mailand, anschließend ging es zum Seideneinkauf nach Florenz. Jeden Abend, wenn ich im Hotel Italienisch büffelte, dachte ich an meinen Vater, rief ihn im Krankenhaus an und entschuldigte mich wegen der Verzögerung. Bei jedem Telefonat geriet er in helle Aufregung, sodass ich vom vierten Tag an meine Anrufe unterließ. Leider dauerte es volle zwei Wochen, ehe ich nach Köln zurückkehrte. Bei Vater hatte sich einiges geändert. Inzwischen war er auch ohne meine Unterstützung nach Hause entlassen worden. Doch als ich ihn daheim besuchte, empfing er mich übellaunig in seinem Fernsehsessel, konnte nur mithilfe des Stocks aufstehen und zur Toilette humpeln, und mäkelte ständig an dem Rollstuhl herum, den Mutter ihm besorgt hatte. Angeblich war er schlecht gepolstert, kniff ihn im Kreuz, quietschte beim Rollen.

Auch der Pfleger, ein syrischer Muskelprotz, der meinen Vater jeden Morgen wie ein Baby die Treppe hinunter trug und in den Rollstuhl hievte, entsprach genau seinen Befürchtungen. Er war laut seinem Pflegebefohlenen ungehobelt wie ein amerikanischer Football-Player, sprach auch nur drei Brocken Deutsch und weigerte sich aus unerklärbaren Gründen, mit Vater in den Grüngürtel zu fahren. »Du immer bei Haus bleiben«, antwortete er regelmäßig auf eine entsprechende Bitte. »Du, krank Mann, du immer bleib nahe Haus, immer nahe Telefon ...«

Als ich Vater besuchte, war denn auch sein erster Wunsch, ich solle mit ihm in den Stadtwald fahren, den Rollstuhl zusammenklappen und im Kofferraum mitnehmen. Dann könnte ich ihn durchs Wildgehege schieben. Ich stimmte nur zögernd zu. Denn er hatte sich noch nicht von seinem Unfall erholt und sah angegriffener aus, als ich ihn in der Klinik erlebt hatte. Als ich ihn in meine Arme schloss, ihn wie ein Kind zum Auto trug und den Sicherheitsgurt auf dem Beifahrersitz festzurrte, kam er mir so hinfällig vor, als würde er nicht mehr lange leben. Ich sagte kein Wort und fuhr behutsam über die verstopfte Dürener Straße zum Militärring. Unterwegs erklärte er mir, er müsse unbedingt die große Wiese wiederfinden, wo in den Jahren nach dem Krieg ein großer, alliierter Soldatenfriedhof gewesen sei. Ob da Briten oder Amerikaner gelegen hätten, wisse er nicht.

Ich fuhr eine halbe Stunde kreuz und quer über den Militärring, befragte ältere Spaziergänger, niemand konnte sich an ein solches Gräberfeld erinnern. Die bestatteten Soldaten waren offenbar später zurück in ihre Heimatländer überführt und der Militärfriedhof aufgehoben worden. Mein Vater versteifte sich eigensinnig, er hätte das riesige Feld mit tausend weißen Kreuzen genau hier auf dieser oder jener Wiese gesehen. Daran könne er sich genau erinnern. Oder ob ich an seinem Gedächtnis zweifele?

Ich schlug vor, im Parkrestaurant ein Stück Kuchen zu essen. Doch er wollte, dass ich ihn eine Stunde durch den Park schob. Also faltete ich den Rollstuhl auseinander und setzte Vater hinein. Er begleitete meine Bewegungen mit Befehlen, was ich tun müsse, und ich gehorchte schweren Herzens, weil er so hinfällig aussah, als werde der heutige Tag sein letzter sein.

Während ich ihn auf dem matschigen Waldweg zum Lidokanal schob, fiel mir der Ausflug ein, den er mit mir – ich glaube, ich war vierzehn – zum Radioteleskop auf dem Effelsberg gemacht hatte. Nach fünfjähriger Bauzeit war es in Betrieb genommen worden. Er erklärte mir, mit einer Öffnungsweite von einhundert Metern sei es das größte vollbewegliche Radioobservatorium der Welt. Und so etwas Sensationelles stand mitten in der Eifel, die als einer der armseligsten Landstriche Deutschlands galt! Die Radarschüssel war in einer Talsenke errichtet, wo sie vor Herbststürmen geschützt war. Angeblich konnte man mit dem Gerät ein Mückenauge auf dem Mond erkennen, »sofern es da oben Mücken gibt«, hatte mein Vater gekalauert.

»Weißt du inzwischen, ob es Mücken auf dem Mond gibt?«, fragte ich jetzt ihn scherzend. Er schaute verständnislos vom Rollstuhl zu mir hoch, weil er noch immer an den alliierten Soldatenfriedhof dachte, der plötzlich aus dem Stadtwald verschwunden war.

Schon als Untersekundaner hatte ich gewusst, dass man durch eine Radarschüssel keine Sterne sehen konnte, sondern nur Radiowellen empfing, die teilweise aus zwölf Milliarden Lichtjahren Entfernung zum Effelsberg drangen. Auch das war damals astronomischer Weltrekord gewesen! Als wir zum Hügelrand hochkletterten und dann den langen Fußpfad hinunter zu diesem Wahnsinnsbrocken von Salatschüssel antraten, die so kolossal vor uns stand wie der Kölner Dom, hatte Vater mir die Begriffe *Präzession* und *Nutation* erklärt, so gut, wie er es als Laie konnte. Auch vom *abarischen Punkt* hatte er mir erzählt, der irgendwie mit Erde und Mond und den Gravitationsgesetzen zusammenhing. Es war mir vorgekommen, als würde ich einen Weg entlanglaufen, der sich ständig bewegte, dessen Rückwärtsstrom alles wieder auffraß, was ich an Entfernung zurückgelegt hatte, und mich schließlich an ein und demselben Punkt wieder stillstehen ließ, von dem ich zuvor losmarschiert war. Vater hatte mir das Beispiel mit den beiden Güterzügen genannt, das sich sofort in meinem Kopf festgefressen hatte, weil es mir ziemlich einleuchtete, mit zwei Güterzügen, die aufeinander losdonnerten, dem Hier und Dort, dem Gestern und Morgen. Das meiste hatte ich bald wieder vergessen. Doch ich wusste heute noch, dass er sagte, die Erdachse sei nicht ewig festgeklemmt auf den Polarstern, wie viele Leute dächten, sondern bewege sich in Wirklichkeit wie ein torkelnder Kreisel, so dass unsere Ururenkel in zehntausend Jahren, wenn es dann noch Menschen gäbe, die Erdachse auf einen anderen Fixstern gerichtet sehen würden.

Ich hatte Vater kolossal bewundert, nicht nur weil er über die Himmelsmechanik Bescheid wusste, sondern auch weil er den Hügel zur Radarschüssel hinauf und dann wieder runter doppelt so schnell gegangen war wie die anderen Besucher und ich ihm keine Spur von Müdigkeit angemerkt hatte. Während ich noch an den Effelsberg dachte, den Vater inzwischen vergessen hatte, und ihn im Rollstuhl vor mir herschob, machte ich ihm Mut, er solle sich doch das prächtige gelbe Herbstlaub der Platanen anschauen und auf die Vogelstimmen achten und die Kinder beobachten, die auf dem Rasen Fußball spielten, und ihre Mütter, die das letzte Sonnenbad des Jahres genossen. Vielleicht tat ihm der Ausflug an die frische Luft gut und erinnerte ihn an frühere Zeiten.

Seine Stimme klang fester, als er mich mit dem Rollstuhl umherscheuchte, und auch sein Blick erschien mir ein wenig klarer und wissbegieriger als daheim, wo er im Fernsehsessel stumpfsinnig auf den Bildschirm starrte, selbst wenn der Apparat nicht eingeschaltet war. Oder machte ich mir etwas vor? Er war gewiss nicht gegen das Altern gefeit. Doch sein zusehender Gesundheitsverfall überrumpelte mich. Als ich mit ihm redete, hatte ich wieder den Eindruck, dass aus einem älteren Mann in zwei Wochen ein zittriger Greis geworden war. Denn in wenigen Minuten war sein Körper zusammengesackt und hing schief wie eine Stoffpuppe im Sicherheitsgurt. Ich hielt an, um ihn wieder zurechtzurücken. Dabei, sah ich, dass sich sein Gesicht mit einem Schweißfilm überzogen hatte. Als ich Vater fragte, ob er sich schlapp fühle, kraftlos, ob wir nicht besser anhalten und einfach den Park und den vor hundert Jahren angelegten Lidokanal in seinem Zementbett und die Enten, die sich auf der spiegelglatten Wasserfläche plusterten und balgten, eine Weile betrachten sollten, schüttelte er eigensinnig den Kopf und murmelte Worte, die ich nicht verstand. Aber ich las den Zorn in seinen Augen – Zorn und Wut auf die Welt, die ihn verstieß, auf den Sohn, der ihm nicht helfen konnte, und Scham über die eigene Schwäche. Vielleicht verabschiedete er sich von dem schönen Herbstbild, das sich ihm bot, für immer.

Da vorn sei eine Fußgängerbrücke, herrschte er mich plötzlich an. Die alte Energie schien zu ihm zurückzukehren. Die Brücke führe über die Militärringstraße. Er brach ab und hustete in seinen offenen Hemdkragen. Da solle ich ihn gefälligst mal hinschieben. Ich hätte bisher wenig für ihn getan, hätte alle Verantwortung Mutter überlassen. Auf der anderen Seite des Stegs zweige die Straße nach Efferen ab. Da sei er früher manchmal hingefahren, um beim Bauern eine frisch geschlachtete Schweinehälfte zu organisieren. Vielleicht gebe es den Bauern noch.

Das war fünfzig Jahre her, dachte ich und schob ihn weiter. Der Bauer, falls wir ihn fänden, wäre hundert Jahre alt. Es flimmerte in der Luft, vielleicht spiegelte sich die Sonne auf dem Wasser des Kanals. Aber der Kanal lag hinter uns. Das Flimmern kam von anderswo her. Meinen Vater interessierte der sonderbare Lichtreflex nicht. Erst müsse ich ihn die Fußgängerbrücke raufschieben, schnauzte er mich an. Wieder gehorchte ich schweigend und schob ihn den Bogen der Fußgängerbrücke hinauf. Auf dem Scheitelpunkt verlangte er, ich solle genau an dieser Stelle anhalten, am *abarischen Punkt*. Ich tat es ungern. Denn unter uns rollte ununterbrochen der Berufsverkehr. In beide Richtungen floss der Autopulk. Der Lärm oben auf dem Fußgängersteg war unerträglich. Abgase verpesteten die Luft. »Was soll das denn heißen?«, fragte ich ihn. Wieder fiel mir die Wanderung zum Effelsberg ein. »Was meinst du mit dem abarischen Punkt?«

»Das wirst du bald merken«, sagte er.

»Komm, Vater, bitte, wir müssen weiter«, sagte ich unruhig. Er hörte mich nicht, sondern starrte auf den unter uns brausenden Verkehr. Vielleicht verlor er langsam die Bodenhaftung, dachte ich, das Gefühl für oben und unten.

»Heb mich mal aus dem Stuhl raus, Junge, der drückt mich schon wieder im Rücken«, sagte er plötzlich und ruckte den Rücken vom Polster fort. »Keine Angst. Ich halte mich am Geländer fest, hier an den Stäben, und gucke einfach ein paar Minuten runter auf die Autos. Dann vergesse ich vielleicht die ewigen Kreuzschmerzen.«

Auf der Brücke kam uns eine Gruppe Fußballfans entgegen, alle mit rotweißen Schirmmützen auf dem Kopf und rotweiße Papierfähnchen schwenkend. Sie prosteten uns zu, obwohl sie keine Bierflaschen bei sich hatten, fummelten mit den Fähnchen, verteilten Luftküsse und vereinnahmten uns als Freunde des Fußballvereins *Erster FC*. Wahrscheinlich hatten sie am Klubhaus dem Training der Mannschaft zugesehen und hinterher bei den Stars Autogramme abgestaubt.

»Na, ihr verklemmten Heftzwecken?«, johlte uns der *Chef de File* entgegen. Wie mit ihm abgesprochen brandete aus der Ferne Jubel hoch, und eine Lautsprecherstimme dröhnte durch die Bäume zu uns herüber:. »Vier Minuten Nachspielzeit.« Die rotweiße Truppe blieb wie angewurzelt stehen, als hätte der Lautsprecher eiskaltes Löschwasser auf sie gespritzt.

»Scheiße!«, verkündete der Leithammel. »Et jeit loss«, schrie ein anderer und ließ die Hosenträger gegen seine Brust flitschen. Die Gruppe verhaspelte sich in Spekulationen und trabte im Eilmarsch zurück zum Klubhaus. Applaus steigerte sich zum Finale. Eine Leuchtrakete zerstob am blassen Nachmittagshimmel.

»Willst du ein Aspirin?« Ich beugte mich zu meinem Vater. »Ich habe noch Mineralwasser im Auto, die Flasche ist halbvoll.«

Er wehrte ab. Stattdessen bettelte er weiter, nörgelte wie ein Kind, zeigte auf das Geländer, dessen Stäbe er mit ausgestrecktem Arm nicht erreichen konnte. Die rosafarbene Lichtflut, die den Abend ankündigte, wechselte am Horizont bereits ins Grauviolett. Nach der Nachspielzeit kam offenbar eine Pressekonferenz oder ein Fernsehauftritt mit dem Sportkanal. Der bestellte Jubel brandete wieder auf.

»Je älter man wird, desto deutlicher spürt man, dass man nur das eigene Leben hat.« Mein Vater hieb zornig mit dem Spazierstock gegen die Eisenstäbe. »Dann fühlt man sich *ausgedünnt*, verstehst du? Ausgedünnt!« Fast schrie er mir das Wort an den Kopf. Er schnappte nach Luft.

»Nein, Vater, das Gitter ist viel zu gefährlich«, widersprach ich. »Tut mir leid. Das mache ich nicht. Du sagst selbst, ich bin verantwortlich. Wenn dir schwindlig wird und du fällst, würde ich mir ewig Vorwürfe machen.«

Wieder bettelte er wie ein Kind. »Bitte, ein einziges Mal. Ich will einfach runtergucken. Hab ich früher als Junge gemacht, Thomas.« Und strenger setzte er hinzu: »Ich sage, du hebst mich sofort hier aus dem Scheißstuhl!«

Soeben jagte unter uns mit wildem Hupkonzert ein Autokonvoi vorbei. An den Radioantennen flatterten weiße Bänder mit Stoffbüschen. In einem cremegelb lackierten Mercedes 600 saß die Braut und winkte zu uns hinauf.

Plötzlich fing mein Vater an zu weinen. Ich bekam panische Angst, dass er völlig die Selbstkontrolle verloren hatte. Mit fast masochistischer Anstrengung zwang ich mich, Ruhe zu bewahren, ihn nicht anzuschreien, ihn nicht an den Schultern zu packen und wie einen Betrunkenen wachzurütteln.

»Es ist nur noch das eine, worum ich dich bitte«, schrie mein Vater und rieb sich wütend die Hände, als täten sie ihm weh. Vielleicht litt er an Durchblutungsstörungen. Ich ertappte mich dabei, wie ich ihn unauffällig überprüfte, ob er sich das Hemd besabbert oder an Inkontinenz litt und sich die Hose vollgepinkelt hatte. Ich ertrug den Gedanken nicht. Es war mein eigener Vater, der mir eine Ohrfeige gegeben hatte, wenn ich als Kind mit ungewaschenen Händen zum Abendessen erschien. Jetzt kontrollierte ich ihn wie einen Säugling, der seine Windeln schmutzig machte!

Schließlich gab ich nach. Ich war ihm nicht gewachsen. Er war noch immer der Vater, ich noch immer der gehorsame Sohn, noch immer hatte ich Angst vor dem verkrüppelten, alten Mann. Ich schob den Rollstuhl an das Brückengeländer heran, ließ Vater jedoch keine Sekunde aus den Augen. Eine unbestimmte Angst wühlte in mir, er könne sich etwas antun, etwas Furchtbares. Vor meinen Augen würde er sich kopfüber mitten unter die jagende Fahrzeughorde stürzen.

Doch ich täuschte mich. Er blieb ruhig sitzen, hatte die Augen geschlossen, schien in Erinnerungen zurückzuhorchen, Köln nach dem Krieg, der mit zahllosen, weißen Kreuzen bepflanzte Acker im Grüngürtel, den er eines Tages entdeckt hatte, den Soldatenfriedhof. Er hatte an die tausend Kreuze gezählt und einige fremd klingende Namen darauf gelesen. Vater öffnete die Augen, als der Autoverkehr einen Moment abebbte. Von den Autos und dem Trubel des Hochzeitskonvois hatte er genug gesehen. Seine Augen waren jetzt nicht mehr auf die Gegenwart gerichtet, sondern nur auf Erinnerungen, die sich fest in sein Gedächtnis gefressen hatten. In seinem Kopf gab es den Soldatenfriedhof noch. Er sah ihn deutlich vor sich, obwohl er nicht mehr existierte und die dort Bestatteten nach Amerika oder

England oder Australien oder Kanada oder Südafrika und so weiter umgebettet worden waren. Er erinnerte sich sogar an die kurzen Lebensdaten, die in schwarzen Zahlen auf den weißen Querbalken zu lesen waren. Im *Endkampf um die Festung Köln*, wie der letzte Wehrmachtsbericht hatte verlauten lassen, waren sie wie Grashalme umgemäht worden, manche nicht mal zwanzig Jahre alt.

Um ihn vom Gedanken an den Friedhof wegzubringen, erzählte ich von meinem Besuch im neuen Holzmuseum von Weidenroth. Da seien ganz eindrucksvolle Holzreliefs ausgestellt, soweit ich mich erinnerte, seien sie von einem Holzschnitzer aus Morbach gefertigt worden. Zum Beispiel hätte er die Hinrichtung des berühmten Räuberhauptmanns Schinderhannes in einem Schaubild festgehalten. Aber ich hätte im Museum auch ein nettes Mädchen getroffen, das die Führungen übernähme. Sie hätte erzählt, sie selbst komme aus Bernkastel, aber ihre Großmutter stamme aus Weidenroth. Die junge Frau habe Utta geheißen, und ihre Großmutter Hildegard. Ob das vielleicht eins der Thalweiler-Mädchen sein könne? fragte ich. Aber nein. Hildegard sei ja laut Vater kinderlos an der Bauchhöhlenschwangerschaft gestorben.

Ich gab mir Mühe mit Vater. Aber das Gespensterstück war noch nicht zu Ende. Denn auf einmal sagte er erschreckend ruhig: »Dann wollen wir jetzt mal.« Er schnaubte genervt, als ich nicht sofort gehorchte. »Stütz mich gefälligst ab!«, fuhr er mich an. »Nur noch das kleine Stück. Trödel nicht so rum!«

Trödel nicht so rum! Das war in meiner Kindheit seine ständige Mahnung gewesen, sooft ich vergessen hatte, mir zum Beispiel nach dem Spielen vor dem Mittagessen die Hände zu waschen, oder wenn ich nur mal den Reisigbesen im Hof falsch herum gegen die Hauswand gelehnt hatte, den Besenstiel nach oben statt nach unten auf den feuchten Zementboden. Oder wenn ich mich weigerte, die frischen Pferdeäpfel, die vor unserem Haus auf der Straße dampften, mit der Küchenschaufel zusammenzufegen und in den Garten zu tragen, damit Vater sein Tomatenbeet damit düngte. Denn obwohl die graue Nachkriegszeit längst vorbei war und Tomaten massig aus Italien eingeführt wurden, galten selbstgezüchtete bei uns daheim als Kostbarkeit. Mutter schnitt sie saftig in den Kopfsalat, den wir ebenfalls im Garten züchteten, tat Olivenöl dazu und gebackene Speckgrieben.

Während mir der köstliche Geschmack den Gaumen netzte, hatte Vater sich mit der Hand zum Geländer vorgearbeitet und zwei Finger um einen Eisenstab gekrallt. Ich hätte ihm die Hand abhacken müssen, um ihn nach Hause zu bringen.

Nur noch das kleine Stück! Das klang, als wolle er Abschied von mir nehmen, und auch von Mutter und Max und der ganzen Welt. Ich wurde verrückt vor Angst und drückte seinen geschwächten Körper zurück in den Rollstuhl. »Du bleibst, wo du bist, Vater«, schrie ich ihn an. »Nein, du hältst den Mund. Ich bin es satt. Du tust jetzt mal, was ich sage!« Ich war mit meinen Nerven am Ende und löste rücksichtslos seine Finger vom Geländer. Es war mir egal, ob ich ihm wehtat. Jetzt brüllte ich ihn einfach an, so laut, dass Spaziergänger stehen blieben und uns irritiert beobachteten.

»Sag, was hast du eigentlich vor? Willst du von der Brücke runter? Soll ich dir helfen? Soll ich dir noch den letzten Schubs geben? Sag's mir bloß! Ich tu's. Ja, ich tu's sofort. Verstehst du? Sofort!« Wütend richtete ich mich auf, doch dann sah ich in seinen Augen, dass er Angst bekommen hatte, Angst vor dem eigenen Sohn. Ich riss mich zusammen, quälte mir ein Lachen ab, versuchte es mit einem abgedroschenen Scherz. »Hast doch früher immer Angst gehabt, vom Drei-Meter-Brett zu springen. Und auf einmal machst du einen Kopfsprung hier von der Brücke? Das sind doch glatt zehn Meter!« Ich schüttelte mich vor gespieltem Entsetzen. Eine absurde Gegenreaktion auf die nackte Panik, mit der ich zu kämpfen hatte. Dann jedoch kam mir die furchtbare Frage, ob ich selbst in dreißig, vierzig Jahren, wenn alle Kraft verbraucht war, mit Selbstmordgedanken spielen würde, ob dann alles mentale Leben aus mir herausgeströmt wäre, wie Luft aus einem Autoreifen entweicht. Ich wollte das nicht zu Ende denken, nicht die letzten Schlussfolgerungen ziehen, mir keine Strategie für mein späteres Scheitern zurechtlegen.

»Nur eine Sekunde. Nur eine einzige Sekunde«, schrie er mich an, so dass jetzt auch eine Mutter mit einem Kinderwagen stehen blieb und ängstlich zu uns hinüberblickte. Wahrscheinlich überlegte sie, ob sie ihr Handy aus der Tasche ziehen und die Polizei anrufen sollte. Aber konnte sie sich in den Streit zweier erwachsener Männer einmischen? Nur noch eine einzige Sekunde? Was sollte das heißen? Und was war dann? War nach einer Sekunde alles vorbei?

Nach einer Pause bettelte er wieder: »Nur doch das eine Mal!« Es war zum Steinerweichen.

Vater wusste die Pausen geschickt zu setzen, damit die Panik sich in mir ausbreitete und mich an die Wand drückte. Das Herz pochte mir zum Hals heraus. Ich hörte mich schon meiner Mutter berichten, es habe geklungen, als wollte er Abschied nehmen, und trotzdem hätte ich ihn ans Geländer gehoben. Ich drückte seinen altersmürben Körper noch einmal in den Rollstuhl zurück. »Du bleibst, wo du bist, Vater«, schrie ich, ohne auf die Frau mit dem Kinderwagen zu achten. »Du willst doch nicht wie ein Depp von der Brücke springen?« Ich versuchte seine hin und her fliehenden Augen mit meinem Blick zu fixieren, um rechtzeitig zu erraten, was er als nächstes vorhatte.

Endlich wurde er still. Er kapitulierte und leistete keinen Widerstand mehr. Ich schob den Rollstuhl zurück zum Auto. Als ich meinen Vater auf dem Beifahrersitz festgeschnallt hatte, fing er unerwartet mit einem anderen Thema an und sagte: »Ich glaube, sie hat doch ein Kind gehabt.«

Ich wusste nicht, von wem er sprach. Es interessierte mich auch nicht. »Sie hatte schon eine Tochter geboren, bevor sie die zweite Schwangerschaft hatte«, fügte er nachdenklich hinzu. »Wie einen das Gedächtnis betrügt! Ich kann mich erinnern: Hildegard hat tatsächlich eine Enkelin gehabt. Das hat Marianne mir später erzählt, und vermutlich sogar eine Enkelin, die Utta heißt und ihre Großmutter gar nicht mehr gekannt hat. Das hört sich alles ziemlich verwickelt an, Thomas. Manchmal werfe ich Namen durcheinander. Aber Utta, mag sein, genau wie du mich gefragt hast. Ist tatsächlich ein seltener Name, der sich einem mit dem ziemlich seltenen A am Schluss einprägt.« Ich hatte wieder Boden unter den Füßen und nickte. Ich gebe zu, die junge Frau im Holzmuseum hatte ich vergessen. Nur an Timo, den grobgeschnitzten Wikinger, erinnerte ich mich.

»Nur noch eine Sekunde. Nur eine kleine Sekunde«, zeterte er plötzlich wieder und zerrte wütend am Sicherheitsgurt, als hätte er sich mit dem Hinweis auf Utta bei mir einen Freifahrtschein erkauft. Aber er bekam den Verschluss mit seinen zittrigen Fingern nicht auf. Ein älteres Ehepaar ging soeben an unserem Auto vorbei und grüße uns höflich, obwohl wir sie nicht kannten. Der Mann wollte sogar seinen Hut ziehen, hielt jedoch in seiner Bewegung inne, als er unseren heftigen Wortwechsel mitbekam. Endlich hörte mein Vater auf zu lamentieren und wurde still.

»Die müssen einen netten Eindruck von uns haben«, maulte er verlegen.

»Ist doch vollkommen Wurst. Was kümmern uns fremde Leute?«

»Du denkst doch auch, ich hätte nicht mehr alle Tassen im Schrank.«

Ich sah ihn ernst an. »Ja, Vater, ich habe nicht verstanden, was dich eben geritten hat. Ich verstehe es immer noch nicht. Um Gottes willen! Was sollte das eben auf der Brücke? Nein, ich versuche nachzuempfinden, wie du dich fühlen musst, so total abhängig und hilflos im Rollstuhl.«

»Ja, verdammt noch mal. Es ist erbärmlich, wie man sich fühlt.« Mit traurigem Lächeln legte er die Hand auf meinen Arm. „Es war einen Versuch wert, Thomas. Warum eigentlich nicht? Du schiebst mich gegen das Geländer, und ich verliere das Gleichgewicht. Alles ist in fünf Sekunden vorbei.«

»In fünf Sekunden? Bist du verrückt? Was ist das für eine selbstsüchtige Milchmädchenrechnung?« Voller Wut dachte ich, wie ich mich danach fühlen würde. Zehn Jahre, vielleicht lebenslang trüge ich an einem miserablen Gewissen, weil ich eine einzige Sekunde die Zügel losgelassen hätte! »So was darfst du nicht mal denken!«

»Und warum nicht? Warum eigentlich nicht? Weil uns der liebe Gott das verboten hat? Und du weißt ja auch nicht, was damals passiert ist, mit mir und diesem kleinen Pfropf, dem Antonius Thalweiler.«

Ich hatte keine Lust, erneut in ihn zu dringen. Sollte er mit seinen Geheimnissen und Gewissensbissen allein in seinem Rollstuhl sitzenbleiben.

Ich brachte ihn nach Hause. Glücklicherweise war der syrische Krankenpfleger noch da und half mir, den schweren Körper nach oben zu schleppen. Mutter kam erschrocken zur Tür. Vater wurde ins Bett gebracht und schlief erstaunlich ruhig nach wenigen Minuten ein.

XVI

Abermals dauerte es eine Woche, bevor ich mich bei meinen Eltern meldete. Inzwischen hatten wir Oktober, als ich sie mit Isolde und Felizitas besuchte. Wir hatten Glück mit dem Wetter. Die Herbstsonne schob bedächtig ihr spätes Nachmittagslicht durch die Gardinen des Wohnzimmers. Wir tranken Kaffee zusammen. Dann verabschiedeten sich die drei Ladies, um zum Willi-Ostermann-Brunnen zu spazieren, den Felizitas noch nie gesehen hatte. Ich blieb mit meinem Vater allein in der Wohnung. Mir war aufgefallen, dass er sich ein wenig erholt hatte. Der Rollstuhl stand zusammengeklappt im Bad gegen die Wand gelehnt. Er hatte sich in den Fernsehsessel gehievt und blätterte in der vertrauten HÖRZU.

»Komm, setz dich zu mir, Thomas«, forderte er mich auf. »Wir sind noch nicht fertig miteinander.«

»Aha!« Das war alles, was mir dazu einfiel. Ich hatte wenig Lust, mir an dem schönen Nachmittag wieder eine ganze Odyssee über seine Jugendsünden anzuhören.

»Ich habe dir das Wichtigste verschwiegen.«

»Ich möchte es nicht hören. Für mich ist im Augenblick nur wichtig, ob ich Felizitas in der Schule anmelde, ob sie eine Schuluniform tragen muss, ob sie den nächsten Winter ohne Keuchhusten übersteht ...«

»Nein, ich meine, ich habe dir noch nicht von Antonius erzählt, Antonius Thalweiler.«

»Und wer soll das sein?«, fragte ich mit absichtlichem Desinteresse.

»Natürlich Mariannes Zwillingsbruder«, fauchte er mich an. »Er ging damals auch zu der Schule, war in derselben Klasse wie seine Schwester, also auch unter mir. Saß eine Reihe vor mir, in der ersten Bank.«

»Aha«, sagte ich wieder. Es sollte ganz beiläufig klingen. Daher blickte ich gleichzeitig zum Fenster hinaus, als erwartete ich die drei Damen vom Spaziergang zurück. Vater schien sich zu langweilen und brauchte eine Echowand, um seine Erinnerungen dagegen zu reden. Doch ich bin im Prinzip ein gutwilliger Mensch und setzte mich auch jetzt nicht lange gegen ihn zur Wehr. Ich bedauerte nur, dass ich Isolde nicht begleitet hatte. Draußen beleuchtete die Sonne einen spiegelglatten Rhein, vergnügte Ausflugdampfer, viel gelbes Laub. Kurz: es war ein wunderbarer *Indian Summer*. Vater saß zwar nicht mehr im Rollstuhl, durfte aber die Wohnung nicht verlassen. Der Hausarzt hatte ihm geraten, sich nicht zu viel zuzumuten. Auch er blickte zum Fenster hinaus aus den Rhein und die weißen Schiffe und fühlte sich wie ein Gefangener, der auf dem Gefängnishof im Kreis geht und einen Mithäftling sucht, um sich mit ihm zu unterhalten.

»Und was ist mit ihm?«, fragte ich widerwillig.

»Komisch, dass beide an Bauchhöhlenschwangerschaft gestorben sind. Erst Tante Käthe, die deine Patin werden sollte, und dann die Hildegard. Wir Kollers bringen den Frauen Unglück.«

»Was ist mit ihm?«, fragte ich wieder. Ich wollte mich nicht von der Fährte abbringen lassen und stellte das traurige Schicksal der beiden Frauen momentan zurück.

»Er ist tot«, sagte Vater mit plötzlich veränderter, düsterer Stimme. »Er ist tot, und ich allein bin schuld daran. Das weiß kein Mensch. Niemand hat davon erfahren.«

»Du bist schuld am Tod eines Menschen?« Ich griff mir an die Stirn. So eine absurde Frage hatte ich noch nie an jemanden gerichtet und fühlte mich, als stände ich im Gerichtssaal einem überführten Mörder gegenüber. Das bedeutete allerhand Gewicht, das hatte Schlussfolgen, weiß Gott! Das ließ man nicht einfach auf sich beruhen. Wenn man jemandem sagen hörte, er sei schuld am Tod eines anderen, brach einem der Boden unter den Füßen weg. Was war das für ein verrücktes Gespräch? Warum war ich nicht mit den drei Hübschen zum Willi-Ostermann-Brunnen unterwegs?

»Es ist damals passiert, Thomas. Ich war zehn, Antonius war noch acht.«

»Das ist verdammt lange her, Vater. Ein Unglücksfall. Der ist wahrscheinlich längst verjährt«, versuchte ich einen trüben Scherz. Wieder schaute er mich so düster an, so wie ein unschuldig zu lebenslänglicher Haft Verurteilter einen anschauen würde, und auch ich fragte ihn wieder mürrisch, weil ich mich nicht in eine neue sinnlose Diskussion verwickeln lassen wollte: »Du glaubst doch nicht im Ernst, du hättest dich heute noch strafrechtlich zu verantworten? Mit zehn Jahren warst du nicht einmal strafmündig Wenn du in deiner Kindheit tatsächlich in eine Tragödie mit tödlichem Ausgang verwickelt warst, ist sie inzwischen zehnmal verjährt. Ich weiß nicht, was du auf dem Kerbholz hast. Aber wahrscheinlich trifft dich nicht mal ein Schatten von Schuld oder persönlicher Verantwortung. Worum geht es denn?« Innerlich knirschte ich mit den Zähnen, weil ich mich in sein heilloses Durcheinander verstricken ließ.

Als müsse er bekräftigen, was er mir gesagt hatte, nickte er wortlos und schaute nun auch zum Fenster hinaus. Vielleicht suchte er da draußen ein höheres Wesen, das ihm Absolution erteilte. Ich hüllte mich in Schweigen und wartete ab. Auf der Straße war es still, eine Ausnahme an einem geschäftigen Nachmittag, als seien Autos aus unserer Straße verbannt. Selbst den regen Verkehr auf dem Heumarkt hörte ich nur gedämpft zwischen den Häusern lärmen. Und wie die Gedanken und Gefühle einander bedrängen und hetzen und ständig vom Platz stoßen, dachte ich mit einem Mal an einen anderen Tag.

Obwohl draußen die Sonne schien, war es seltsamerweise ein Winterabend, an den ich mich erinnerte. Er war ebenso still gewesen. Sogar Schnee war gefallen, als ich Isolde mein erstes Auto vorführte, natürlich einen gebrauchten VW, dessen Heizung, wie ich zu spät feststellte, nicht richtig funktionierte und der auf seinen Sommerreifen im Schnee hin und herrutschte. Auf einem verschneiten Parkplatz im Grüngürtel, der so menschenleer gewesen war wie im Augenblick die Frankenwerft, hatte die damals Zwanzigjährige mich etwas gefragt, was mich in schlimme Verlegenheit stürzte. Es war unsere erste gemeinsame Ausfahrt, und ich hätte stolz und glücklich sein müssen. Doch ich fühlte mich unbehaglich und hatte einige Zweifel, ob ich meine Freundin mit der alten, ungeheizten Karre beeindrucken konnte. Nicht einmal zwei Wochen kannten wir uns, und richtig mit der Zunge geküsst hatten wir uns noch nicht. Aber auf dem Parkplatz hatte Isolde den Anfang gemacht und mich unverhofft gefragt, ob ich ganz entspannt sei in ihrer Gegenwart. Manchmal wirkte ich auf sie wie ein Schlafwandler, in undurchdringbare Gedanken verloren. Ob ich mich eigentlich innerlich entspannte und wohlig fühlte, wenn sie mir so wie jetzt direkt in die Augen blickte, oder ob ich ihr auswiche und mich innerlich in ein Schneckenhaus verkröche, in eine dunkle Höhle, in der ich einsiedle, kurz gefragt, sie möchte wissen, ob ich glücklich sei, ob ich überhaupt empfände, mit ihr im Einklang zu sein.

Sie hatte mir sofort angemerkt, dass sie eine sehr komplizierte, sehr ungeschickte Frage gestellt hatte. Denn ich war richtig erschrocken. An einem Abend, den ich mir trotz der Kälte romantisch vorgestellt hatte, war ich auf ihre schnörkellose Frage nicht vorbereitet. Sie erschien mir von fast brutaler Rücksichtslosigkeit. Ich fühlte mich unsicher, nahm die junge Isolde nicht einfach in den Arm, wie ein anderer verliebter Mann es getan hätte, sah in ihrem Fragen und Herantasten keine Einladung. Ich verstand nicht, was vermutlich die wirkliche Botschaft war: *Dummkopf, nimm meine Worte so, wie sie gemeint sind, als Liebeserklärung. Gib mir einen Kuss, drück mich fest an dich, lass mich nicht mehr los.* Die Frage, ob ich glücklich sei, kam mir verkürzt vor, unstatthaft. So intim durfte mich niemand ausfragen. Um darauf etwas Richtiges zu antworten, brauchte es Geduld, Einfühlungsvermögen. Glück ließ sich nicht einfach in Worte fassen. Zumindest glaubte ich das. Was Glück bedeutete, hätte ich in einem Schulaufsatz nicht beschreiben können, und wenn ich Jahre später las, wie ausweichend der berühmte Cicero das Glück definiert hatte, als Abwesenheit von Unglück nämlich, dann erschien mir die Weisheit des römischen Philosophen der beste Beweis zu sein, dass ich mit meinen Zweifeln nicht ganz falsch lag. Vielleicht glaubten Menschen nur instinktiv zu fühlen, was Glücklichsein bedeutete. Doch direkt danach zu fragen, war das ein Zeichen von Klugheit? Von Sensibilität? Also zögerte ich, auf dem Parkplatz spontan Glück zu empfinden, nur weil Isolde es von mir erwartete. Es wühlte in mir, Zweifel quollen mir die Kehle hoch, als Isolde sich an mich schmiegte und darauf wartete, dass ich sie küsste, heftig und mit aller Leidenschaft. Ob das Glück war, unbenennbares Glück, wie sollte ich das wissen?

Und wenn man Glück nicht definieren konnte, wie sollte ich ein Unglück benennen, die Schuld eines Kindes, die ein Jahrhundert zurücklag?

Später, als sie merkte, was sie angerichtet hatte und wie es um mich stand, hatte sie sich aus meinen Armen gelöst. Als ich wieder sprechen konnte und ihr atemlos ins Gesicht starrte, erkläre ich ihr, sie solle nicht gleich eingeschnappt sein. Aber das hätte mir noch niemand sagen können, was Glück eigentlich war, wie es sich anfühlte, so wenig mir jemand erklären könnte, was Gott sei, wie er sich anfühlte, wie man spüre, wenn Gott einen ausfüllte. Doch zweifellos hatte Isolde es mir übel genommen, als ich herumdruckste. Keine Frau möchte so etwas hören. Ich sei gefühlsmäßig auf der Ebene eines Dinosauriers stehen geblieben, hatte sie sich beschwert. Ich sei der klassische Fall eines Hypochonders.

Warum dachte ich an Isolde und an unser sonderbares Liebeszwitschern auf dem verschneiten Parkplatz? Weil ich die ganze Zeit neben meinem Vater stand und mir überlegte, ob er vielleicht ein

Hypochonder war und ich die Hypochondrie von ihm geerbt hatte, weil ich ihm im Stehen auf den Kopf schaute und ihn doch nicht deutlich erkannte, mit dem Blick nicht in seinen Schädel drang, seine Gedanken nicht enträtseln konnte. Weil ich mich nicht damit zufrieden gab, eine unehrliche Anteilnahme zu heucheln, wenn ich keine spürte. Es kam mir unsinnig vor, jemandem vorzuwerfen, er dächte nicht fürsorglich über seinen Vater nach, nur weil er versuchte, ihm ehrlich auf den Grund zu kommen. War etwa Mutter mit meinem Vater glücklich geworden oder lebten beide im Einerlei gedankenlos nebeneinander her, in der langen Folge des Tag-für-Tags? Grübelte Mutter nachts vor dem Einschlafen, ob sie glücklich war? Dachte sie über unbequeme Fragen nach? Ein Zweifel trieb schon den nächsten vor sich her. Wenn ich meinen Vater darauf anspräche, ob er glücklich im Leben geworden sei, erhielte ich eine ehrliche Antwort? War Glück am Ende nur eine mathematische Summe, die sich aus vielen Einzelteilen der Alltäglichkeit zusammensetzte? War Glück nicht ein Wort, an das man sich klammerte, ohne es wirklich mit den Händen greifen und festhalten zu können? Sollte ich Vater fragen, ob sein Leben gradlinig ins Unglück gelaufen sei?

»Vergiss doch endlich deinen Schulkameraden Antonius. Sag mir lieber, ob du dich gut ausgefüllt hast?«, fragte ich ihn stattdessen und merkte, wie unfreundlich das klang. »Bist du im Rückblick ...«, setzte ich neu an, »... zufrieden mit dem, was du im Leben erreicht hast?« Mein Vater hielt den Kopf gesenkt und schien nachzudenken.

»Ich habe Schuld auf mich geladen«, sagte er demütig und beugte noch tiefer den Nacken. Schuld! Das Wort war unüblich im alltäglichen Sprachgebrauch. Es war aus der Mode gekommen. Ich kannte seine Bedeutung ebenso wenig wie die des Wortes Glück.

»Jede Schuld ist verschieden, Vater«, gab ich zurück, »wie die Menschen verschieden sind, die Schuld auf sich laden. Was ist denn Schuld?« Ich ärgerte mich über meine eigenen Worte. Sie mussten in seinen Ohren klingen, als hätte ich sie aus der Bibel abgelesen.

»Aber es gibt Standards«, beharrte der alte Mann. »Es gibt bei verwaschenen Begriffen stets eine absolute Grenze. Das habe ich als Geschäftsmann gelernt. Es gibt immer irgendwo die rote Linie, hinter der eigenes Verschulden beginnt.«

»Was für eine rote Linie?«

»Wenn ich für den Tod eines Menschen verantwortlich bin.«

Zugegeben, in mir regte sich so etwas wie die Neugier. Nicht jeder Vater bekannte von sich, einen anderen Menschen auf dem Kerbholz zu haben. Ich atmete tief ein und tief aus, bevor ich mir ein Herz fasste. Als Junge hätte ich Vaters Geständnis wahrscheinlich stolz in Onkel Eddies wachsgrünes Schreibheft eingetragen. Als nächstes kam mir die Frage, was wohl unsere Musikstudentin Hatsumomo, die Vater vor einigen Wochen noch als stattlichen, vornehmen, ehrerbietigen Herrn bezeichnet hatte, von einem Totschläger halten würde, wenn ich ihr von Weidenroth und Vaters Schulzeit erzählte? Es war wohl besser, das verspätete Geständnis für mich zu behalten und nicht eine Klavierkünstlerin wie die porzellanfeine Japanerin damit aufzuregen.

»Mit dem muss ich noch quitt werden«, sagte mein Vater unverhofft. »Mit dem lieben Gott. Ja, auch mit dem muss ich noch quitt werden.« Was sollte das nun wieder heißen?

»Für den Tod eines Menschen«, wiederholte ich in farblosem Ton und wartete ab, was er mir weiter berichtete.

»Du hast gemeint, ich sei der beiden Thalweiler-Mädchen wegen so oft ins Dorf gefahren. Da liegst du zwar richtig, aber auch wieder falsch. Das erste Mal war es vor dreißig Jahren. Damals reiste ich zur jährlichen Landwirtschaftsmesse in Paris und anschließend zu einer Besichtigung der Weinschlösser an die Loire. Ich fuhr zum ersten Mal ohne deine Mutter. Sie hatte keine Lust mehr, mich zu begleiten. Die Weinproben langweilten sie. Da habe ich plötzlich den Einfall gehabt, nicht direkt über Paris nach Hause zurückzufahren, sondern einen Umweg über Basel und Straßburg zu machen und erst auf den Hunsrück zu fahren, wo ich seit Jahren nicht mehr gewesen war. Ich wusste nicht, was mich dort erwartete, ob die Leute noch lebten, die ich als Schüler gekannt hatte. Vielleicht erfuhr ich, was aus Manfred geworden war, und natürlich wollte ich wissen, ob die Thalweiler-Mädchen noch da wohnten. Es war nur ein Umweg von fünfhundert Kilometern. Auf dem Hunsrück konnte ich auf jeden Fall einen Tag Urlaub in frischer Luft machen. Mutter brauchte nichts davon zu wissen. Was war schon dabei? Im Dorf fand ich tatsächlich Frau Alban wieder, in deren Dachkammer ich als Zehnjähriger geschlafen hatte. Sie erkannte mich sofort, hat mich herzlich umarmt, und seitdem habe ich jedes Jahr bei ihr übernachtet. Als Erstes habe ich sie gefragt, was aus den beiden Mädchen geworden sei, vor allem, ob die hübsche Marianne noch in Weidenroth wohnte. Ich habe ihr erzählt, dass ich die Jüngere der beiden auf der Schule heimlich angehimmelt habe. Frau Alban hat sich halbtot gelacht.«

»Was war inzwischen aus den beiden Hübschen geworden?«, fragte ich burschikos, um mich von seinen wehmütigen Erinnerungen zu lösen. »Waren damals bestimmt gut verheiratet und hatten ne Menge Kinder.«

»Nein. Da täuschst du dich. Frau Alban hatte sich kaum verändert, immer noch eine rüstige Frau mit knallroter Buschmähne. Ihr Mann war mit einer anderen Frau durchgebrannt und hatte sie mit zwei Jungen sitzen lassen, von denen der eine ja ein Bastard war. Manche Leute machten ihre Witze und sagten, Weidenroth sei das sündigste Dorf auf dem Hunsrück. Ich kann mich erinnern, nebenan von Frau Alban hatte ein Bauer seinen Hof. Der Mann hatte mit der eigenen Tochter zweimal ein Kind gezeugt, aber seine verhärmte Ehefrau war nicht nachts mit der Heugabel auf ihn losgegangen, sie hatte ihn sogar gegen die Polizei verteidigt, die ihn eines Tages in Handschellen abführte!

Frau Alban hat mir für eine Nacht wieder die Dachkammer angeboten. Kostenlos natürlich, weil es ihr Freude machte, mich wiederzusehen. Von ihr habe ich das Unfassbare gehört: Hildegard war bereits gestorben, hatte eine Schwangerschaft nicht überlebt. Ich war am Boden zerstört, als ich das erfuhr. Dann habe ich nach Marianne gefragt, um mit ihr zu sprechen, und auch mit ihr das Schlimmste erwartet. Doch sie lebte noch und arbeitete auf dem kleinen Postamt des Dorfes. Anfangs hatte ich ehrlich vor, ihr alles zu beichten, wie sich die Tragödie mit ihrem kleinen Bruder in Wirklichkeit abgespielt und ich durch eine Verkettung unglücklicher Umstände als Zehnjähriger seinen Tod mitverschuldet hatte.

Ich ging also zur Post, wo sie angestellt war, und traf sie abends daheim in ihrem Haus. Sie lebte allein. Ihre Eltern waren beide tot. Aber als ich ihr gegenüber saß und in ihr in freundliches Gesicht blickte, brachte ich es nicht übers Herz, ihr reinen Wein einzuschenken. Da gab es wieder diese dicke gläserne Schallmauer zwischen uns. Die konnte ich nicht durchbrechen. Ein paar Stunden habe ich sie angelacht und viel herumgeredet und sie angelogen. Aus purer Feigheit, mein Junge, aus Scham. Hildegard war verheiratet mit einem Küfermeister an der Mosel, der hieß Weber. Der Frauenarzt hatte ihr geraten, auf Kinder zu verzichten. Aber sie wollte unbedingt ein zweites Kind. Mir dreißig ist sie gestorben. Das hat mir Marianne am ersten Abend erzählt.«

Ich bemerkte, dass er sich verstohlen eine Träne aus den Augen wischte und sah wieder zum Fenster raus. Er musste sich ein paar Mal räuspern, bevor er weitersprechen konnte.

»Aber die Utta?« fragte ich dann wissbegierig, weil mir das Mädchen aus dem Museum einfiel. »Von der hat Marianne dir nichts erzählt?«

»Ute?« fragte er schwerhörig zurück und schien sich nicht zu erinnern, was er mir auf der Fußgängerbrücke gesagt hatte. »Nein. Utta«, verbesserte ich ihn. »Du hast doch selbst den Namen genannt.«

»Nein, Hildegard hat kein Kind gehabt. Da hast du mich falsch verstanden«, versteifte er sich und wehrte alle Widerrede ab. In seiner

Vergangenheit wusste er besser Bescheid als jeder andere. In seine Erinnerungen ließ er auch mich nicht einbrechen. Und Widersprüche gab es bei ihm nicht.

»Marianne hat sich schon als Kind um den Haushalt und den Vater gekümmert, den kräftigen Schreinermeister, der später, nach dem Unglück, sehr hinfällig wurde. Wahrscheinlich hat sie deshalb nicht geheiratet und war bei der Post angestellt, von wo aus sie mit zwei Schritten ihr Elternhaus erreichen konnte, wenn sie da gebraucht wurde. Als ich damals zum ersten Mal ins Dorf kam, bin ich auf gut Glück in das kleine Postamt gegangen, das damals noch hinter der Kirche existierte. Und ich hatte Glück. Da saß sie in ihrem muffigen Büro, verkaufte über den Schalter Briefmarken, stempelte Briefe ab, vermittelte ein paar Ferngespräche nach Trier und Koblenz. Alles ging bei ihr ruhig zu. Das lag in ihrem Wesen. Ich habe ihr das schon auf der Schule angemerkt, die Besonnenheit, die Zuverlässigkeit. Du weißt ja, sie war zwei Jahre jünger als ich, und als ich sie damals wiedersah, war sie noch keine fünfzig. Ich habe sie mühelos wiedererkannt. Denn ich wusste ja von Frau Alban, dass sie auf dem Postamt arbeitet. Als ich mich durch das Schalterfenster zu ihr vorbeugte, musste sie zwar erst im Gedächtnis suchen. Aber nach ein paar Sekunden erkannte auch sie mich und hat sich sehr gefreut, mich nach vierzig Jahren wiederzusehen. Abends sind wir erst zusammen in den Dorfkrug gegangen, und dann hat sie mich zu sich nach Hause eingeladen.« Vater machte eine lange Pause, bevor er fortfuhr.

»Am nächsten Morgen bin ich nach Köln zurückgekehrt, ohne deiner Mutter etwas von meinem Abstecher zu sagen. Das habe ich von da ab jedes Jahr so gehalten. Ursula hat nichts davon mitbekommen. Wozu auch? Meine Ausflüge hatten nichts mit ihr zu tun, sie hatten keinen Bezug zur Gegenwart. Das Dorf habe ich daheim nie erwähnt. Nur bei Max habe ich einmal kurz darüber gesprochen.«

»Aber verflucht, mach es nicht so spannend«, herrschte ich ihn ungeduldig an. »Du wolltest doch von Antonius reden. Was ist denn damals eigentlich passiert, wo du angeblich ein Unglück verschuldet hast. Das habe ich immer noch nicht begriffen. Und was hat das alles mit den Thalweiler-Mädchen zu tun?«

»Das ist wirklich eine lange Geschichte.«, begann mein Vater. »Die jüngere Thalweiler-Schwester, also Marianne, war ein Zwilling und hatte einen Zwillingsbruder, und der hieß Antonius. Für mich war der Achtjährige uninteressant, er war schwächlich gebaut, eigentlich viel zu klein für sein Alter. Doch ich duldete ihn um mich, weil er zu Mariannes Klan gehörte und ich es mir nicht mit ihr verderben wollte. Bald hing der Junge wie eine Klette an mir. Manchmal war es mir peinlich, mit so einem schmächtigen Begleiter im Kielwasser gesehen zu werden, mit dem sonst niemand im Dorf zu tun haben wollte. Aber eines Tages passierte folgendes: Am Ende des Dorfes lag der Gutshof, in dessen Stallung der Gemeindestier untergebracht war. Manfred kannte den Sohn des Pächters, das war der Bursche, der uns in der Schule mit dem Rohrstock verprügeln durfte. Manfred erzählte mir eines Tages aufregende Dinge, wie widerspenstig sich die Rinder zeigten, wenn sie dem Stier zur ersten Besamung zugeführt wurden. Das geschah damals noch immer in natura, musst du wissen, nicht so wissenschaftlich und industriell wie heute. Manfred hatte mir eine Luke im Speicherboden gezeigt, durch die man von oben heimlich in den Stierstall gucken und die Besamung beobachten konnte. Natürlich hat er mir den Mund wässerig gemacht. Auch ich wollte da unbedingt mal zusehen. Aber als ich auf den Speicher kletterte, kam dieser lästige Antonius hinter mir her. Ich wollte ihn erst fortschicken. Aber der Balg jaulte und drohte, mich beim Pächter zu verraten, wenn ich ihn nicht mit hinaufnähme. Schließlich habe ich nachgegeben, und wir sind gemeinsam auf der Leiter zum Heuboden gekrochen.«

Vater redete sich allmählich in Rage, als sei er heute noch wütend, weil er den lästigen Wicht nicht losgeworden war. Aber vielleicht war ihm die Begebenheit auch ein wenig peinlich.

»Weshalb nennst du ihn abfällig einen Balg?« fragte ich.

»Weil er immer so dumme Fragen gestellt hat«, sagte mein Vater.

»Vielleicht waren sie auch ziemlich frühreif für sein Alter.«

»Was für Fragen? Und warum waren sie dusselig?«

»Weil ich keine Antwort drauf wusste. Er fing immer ganz vorsichtig an, als wolle er mich nicht in den Harnisch bringen. Zum Beispiel fing er an: *Ist es erlaubt, dir eine höfliche Frage zu stellen?*, und dabei guckte er mich halb unterwürfig, aber auch halb herausfordernd an. Wenn ich unwirsch nickte, weil er ja der Zwillingsbruder von Marianne war, fragt er mich zum Beispiel: *Ist Weidenroth eine Stadt? – Nee*, sage ich, *Weidenroth ist ein beschissenes Dorf. – Und ist Morbach auch ein beschissenes Dorf?*, fragte er als nächstes. *– Nee*, sagte ich, *Morbach ist eine verfluchte Stadt. Hat ja viel mehr Häuser. – Und wenn ich ein Haus in Weidenroth dazu baue, ist es dann so groß wie Morbach? – Nee, ganz bestimmt nicht. Was soll die blöde Frage? Dann ist es immer noch ein beschissenes Dorf. – Und wenn ich noch ein Haus dazu baue, ist es dann so eine verdammte Stadt? Oder wie viel Häuser müssen es dazu sein?* – Und so ging das in einem fort. Eine Frage sinnloser als die andere, habe ich als Junge gedacht. Später habe ich überlegt, ob er ein besonderes Gespür für unendliche Zahlenreihen gehabt hat.«

Seine Wangen hatten sich gerötet und seine Augen glänzten, als hätte er Fieber bekommen.

»Mag sein, dass ich auch ungeduldig und wütend auf ihn war.« Meinem Vater drohte die Stimme zu versagen.

»Als ich die Luke öffnete, um runterzugucken«, fuhr er fort, »habe ich wohl einen regelrechten Blackout gehabt, eine Wahrnehmungslücke. Und genau in dem Moment ist das Unglück passiert. Ich wollte Antonius zur Seite schieben, ich weiß nicht, ob ich ihn unbeabsichtigt zur Seite geschubst oder ihn aus Ärger mit dem Ellbogen geknufft habe. Da ist er plötzlich auf dem Heu ausgerutscht, direkt auf die Luke zu. Du hast keine Ahnung, Thomas, wie glatt Heu ist, genau so glatt und schlüpfrig wie eine Eisbahn. Auf einem Heuboden kannst du dich nicht mehr halten, wenn du einmal ins Rutschen geraten bist. Da guckt der Schutzengel weg. Antonius konnte sich nirgendwo festhalten und ist durch das Loch fünf Meter tief auf den Betonboden geknallt, ich glaube, direkt mit dem Schädel zuerst. Ich habe es gehört, es geht mir noch heute manchmal durch und durch. Vor Schreck habe ich in die Hose gemacht. Etwas hat sich in mir entleert. Man denkt immer, lebend oder tot, es darf nicht wahr sein. Ich lag da oben mucksmäuschenstill. Niemand durfte mich hören. Wenn ich ganz still blieb, dachte ich, war es nicht passiert. Mein Verstand löste sich auf, weil ich an die Schläge dachte. Denn brutale Prügel vom Schreinermeister Thalweiler und von der Polizei und von wem sonst noch waren mir sicher, wenn das rauskam. Ich habe mir immer eingebildet, ich hätte es krachen hören, als er mit seinem Kopf auf den Beton knallte, direkt neben dem Gatter mit dem Gemeindestier. Antonius' Herz schlug vielleicht noch ein paar Minuten weiter. Aber ich kroch nicht in die Box runter. So nahe traute ich mich nicht an den Knirps heran, wollte nicht die Hand auf seine Brust legen. Antonius hat keinen Mucks mehr getan. Wahrscheinlich hatte er sofort das Bewusstsein verloren. Erst zehn Stunden später wurde er bei der nächsten Fütterung entdeckt. Da war er nicht mehr zu retten. Er war schon gestorben.«

»Konntest du keine Hilfe holen?«

»Ich habe Riesenschiss bekommen. Erst lag ich da oben wie versteinert und habe nur durch die Luke nach unten gestarrt. Ich bekam den Mund nicht auf, hatte eine richtige Kiefersperre, konnte nicht um Hilfe rufen oder einfach nur laut schreien, meine Stimme war wie zugefroren. Als ich wieder einigermaßen klar war, habe ich mich dünne gemacht, bin in Heidenangst schleunigst weggerannt. Ich sah mich schon vom Schreiner Thalweiler zu Tode geprügelt, lebendig ans Scheunentor genagelt, ins Zuchthaus geschmissen. Nein, ich bin einfach losgerannt, habe niemandem verraten, was ich angerichtet hatte, auch nicht Manfred, obwohl ich ihm sonst alles erzählt habe. Ich wäre gern meine Schuld im Beichtstuhl losgeworden. Die furchtbare Sünde, die ich begangen hatte, drückte mir sozusagen die Seele kaputt. Jede Todsünde musste sofort gebeichtet werden. Das wusste ich aus dem Kommunionsunterricht. Sonst kommst du in die Hölle. Aber der Gedanke an unseren Religionslehrer, den unbarmherzigen Pastor Katgelie, jagte mir Kälteschauer über den Rücken. Ich hatte eine Höllenangst, der würde mich nie im Leben von dieser Missetat lossprechen, der würde mich verprügeln und vor allen Leuten aus der Kirche jagen. Wie hätte ich ihm, Beichtgeheimnis hin oder her, von da ab unter die Augen treten können, wenn ich ihm auf der Straße oder beim Religionsunterricht begegnet wäre? Hätte ich ein Mittel gekannt, um mein Leben schmerzfrei zu beenden, hätte ich glatt Selbstmord begangen. Das kommt dir vielleicht bei einem Kind kitschig vor ...«

»Kitschig? Bist du verrückt?«, schrie ich ihn an. »Da vergreifst du dich gewaltig im Ausdruck!«

Mein Vater saß wie geistesabwesend im Fernsehsessel und hielt sich an der HÖRZU fest, die auf seinem Schoß lag. Ich stand vor ihm und tätschelte seine Hand. Irgendwie spürte ich, dass er mit noch etwas hinter dem Berg hielt. Noch immer verheimlichte er mir das letzte Zipfelchen Wahrheit.

»Es war ein Unglücksfall, für den niemand etwas kann«, versicherte ich ihm, um ihn zum Sprechen zu ermuntern. »Höhere Gewalt, Vater, ein tragischer Zufall. Es hätte ebenso dich treffen können. Du hättest auch auf dem Heu ausrutschen und runterfallen können, Kopf zuerst!« Ich blickte auf die Frankenwerft und den weißen Ausflugsdampfer, der vor unserem Haus gemächlich rheinabwärts glitt.

»Mach reinen Tisch«, mahnte ich noch einmal. »Ich hab es in den Knochen, dass du was vor dir her schiebst. Du drückst dich davor. Rede es dir von der Seele.« Es fehlte nicht viel, ich hätte ihn am Arm gerüttelt, um ihn aus seiner Teilnahmslosigkeit zu wecken. »Was zum Teufel hat dich denn immer wieder in das beschissene Dorf getrieben?«, fauchte ich los. »Du willst mir doch nicht weismachen, dass es dich Jahr für Jahr zu einer fünfzigjährigen Postangestellten gezogen hat! Das kann doch nicht nur Schwärmerei zu zwei Schulmädchen gewesen sein, von denen das eine längst gestorben war!«

Endlich hatte ich ihn soweit. Ich fühlte mich mürbe und abgekämpft und stolz zugleich, wie ein siegreicher Boxchampion, der seinen Gegner im Ring in die Ecke getrieben hat, wo er hilflos zwischen den Seilen hing und nicht mehr rauskonnte. Ich landete Treffer auf Treffer, den gleichen punktgenauen Schlag auf die Milz, die Franz seinem Jugendfreund Max versetzt und ihn zu Boden geschickt hatte. Anfangs schien Vater von den Hieben nichts zu merken. Er saß noch immer seelenruhig im Sessel. Doch dann sah ich, wie ihm ein kleiner Schweißtropfen von der Stirn auf die Nasenspitze rann und schließlich auf die HÖRZU fiel.

»Du hast ja recht«, seufzte er und blickte trotzig zu mir auf. »Da gibt es noch was. Das habe ich dir verschwiegen. Wenn ich dir das erzähle, Thomas, wirst du verstehen, weshalb ich mich so elend fühle, wenn ich an die Thalweilers denke. Deshalb habe ich ja auf der Brücke von dir verlangt, mich aus dem Rollstuhl zu heben. Wenn ich ein Dutzend Mal in das Dorf zurückgekehrt bin, waren es nicht nur alte Erinnerungen. Ich wollte nicht zurück in eine vergoldete Vergangenheit. Nein, es war das schlechte Gewissen. Ich wollte mich aussprechen, mich erleichtern, und doch habe ich nie den Mut dazu aufgebracht. Denk nicht, ich hätte auf der Brücke mit allem Schluss machen wollen. Nein ich wollte es am eigenen Leib erleben, wie es gewesen war. Du weißt nicht, wie es ist, wenn man die Erinnerung nie mehr loswird. Ich habe mit niemandem darüber gesprochen, nicht mit Mutter, nicht mit Max, nicht mal mit Marianne. Mir war das Hirn wie zugedröhnt, der Mund wie zugesperrt. Ich bekam keinen Ton heraus, bis zu dem Tag, als du mich auf die Brücke gefahren hast. Da ist auf einmal die Sperre aufgebrochen. Da konnte ich plötzlich davon sprechen. Bis dahin war es nicht nur das Schuldbewusstsein, sondern meine Unfähigkeit, alles loszuwerden. Da habe ich komplett versagt, vor allem bei Marianne, solange sie noch lebte. Und jetzt ist es zu spät. Du hast mich davon befreit. Irgendwie.« Er verbarg sein Gesicht in den Händen.

»Vater, jetzt verstehe ich gar nichts mehr«, sagte ich verzweifelt. »Um Himmels willen: Was ist denn auf der Brücke passiert?«

»Nein, nicht auf der Brücke, du Dummkopf. Das verstehst du falsch.« Er richtete sich im Sessel auf.

»Juristisch habe ich nichts zu befürchten. Das weiß ich selbst. Aber es gibt eine andere Instanz. Nein, nicht die *höhere* Instanz. Aus dem Alter bin ich raus. Aber es gibt einen Richter, der sitzt mir im Nacken und lässt sich nicht verjagen. Der schreit mir jeden Tag ins Gewissen: Vergiss es nicht!«

Ich verstand ihn sehr wohl. Mit Accalia war es mir zeitweilig nicht besser gegangen.

»Aber ich habe es nicht gewagt«, redete er sich heraus. »Das Drama ist mein Geheimnis geblieben, eine Art Wunde, versteht du? Ein Ritz im Gewissen, der nie ganz verheilt ist. Erst als ich Jahre später zum ersten Mal ins Dorf zurückgekehrt war, eigentlich nur um zu erfahren, was aus Marianne geworden war, und ich so etwas empfand wie die Sehnsucht eines Zehnjährigen nach seiner achtjährigen Klassenkameradin, da wäre ich fast mit allem anderen herausgerückt.«

»Aber du hast auch damals den Mund gehalten. Du hast Marianne nichts erzählt. Ach, Vater, ich gebe es auf. Ich verstehe kein Wort. Verflucht noch mal, du hattest mit Marianne geschlafen und hast trotzdem eisern geschwiegen? Willst du mir das sagen?« Streitsüchtig fauchte ich ihn an, als stünde mir zu, ihm Rechenschaft abzuverlangen, obwohl das gespenstische Stichwort ›Selbstmord‹ unsere Spazierfahrt in den Stadtwald in anderem Licht erscheinen ließ. Vater hatte die Fernbedienung eingeschaltet, und auf dem Fernsehschirm diskutierten sich ein paar Biathlonexperten die Köpfe heiß.

»Ja, mit ihr habe ich einmal geschlafen. Das sage ich dir von Mann zu Mann. Aber Sex, wie ihr jungen Leute so flott sagt, der hat sich bei meinem Besuch nur zufällig ergeben. Wir fühlten uns beide zueinander hingezogen, durch eine emotionale Schwerkraft. Das Gefühl der Verwerflichkeit bin ich keinen Augenblick losgeworden. Es war auch nicht so, als hätte ich ein Tor zu etwas Neuem aufgestoßen, das ich daheim nicht fand, sondern hauptsächlich verbanden uns die Erinnerungen. Was sollten wir auch sonst aneinander finden? Und die haben an dem Abend bei mir das Schuldgefühl verdrängt. Doch auch wenn ich neben ihr lag, habe ich ihren Bruder nie erwähnt.

Einmal, ich glaube, es war beim dritten oder vierten Abstecher zum Hunsrück, fand ich sie am Tisch sitzend vor, den Kopf über ein Buch gebeugt. Obwohl ich mich vorher angemeldet hatte, sah es aus, als hätte sie meinen Besuch vergessen. Allerdings war es umgekehrt. Sie hatte ein Fotoalbum aufgeschlagen, um mich damit zu überraschen. Sie hatte nach Fotos von unserer Schule gesucht und eine Gruppenaufnahme entdeckt. Alle acht Klassen säuberlich in drei Reihen hintereinander aufgestellt. In der ersten Reihe Antonius, Hand in Hand mit Marianne. Daneben Fräulein Bonefahs am linken Bildrand. Sie sah so grimmig aus wie ein Feldwebel, als hätte sie dem Fotografen soeben befohlen: *Meine Schule ist komplett. Jetzt dalli dalli, bitte endlich abdrücken!* Beim Kramen war Marianne auch auf das Hochzeitsfoto der Eltern gestoßen, Schwarzweiß und oval gerahmt, und auf ein Kinderfoto, das ihren Bruder als schmächtigen Vierjährigen mit großer Kapitänsmütze auf dem Kopf zeigte. Marianne war so aufgewühlt, dass sie ihren Kopf an meiner Schulter barg. Ich habe mich so schäbig gefühlt, weil ich wieder den Mund gehalten und so getan habe, als könnte ich mich an Antonius kaum erinnern. Ich habe sogar dreist gefragt, ob er später Kapitän geworden wäre.«

Mein Vater nickte bekümmert. Der Kopf war ihm schwer geworden. Von meinem Stimmungsumschwung bekam er nichts mit, er merkte nicht, dass ich versöhnlich geworden war, weichherzig. Vielleicht verstörte mich, dass er das Wort *Sex* zum ersten Mal seit Jahren ausgesprochen hatte, auf meinen Befehl. Ich sah ihm an, wie sehr ihn das Geständnis mitnahm. Aber er brauchte sich vor mir nicht zu entschuldigen.

»Wie gesagt, ich wollte wissen, was aus der Sitznachbarin geworden war«, fuhr er eilig fort. »Marianne hatte mich zu sich nach Hause eingeladen, um bei ihr zu essen. Aber in Wirklichkeit wollte sie sich an meiner Schulter ausweinen. Das mit dem Ausweinen war ein gutes Wort, ein treffsicherer Ausdruck. Endlos vermochte niemand zu weinen. Irgendwann war der Tränenvorrat aufgebraucht. Ich hatte eine Flasche Rotwein aus Frankreich mitgebracht. Die haben wir einträchtig geköpft. Marianne hatte noch einen Riesling von der Mittelmosel im Kühlschrank. Der passte zwar nicht dazu, aber geschadet hat es uns nicht. Stundenlang haben wir von unserer Schulzeit getratscht, wie unbeschwert wir sie erlebt hätten trotz der Notjahre nach dem Krieg.«

Er brach ab und starrte vor sich hin, als müsse er neue Worte finden, um die Erinnerungen in den Griff zu bekommen. Dann studierte er seine Hände, als habe er eine Schwiele entdeckt.

»Ich weiß nicht, was sich verändert hat.« Er kratzte mit dem Fingernagel an der Innenfläche. »Es wurde auf einmal ganz still im Haus. Marianne sah ernst aus, als sei ihr etwas Wichtiges eingefallen, und nun wisse sie nicht, ob sie mir davon erzählen solle. Auf einmal hat Marianne mir die Hand auf den Arm gelegt und gelacht, als hätte sie ihr Problem gelöst, und hat mich daran erinnert, wie ich ihr einmal in der Schule einen Liebesbrief zustecken wollte, und wie *Frollein Bohnerwachs* rabiat dazwischengegangen war und den Brief an sich genommen hatte. Marianne konnte sich genau erinnern.« Wieder räusperte er sich.

»Ich war so gerührt, dass ich ihr den Rest erzählt habe, alles, was ich ihr damals in dem Brief geschrieben hatte. Ich habe ihr gesagt, ich hätte sie als Schulkind geliebt und mit Manfred die Freundinnen getauscht und mir die Marianne gewählt und er sich die Hildegard. Das hätte ich in meinem Brief gestanden. Aber weil ich darin Manfred und seine Liebe zu Hildegard erwähnte, konnte die *Bohnerwachs* ihn nicht vor der Klasse laut vorlesen. Marianne hat mich angestrahlt, als seien wir wieder zu Schulkindern geworden und endlich hätte sie den Liebesbrief lesen dürfen, den ich ihr vor Jahren zustecken wollte und den eine eifersüchtige Lehrerin mir wegnahm. *»Dazu müssen wir frische Blumen in die Vase stellen. Eigentlich rote Rosen, aber ich habe nur gelbe im Haus.«* Unvermittelt ordnete sie einen Strauß Teerosen auf dem Tisch an. Das war Teil des Erinnerungszeremoniells. Da konnte auch ich mich nicht zurückhalten und habe sie in den Arm genommen. So ist es eben passiert ...«

Ich sah ihn stumm an. Was er mir erzählte, war so naiv und kindlich, dass es nicht erfunden sein konnte. Da er mir sein Geheimnis gebeichtet hatte, schien es mir das Klügste, es nicht langatmig zu kommentieren. Den Ausrutscher musste er mit sich selbst abmachen. »Auch deiner Mutter habe ich nicht erzählt, dass ich zu Marianne fuhr, und dass ich etwas von früher auf dem Herzen hatte, was ich nicht loswurde. Das verstehst du doch.«

»Ja«, nickte ich und dachte an Accalia. Das verstand ich vollkommen. Auch ich hatte mir damals nicht den Mund verbrannt und Isolde meinen nächtlichen Ausflug verschwiegen. Stumm schaltete ich ein anderes Fernsehprogramm ein, doch wieder gerieten wir in eine ermüdende Expertendiskussion über Biathlon. Von der Sportart verstanden wir beide nichts und wollten auch nichts davon verstehen.

Ehrlichkeit – Ehrlichkeit im absoluten Sinn – wäre ich selbst ihrer fähig? Hatte ich Isolde nicht meinen Ausrutscher mit der Römermutter Accalia, die ihren Namen regelwidrig auf der dritten Silbe betonte, bis heute verschwiegen? Da stand es mir nicht zu, bei Vater den Tugendrichter zu spielen. Wenn ich mit der Ehrlichkeit und ehelichen Treue und der unverbrüchlichen Wahrheit angefangen hätte, würde ich mich vor ihm lächerlich machen, auch vor mir selbst.

Vater atmete beschwerlich, doch er sah erleichtert aus, als sei ihm ein Stein vom Herzen gefallen. Ich hatte befürchtet, er säße mit zerknirschter Miene neben mir. Aber er lächelte mich an, als habe er jetzt erst gemerkt, dass ich neben ihm saß. Er hob die Hand, als wollte er sie auf meinen Arm legen.

»Ich bin froh, dass du mir nach Weidenroth nachgefahren bist, und dass wir offen miteinander umgegangen sind, ich dir alles gesagt habe. Aber du spürst es ja, da fehlt noch ein Stück Ehrlichkeit, und sie verlangt, dass ich noch eine traurige Fußnote anfüge.«

»Eine traurige Fußnote?« Alle Alarmglocken begannen wieder in mir zu schrillen. Ich wusste nicht, wo ich weitere Geständnisse meines Vaters noch unterbringen sollte. Am liebsten wäre ich aus dem Wohnzimmer gestürmt, hätte die Tür hinter mir ins Schloss geschmissen und wäre mit den anderen zum Willi-Ostermann-Brunnen geeilt. Aber er bestand darauf, dass ich jetzt alles hörte, auch den Rest, von dem ich noch nichts wusste. Ich konnte seinem Bekenntnis nicht ausweichen. Dazu hätte ich auf den Balkon am Nebenhaus springen oder Vater gewaltsam den Mund verschließen müssen.

»Ich habe das erst später erfahren. Mariannes Mutter ist depressiv geworden«, fuhr er in seinem geheimnisvollen, mir unverständlichen Singsang fort. »Ich habe sie als Schuljunge nur aus der Ferne gekannt, eine tatkräftige, schlanke Frau. Von ihr hatte Marianne das zarte Gesicht geerbt. Frau Thalweiler war eine sehr gottesgläubige Person. Jeden Morgen, wenn ihr Mann in der Schreinerei mit Höllenlärm die Kreissäge anwarf, ging sie die vier Kilometer nach Hunolstein zur Frühmesse, an der alten Wietbusch vorbei, auf der anderen Seite den beschwerlichen Weg bergauf. Sie hatte erst die Hildegard bekommen und dann drei Jahre auf einen Stammerben hoffen müssen. Dann hatte sie die Zwillinge geboren, Marianne und

Antonius. Der Junge hatte im Bauch die Nabelschnur um den Hals gewickelt und war später ein schwächliches Kerlchen geblieben. Er sollte eines Tages von seinem Vater die Schreinerei übernehmen, und seine Mutter hat das Kind gehegt und gepflegt wie einen zarten Baumsprössling. Und dann passiert das Ungeheuerliche. Das von Gott oder vom Satan Gewollte. Und die Frau, die auf Gott vertraut hatte, konnte ihm das Unglück mit ihrem einzigen Sohn nicht verzeihen. Das war nicht ihr Gott, der gütige Vater, der über ihrer Familie wachte. Sie verzweifelte, ging an Gott in die Irre, fiel vom Glauben ab. Sie wurde depressiv. Eine Nervenkranke in der eigenen Familie, damit tratschte man nicht in der Gegend herum. Das behielt man für sich. Der schreckliche Tod ihres Jungen hatte ihr buchstäblich das Herz gebrochen. Es fing mit Schlafstörungen an, dann verschlimmerte sich ihr Zustand von Woche zu Woche, sie wurde menschenscheu, ging nicht mehr zur Kirche. Nachts verbannte sie ihren Mann aus dem ehelichen Schlafzimmer und umgab sich mit einer Schar von Katzen, angeblich zehn, einige halbwild, vielleicht von der Räude befallen, nahm sie zu sich ins Bett, als sei es fortan Aufgabe dieser zugelaufenen Findelkinder, ihr den toten Sohn zu ersetzen. Ein halbes Jahr darauf wurde sie mit schweren Depressionen nach Wittlich eingewiesen. Da gab es eine Nervenklinik, und von der konnte sie nie mehr als geheilt nach Hause entlassen werden. Von Frau Alban, nicht von Marianne, habe ich erfahren, dass ihre Mutter ein paar Jahre später vom Dach des Krankenhauses in den Tod gesprungen ist. Auch das ist allein meine Schuld! Da gibt es für mich nichts zu deuten.«

»Das ist wirklich eine traurige Verkettung von Umständen«, sagte ich betroffen und wagte nicht, meinem Vater in die Augen zu sehen. Ich hatte plötzlich das Gefühl, als seien wir alle, auch Antonius und seine Mutter, Schachfiguren, die da ganz oben jemand Unsichtbares hin und her schob, ohne dass wir seine Absicht erkannten. Eine Weile saßen wir stumm nebeneinander.

»Woher hast du eigentlich gewusst, dass auch Marianne gestorben ist?«, fragte ich dann, um unser Gespräch wieder in ruhigeres Fahrwasser zu steuern.

»Ich habe hin und wieder Frau Alban angerufen. Sie war meine Vertraute, und sie hat mir vor zwei Monaten erzählt, dass sie gestorben sei. Da habe ich sie doch ein letztes Mal besuchen müssen. Früher bin ich oft mit ihr zum Wietbusch gewandert. Sie hat immer gesagt, wenn der Friedhof noch offen wäre, möchte sie eines Tages dort beerdigt werden. Ihr Grab läge dann vielleicht hinter dem Kirchenchor. Es wäre schwer zu finden, aber ich fände es bestimmt, im Schutz der weißen Friedhofsmauer. Auch beim letzten Besuch, das war vor fünf oder sechs Jahren, habe ich ihr nichts gesagt, und auch nicht unten am Wietbusch, wo sie beerdigt sein wollte. Nur dem Küster habe ich davon erzählt«, fügte er hinzu, heiter wie ein Kind, das sich mit mir einen Schabernack erlaubt.

Aber plötzlich, als habe ihn jemand hinterrücks an der Kehle gepackt und ihm ein Messer zwischen die Rippen gestoßen, atmete er so heftig, dass es wie ein erstickter Schrei klang. Vielleicht wurde ihm noch einmal bewusst, welche unselige Kausalkette er vor fast siebzig Jahren in Gang gesetzt hatte. Er fuchtelte mit den Armen. Ich hielt sie ihm fest, damit er nicht die Blumenvase vom Fernsehapparat warf. Mir wollte nicht aus dem Kopf, was Onkel Max damals gesagt hatte. Das Wort *Doppelleben* hatte sich in meinem Gedächtnis verhakt. Bisher hatte ich ein Doppelleben nur mit kriminellen Figuren verbunden, mit gewerbsmäßigen Betrügern, Heiratsschwindlern, Falschspielern, Scheckfälschern. Plötzlich war das Wort mir auf den Pelz gerückt. Auch mein Vater hatte ein Doppelleben geführt, wenn er sich heimlich nach dem Besuch der Weinschlösser an der Loire mit Marianne traf und mit ihr schlief. Jedes Mal hatte er sich ein neues Leben erfunden, zumindest für ein paar Tage, und sein gewohntes, angepasstes Leben wegradiert.

Mein Vater hatte sich schnell wieder gefasst und lachte selbstzufrieden. Das brachte mich auf einen ganz anderen Gedanken, auf eine teuflische Vorstellung. Inzwischen blätterte Vater behaglich in der HÖRZU. Offenbar fühle er sich durch sein Geständnis erleichtert, als sei er eine drückende Schuld losgeworden, wie bei der Beichte. Plötzlich fiel mir der Sündenbock aus dem Alten Testament ein. Wie ein Blitzschlag traf mich das Bild. Ich sah ihn deutlich vor mir. In unserer alten Hausbibel gab es eine Zeichnung, die mich schon als Kind erschreckt hatte, weil er so widerwärtig aussah, der Widder mit den gezwirbelten Hörnern, dem der Hohepriester durch Handauflegen alle Sünden des jüdischen Volkes auflud und ihn mit der Last auf dem Buckel in die Wüste jagte. Damit, so glaubte man, war man mit der Sünde quitt. War jetzt auch ich im übertragenen Sinn Vaters Sündenbock geworden? Hatte er mich gezeichnet für die Ewigkeit und mich in die Wüste gejagt? Hatte er mir durch sein Geständnis sein Elend, sein ganzes Unglück aufgepackt und sich selbst auf meine Kosten von der Last befreit?

Natürlich war der Gedanke absurd. Aber zugleich entwickelte er in mir eine diabolische Überzeugungskraft. Ich konnte mir zwar nicht vorstellen, dass Vater das Unglück, das ihm mit Antonius widerfahren war, und das schlechte Gewissen, das ihn seitdem peinigte, jemals aus seinem Gedächtnis streichen konnte, wie man im Kontobuch eine Rechnung durchstreicht, die man beglichen hat. Doch ich kannte mich in der menschlichen Psyche allgemein und speziell in der meines Vaters nicht genügend aus, um abschließend darüber urteilen zu können. Wer weiß, ob der alte Mann von mir eine Art Selbstkasteiung erwartete. Sollte ich jetzt etwa Buße tun für etwas, das er vor undenklicher Zeit begangen hatte?

XVII

Der Gedanke hatte sich wie ein Motorkolben im Stahlzylinder fest-gefressen. Als nach einer Stunde unsere hübschen Damen zurück-kamen, wollte Feli uns unbedingt von allerlei fröhlichen Erlebnissen erzählen. Sie war erschrocken, weil Vater und ich sie zur Begrüßung nicht freudig in die Arme schlossen, sondern ihr wortlos ins Gesicht starrten.

Vater saß noch in seinem Fernsehsessel. Mutter nahm ihm behut-sam die HÖRZU fort und legte ihm einen Reiseprospekt von Frank-reich auf die Knie. Er fing sofort an, darin zu blättern, als ob er ein bestimmtes Reiseziel suchte.

»Hast du mal von der Apokalypse gehört, mein Junge?«, frage er mich und pochte mit dem Knöchel auf ein Buntfoto.

Ich sah ihn begriffsstutzig an.

»Nein, natürlich nicht *die* Apokalypse. Ich meine nicht die *Gehei-me Offenbarung,* sondern hier diesen großartigen Teppichfries, guck mal, hundert Meter lang. Der hängt im Schloss von *Angers* als Glanz-licht der ganzen Region. Schau dir nur mal diese Bilder an, diese wunderbaren mittelalterlichen Horrorgestalten. Hier die Anbetung des Drachens, hier das fuchsrote Pferd und hier die große Hure über den Wassern.« Er hielt mir den Prospekt unter die Nase, sah mich erwartungsvoll an und wollte ein anerkennendes Kopfnicken sehen.

»Das ist ein Wunderwerk«, versicherte er mir noch einmal, als ich stumm blieb. »Angeblich in nur sieben Jahren von bienenfleißigen Klosterschwestern gestickt. Stell dir vor, der größte Wandteppich Europas, vielleicht sogar der ganzen Welt. In meinen Augen ist das so gewaltig wie der Michelangelo-Zyklus in der Sixtinischen Kapelle.« Auch meine Mutter schien auf das Kunstwerk so stolz zu sein, als hätte sie daran mitgewirkt.

Wenig begeistert beugte ich mich vor, um mir die Fotos genauer anzusehen. Der Teppich hing in einer eigens dafür erbauten Galerie entlang der Wand. Der Raum war ständig abgedunkelt. Ich musste zugeben, von diesem schönen Stück hatte ich noch nie gehört, trotz der jahrelangen Übersetzung von Perrault. Dass ich außer dem Märchendichter von Frankreich ziemlich wenig wusste, war ein Schandfleck in meinem Lebenslauf.

»Und die schönsten Loireschlösser liegen gleich nebenan«, ergänzte meine Mutter zuversichtlich, als wäre sie schon dabei, die Koffer zu packen. »Wo dein Vater früher die Weinschlösser besucht hat.« Sie klopfte ihm wie einem Kind auf die Schulter, obwohl sie ihn nie an die Loire begleitet hatte und nicht ahnte, wie oft er von dort aus mit schlechtem Gewissen auf den Hunsrück gefahren war. Mutter servierte uns einen langweilig in meine Nase dunstenden Kamillentee. Unser Hausarzt Dr. Pütz, der über drei Ecken mit Dr. Meyerling verwandt war und daher von Vaters Implantaten wusste, hatte ihn gewarnt, nachmittags, wie bisher gewohnt, eine Tasse Kaffee zu trinken und seinen Blutdruck hochzutreiben.

»Ja, die Schlösser *Chinon* und *Azay-le-Rideau* liegen gleich nebenan«, bestätigte mein Vater. »Leider habe ich bisher nichts von dem Wandteppich gewusst. Sonst wäre ich schon damals hingefahren.« Wieder klopfte er selbstbewusst und fast rechthaberisch auf den Prospekt und versicherte mir noch einmal: »Der größte in ganz Europa.«

»Er hat sich auch wieder bei Frau Valeria zurückgemeldet«, sagte meine Mutter über seinen Kopf hinweg, als sei er nicht anwesend oder taub geworden. Sie streichelte ihm über den Kopf, als zählte er nicht mehr richtig.

»Und sie hat kein böses Wort gesagt, als er sie anrief.«

Vater schüttelte unwillig ihre Hand ab.

»Die Signora hat viel Verständnis mit mir gezeigt«, sagte er. Mutter lächelte mich vielsagend an.

Wieder warf er mir einen herausfordernden Blick zu, als hätte ich die Ausmaße oder den einmaligen Rang des Kunstwerks bestritten, oder seine Entschlossenheit, mit dem Italienischunterricht dort weiterzumachen, wo er ihn für ein paar Tage unterbrochen hatte. Er straffte die Schultern.

»Eine großartige Idee«, ermunterte ich ihn, nickte auch meiner Mutter zu und lachte verstohlen, um ihr zu zeigen, dass ich ihre Erleichterung verstand und alles Gute wünschte. Als Vater mir zum Abschied die Hand reichte, war mir zumute, als wolle er sich nicht nur von mir verabschieden, sondern auch von den düsteren Erinnerungen, die er auf dem Hunsrück begraben hatte. Vielleicht hatte er bereits vergessen, oder es beunruhigte ihn nicht weiter, dass ich von heute an sein Mitwisser war.

Ich ließ die betagten Leutchen allein. Nie hatte ich sie so respektlos genannt, nicht einmal in Gedanken, wenn ich mich über sie ärgerte. Aber heute kamen sie mir so hinfällig vor, so abgekapselt von der Welt, als lebten sie auf einer menschenleeren Insel, allein gelassen mit Erinnerungen, an denen sonst niemand Anteil hatte. Sogar Felizitas spürte bei aller Sorglosigkeit, dass sie nicht herumlärmen durfte, und schlüpfte stumm in ihre mit Mickymäusen bestickte Jacke. Leise zog ich die Wohnungstür hinter uns ins Schloss und stieg mit Isolde und dem Kind auf Zehenspitzen so leise die Treppe hinunter, als dürfe keiner der Hausbewohner, nicht einmal Max, uns beim Hinausgehen beobachten. Niemand sollte mir anmerken, dass ich mich so bald nicht mehr bei meinen Eltern blicken ließe.

Einigermaßen erstaunt stellte ich fest, dass es bei meiner Diskussion mit Vater spät geworden war. Doch obwohl es dunkelte und die Straßenlaternen und Leuchtröhren bereits angezündet wurden, setzte ich mich nicht sofort ins Auto, sondern schlug Isolde vor, noch drei Schritte an den Rhein zu gehen. Felizitas war begeistert und zerrte an Isoldes Hand und schleppte uns zu dem hell erleuchteten Ausflugdampfer *Loreley*, der neben der Hohenzollernbrücke festmachte und seine Fahrgäste über einen Steg ausquartierte. Felizitas hüpfte vor Vergnügen wie ein *Dilldopp* im Kreis, und selbst Isolde, die anfangs keine Lust zum Spaziergang hatte, bekam jetzt glänzende Augen, vielleicht weil sie heimlich an die Reeperbahn dachte. Wie immer, wenn ich die Schiffsnamen las, die *Britannia*, die *Colonia*, die *Captain Ahab*, wurden auch in mir Reiseträume geweckt, die ich allerdings mit meinem spärlichen Gehalt in naher Zukunft nicht erfüllen könnte.

Wir spazierten über den Alter Markt weiter zum Rathaus. Ich zeigte Felizitas die Gedenktafel, die an den Besuch des amerikanischen Präsidenten erinnerte. Ich hätte meiner Tochter gern erzählt, dass mein Vater, ihr Opi Franz, vor einem halben Jahrhundert, damals ein junger Mann, zusammen mit Onkel Max hier gestanden und der Rede des berühmten Besuchers zugehört hatte. Wenn ich ihr sagte, nach der Schilderung meines Vaters sei an dem hohen Festtag halb Köln auf den Beinen gewesen, und ihr arthrosekranker Opa Franz sei damals noch rank und schlank gewesen, würde sie zehn Minuten brauchen, um so etwas Unvorstellbares zu begreifen. Es ging mir nicht darum, bei Felizitas historisches Verständnis zu wecken. Das konnte ich bei einer Fünfjährigen nicht erwarten. Und das Gefühl für Zeit, das Gefühl für den Abgrund, für die Gezeiten, die uns unwiderstehlich dem Gestade des Todes entgegentrieben und uns eines Tages verschlingen würden, das sollte ihr erspart bleiben. Auch mir fiel es schwer, mir auszumalen, was Vater gelegentlich berichtete: dass die Stadt damals eine Trümmerlandschaft gewesen war und die meisten Menschen es als selbstverständlich empfunden hatten, in erbärmlichen Verhältnissen zu leben. Da würde sie zehn Jahre brauchen, um es zu verstehen.

Am Alter Markt spendierte ich meinen beiden Damen ein Speiseeis, das begehrte Nougat mit Himbeersoße. Die Stimmung war fröhlich. Der Rathausturm mit seinem Figurenschmuck war prächtig angestrahlt. Ich erklärte Feli die Sage des Jan von Werth und der dummen Griet. An diesem Abend fuhr ich, ungeachtet des tragischen

Ereignisses, das für immer mit dem Namen Kennedy verknüpft war, sorgenfrei nach Hause und machte meinem Töchterchen zuliebe wie auf einer Stadtrundfahrt einige Umwege. Isolde saß im Auto hinter mir und erklärte Feli alle Wunderbauten, an denen wir vorbeikamen, die Kirche *Groß Sankt Martin*, den Dom, die Basilika *Sankt Andreas* mit dem Grab des Albertus Magnus.

Auch ich war erleichtert. Denn als ich Isolde in Hamburg abgeholt hatte, war sie so einsichtig gewesen, nicht von mir zu verlangen, dass ich bei ihren Eltern übernachtete. Sie hatte mir die Tortur des gemeinsamen Abendessens erspart. Ich hatte nicht die eisigen Blicke zu ertragen brauchen, nicht die unausgesprochenen Vorwürfe, wie schäbig ich meine Frau behandeln und um ihren jungen Jahre betrügen und unsere Felizitas falsch erziehen würde. Auch Isolde kannte inzwischen die Litanei auswendig und war erleichtert mit mir nach Köln zurückgekehrt. Als wir an der hell erleuchteten Fassade der Kirche *Mariä Himmelfahrt* vorbeikamen, aus der Orgelmusik klang, geriet ich in warmherzige Stimmung und nahm mir vor, meiner Kleinen heute Abend vor dem Einschlafen zum letzten Mal ein Märchen von Perrault vorzulesen. Ich würde ihr verschweigen, dass ich ihren Lieblingsdichter verraten und beim Verlag Kind & Kram aufgehört hatte. Vielleicht war sie aber auch bereits zu alt, um die Geschichte vom *Gestiefelten Kater* zum hundersten Mal zu hören, dachte ich dann zerknirscht, und wollte viel lieber ihre diversen Barbiepuppen frisieren und neu einkleiden.

Von Vaters rätselhaftem Verschwinden war bald nicht mehr die Rede. Ich stellte mir vor, er habe sich in einem Fantasiehaus mit hohen, weißen Mauern verschanzt. Das Haus liege irgendwo an der Loire oder am Lago Maggiore, und es seien schlanke Zypressen, die im Garten wüchsen und leise im Wind schwankten. Jedenfalls hatte er sich aus Weidenroth zurückgezogen, wollte selbst von der anhänglichen Frau Alban nichts mehr wissen, und so war es kein Wunder, dass auch bei uns daheim nicht mehr von seiner Flucht gesprochen wurde. Umso häufiger ging mir das Bild des sonderbaren Hauses durch den Kopf. Wenn ich nachts keinen Schlaf fand, zog ich wagemutige Schlussfolgerungen. Isoldes Eltern hatten ihrer Enkelin in Hamburg ein Malheft und bunte Stifte gekauft, damit sie den Hafen mit den dicken Ozeanpötten und den Schwenkkranen in Ölfarbe verewigte. Während ich nun dahindämmerte, nahm ich mir vor, unser Töchterchen zu bitten, das Haus mit den hohen, weißen Mauern zu zeichnen, und wenn sie mich fragen würde, wo sich das Haus befände, nähme ich sie mit in meine Träume.

Immer wieder tappte ich in die gleiche Falle. Sie bestand aus einer einzigen Frage: Hatte mein Vater mich zu seinem Sündenbock gemacht? Man brauchte nicht bibelfest zu sein, um auf den absurden Gedanken zu kommen. Wenn ich nachts wach wurde und anfing zu grübeln, erkannte ich mühelos die boshafte Logik seines Vorhabens. Denn als er mir gestanden hatte, den Tod eines Spielgefährten und indirekt auch den Selbstmord von dessen Mutter auf dem Gewissen zu haben, egal ob er beides wirklich verschuldet hatte oder ob es durch unglückliche Umstände verursacht war, wollte er sich nicht nur, wie ich inzwischen merkte, eine Todsünde von der Seele reden, sondern sie mir als Abschiedsgeschenk aufdrücken. Er war ein Mann mit diabolischem Weitblick, dachte ich. Hatte er den nicht schon vor dreißig Jahren bewiesen, als er mir mein erstes Buch geschenkt hatte? Die stimmungsvolle Widmung, die ich später mit Rührung las, war nämlich auch ein Trick, eine teuflische Falle gewesen, ein Geschenk, das für alle Zeit in mir ein Schuldbewusstsein verursachen würde, falls ich seinen Erwartungen nicht entspräche.

Manchmal beschlich mich vor dem Einschlafen oder im Dahindämmern sogar der Verdacht, Vater habe die ganze Geschichte mit Antonius und seiner depressiven Mutter einfach erfunden. Sie sei ebenso dreist erlogen, wie Perrault dreihundert Jahre zuvor Drachen, Hexen und Feen erfunden und in die Köpfe seiner Leser gezaubert hatte. Und in mir hatte er den Dummkopf gefunden, alle Lügen treu und brav ins Deutsche zu übersetzen, damit Herr Kindermann sie anschließend für viel Geld an Kinder und alte Mütterchen verkaufen konnte. Vielleicht hätte ich, statt das Examen als Übersetzer für Französisch abzulegen, psychologische Leistungs- und Verhaltensforschung studieren sollen, um meinen Vater zu durchschauen. Ich müsste jetzt auf einen Zettel schreiben: *Vater ist es gar nicht gewesen. Es ist alles erlogen. Es war jemand anders.* Oder ich könnte schreiben: *Es war ganz anders. Es war kein Unglücksfall, sondern haargenau geplant. Es war überlegter Mord.* Den Verwirrzettel müsste ich unter mein Kopfkissen legen, damit Felizitas ihn eines Tages, wenn ich nicht mehr die Wahrheit bezeugen konnte, dort fand.

Die nächtlichen Sorgen und Selbstvorwürfe, die ich mir machte, waren morgens allerdings wie weggeblasen. Dann kam es mir beinahe lustig vor, dass der achtjährige Antonius inzwischen über siebzig und vielleicht schon eines natürlichen Todes gestorben wäre. Ich frühstückte keineswegs schuldbewusst und ging nicht gramgebeugt zum Hauptbahnhof zum ICE, um für unser Modehaus nach Florenz oder München zu reisen. Ich fühlte mich durchweg unbeschwert, verschwendete keinen müßigen Gedanken an Monsieur Perrault und las stattdessen in den wie üblich auf den Sitzen herumliegenden Werbebroschüren. Einmal fand ich sogar einen Prospekt über die Loireschlösser. Allerdings stand kein Wort zur Apokalypse darin. Sollte ich das als gutes Zeichen deuten?

Auch meine Eltern standen gut auf dem Halm. Vaters Gesundheitszustand besserte sich zusehends. Er schien regelrecht aufzublühen. Bald schmiedete er tatsächlich Reisepläne für die Loire. Vielleicht befiel ihn eine Art Euphorie, eine glückbringende Gegenreaktion, weil er es geschafft hatte, sich mit meiner Hilfe die Absolution zu erteilen, die er als Kind bei dem Pastor Katgelie nicht gefunden hatte. Er hörte auf, einen tragischen Unglücksfall, der tödlich geendet hatte, inzwischen jedoch fast siebzig Jahre zurücklag und vergessen war, in einen Alptraum zu verwandeln, der ihn täglich peinigte.

Als er mir den Reiseprospekt mit den einladenden Buntfotos gezeigt hatte, die spiegelglatte Fläche der Loire, das stolze Schloss von *Angers* mit der Apokalypse, das aussah wie eine Trutzburg, dann das mittelalterliche Städtchen *Loches*, das der Krieg Gott sei Dank verschont hatte, das Schloss und den uralten Bergfried, die den Fluss überragten, waren seine Bewegungen spontan einem inneren Impuls gefolgt. Auch als ich mich mit Isolde und der Kleinen von Mutter und ihm verabschiedet hatte, war mir aufgefallen, dass er mir lange die Hand gedrückt hatte, was er sonst nicht tat, allerdings mir zugleich unter gesenkten Brauen einen warnenden Blick zugeworfen, als wolle er sagen: ›Danke dir, mein Junge. Aber halte gefälligst den Mund. Schließlich zahlst du mir mit deinem Schweigen nur zurück, was du mir schuldest.‹ Damit hatte er vermutlich gemeint, meine Verschwiegenheit sei die verdiente Gegenleistung für zwanzig Jahre Fürsorge und Erziehung, die er mir hatte angedeihen lassen. Nach dem warnenden Handdruck hatte er mir den Rücken gekehrt.

Noch mehr als Vater benötigte allerdings meine eigene Familie Schutz. Ob es mir gelänge, jetzt, nachdem Isolde zurückgekehrt war, das Vertrauen wiederherzustellen, das früher zwischen uns bestanden hatte? Isolde hatte mir bald nach ihrer Ankunft mitgeteilt, sie wolle sich bald nach ihrem alten Beruf umsehen. Mir ging das eigentlich ziemlich gegen den Strich, da der hektische Beruf, so fürchtete ich, doch wieder Unruhe schaffen und sie von mir entfernen würde. Vor unserer Ehe hatte sie in der Werbebranche gearbeitet und mit flotten Reklameslogans dem Absatz von Nordseefischen in Köln mächtigen Aufschwung verliehen. Ihr ehemaliger Chef würde sie mit Kusshand zurücknehmen. Davon war meine Frau überzeugt.

Eines Morgens stand Momo bei meinen Eltern vor der Tür und erkundigte sich nach meinem Vater. Als Mutter mir von dem Besuch am Telefon erzählte, rief ich die zierliche Japanerin am nächsten Wochenende an. Ich schuldete ihr nicht nur eine präzise Antwort, weil sie mich spät abends zur Sickergrube begleitet hatte, sondern auch weil es mich angenehm in den Ohren kitzelte, als ich ihre Spatzenstimme durchs Telefon flirren hörte.

Ich besuchte sie zwei Tage später, klingelte und hörte durch die Tür ihre scheue Spatzenstimme flirren: »Wer is da?« Sie war sehr überrascht, Herrenbesuch zu empfangen, und traute sich nicht, mich in ihr Zimmer zu bitten.

»Erhabener Herr Koller is zurück und wohl gesund?« fragte sie zur Sicherheit noch einmal. Ich nickte und überlegte, wie viel ich von unserem Familiengeheimnis preisgeben könne. Aber ich wollte meine Mutter nicht bloßstellen, indem ich der netten Studentin von Vaters Techtelmechtel mit Marianne erzählte. Ich druckste ein bisschen herum, dass ich meinen Vater in einem Dorf auf dem Hunsrück getroffen hätte.

»Und Dame?«, fragte mich das neugierige Fräulein Hatsumomo.

»Ach ja, die Dame im weißen Gewand«, fuhr ich zögernd fort. »Die wir in der Stollwerck-Fabrik gesucht haben.«

»Ja, weiße Gewanddame«, wiederholte die Japanerin folgsam und schenkte mir noch immer auf der Türschwelle ihr Elfenbeinlächeln, wobei ihre Unterlippe ein wenig zitterte. „Ich habe gefürchtet, ich sehe Gespenster, als Ihr Vater mit der weiße Dame auf dem Brunnenrand sitzt. Oder halten Sie und du mich für – Blindwerk?«

»Für Blindwerk? Aber nein!«

Einen Augenblick starrte ich die hübsche Musikstudentin verblüfft an. Ihr unverhofftes DU erinnerte mich an die blonde Utta im Holzmuseum, und ich überlegte tatsächlich zwei Sekunden, ob mir Momos vertrauliche Anrede und ihr zitternder Mund vielleicht eine hinter den Lippen verschlossene Botschaft senden wollten, ob es Signale fernöstlicher Verinnerlichung sei, von zart angedeuteter Sinnlichkeit. Doch dann riss ich mich von dem Gedanken los.

»Weil es die Dame gar nicht gegeben hat«, wollte ich sie zunächst kurz abfertigen. Stattdessen schlugen meine Worte dann doch eine

Haarnadelkurve, und ich sagte: »Ja, gewiss, die Dame hat es tatsächlich gegeben. Sie saß allerdings nicht bei Stollwerck auf dem Rand der alten Sickergrube, sondern auf einer alten Friedhofsmauer.«

»O, beide auf Friedhofsmauer. Vater und Dame. Is schlechtes Todeszeichen«, flüsterte die angehende Pianistin ängstlich.

»Und auch noch in tiefstem Wiesengrund ...«, fügte ich boshaft hinzu.

»In tiefstem Wiesengrund«, wiederholte sie stockend und wartete auf eine Erklärung. Doch wieder faselte ich stattdessen vom *abarischen Punkt*, den kein Mensch außer Vater und mir zu kennen schien. Mein Vater sei dort stehen geblieben, versuchte ich der künftigen Pianistin zu erklären, genau an dem Punkt, wo entgegengesetzte Kräfte einander aufhöben, wie man es auch zwischen Erde und Mond errechnen könne. Im Falle meines Vaters liege der Punkt zwischen dem Gestern und dem Morgen. Mit ihrer fernöstlichen Klugheit schien Momo mein Geschwafel zu verstehen oder war so höflich, so zu tun, und fragte nicht weiter nach.

Mein Vater hatte mir jedenfalls, vorausgesetzt, seine Geschichte stimmte, eine dunkle Erbschaft hinterlassen, von der ich Isolde nichts erzählen wollte. Auch der Japanerin war ich mit einem mathematischen Rätselbegriff ausgewichen. Vielleicht würde ich mein Geheimnis eines Tages an Felizitas weitervererben, aber das geschähe erst zu einem Zeitpunkt, da mein Vater sich endgültig von uns verabschiedet hätte und für immer unsichtbar geworden wäre. Wahrscheinlich würde meine Tochter mir dann gar nicht aufmerksam zuhören. Derart alter Kram, so wichtig er mir vorkam, wäre für sie völlig uninteressant. Sie wäre in Videospiele vertieft oder bereitete sich auf das Abitur vor oder säße bereits eine Uni-Klausur und hätte ihren Opa längst vergessen.

Die Ballettschule hatte uns vertröstet.

In zwei Jahren.

Ganz bestimmt!

Um elf lagen wir alle drei in der Falle. Aber es gelang mir nicht, einzuschlafen. Mein Grübeln rotierte unentwegt im Kopf. Leise stand ich um Mitternacht auf, um Isolde nicht zu wecken, und setzte mich an meinen Schreibtisch, ein wackeliges Stück Erinnerung an meine Jugendzeit. Ich nahm Onkel Eddies wachsgrünes Heft zur Hand. Von selbst sprangen die steifen Seiten auf. Ich ergriff den metallenen Kugelschreiber und klickte die Spitze heraus. Im Heft las ich erstaunt die Zeile

Mit Vater bin ich quitt.

Wie war sie dahingeraten? Ich erinnerte mich nicht. Jetzt schrieb ich darunter:

Ein Wort, einmal aus den Fingern gesogen, ist für immer fort.
Nichts lockt es zu mir zurück.

Dann klappte ich das Heft mit einem Seufzer zu und trat auf den kleinen Balkon hinaus, der zur Kunibertkirche ging. Natürlich bliebe ich einige Jahre noch mit meinen bizarren Überlegungen allein, dachte ich. Nicht mal mit Vater könnte ich darüber sprechen. Sofort würde ich bei ihm den Verdacht wecken, ich wollte mich aus der Verantwortung stehlen und missbrauchte sein Vertrauen. Ich brächte Vorkommnisse wieder aufs Tablett, die er glücklicherweise inzwischen vergessen hätte. Ich zuckte die Achseln, obwohl niemand mir zusah, und fühlte jedenfalls Zuversicht, weil es ihm besser ging als vor einer Woche. Der Winzling Antonius war zu einer Zeit gestorben, als ich noch nicht geboren war. Er hatte in einer Welt gelebt, die ich nicht kannte. Für mich war es, als hätte er nie existiert.

Ich war nicht abergläubisch und suchte die Schriftzüge meines Schicksals nicht wie *Seni* in den Sternen, aber es war ein sonderbarer Zufall, ja, ein beklemmender Gedanke, dass dieser unbekannte

Junge in einem Alter den Tod gefunden hatte, das meine Felizitas in drei Jahren erreichen würde. Die Vorstellung, das eigene Kind auf so brutale Weise zu verlieren, war mir unerträglich. Für einen Moment sah ich den Tod des achtjährigen Jungen nicht mit den Augen meines Vaters, sondern mit denen von Frau Thalweiler, die vor Leid nicht aus und eingewusst hatte.

Ich merkte, dass hinter mir Licht brannte. Auch Isolde konnte nicht schlafen und wühlte sich im Bett durch einen der gefühlvollen Brontë-Romane. Ich hatte keine Lust, zurück ins Schlafzimmer zu gehen, und blieb auf dem Balkon stehen, von dem ich zur Kunibertkirche hinüberblickte. Inmitten der Finsternis erhob sie sich wie ein leuchtendes Mahnmal der Unvergänglichkeit. Aus besonderem Anlass war die Festtagsbeleuchtung nicht abgeschaltet worden. An die fünf Mal war das Gotteshaus im Lauf der Jahrhunderte eingestürzt, abgebrannt, zerbombt worden, und jedes Mal wieder aus Trümmern in neuem Glanz erstanden, als wolle sie für einen unerschütterlichen Glauben Zeugnis ablegen.

Als ich im Kinderzimmer Felizitas im Traum babbeln hörte, fiel mir noch ein, wie vor vielen Jahren, als ich acht oder neun gewesen war, meine Mutter, heute eine steinalte Frau, die ihrem Mann vorschwindelte, nächsten Sommer mit ihm an die Loire zu reisen, mir wehmütig über den Kopf gestreichelt und mir etwas ins Ohr geflüstert hatte, was sie nicht laut aussprechen wollte, etwas, das sie für wahr hielt und vielleicht der Wahrheit entsprach. Sie hatte gesagt: »Wir Eltern denken immer, Kinder seien unser Eigentum. Doch sie sind uns nur geliehen. Sie sind uns nur anvertraut.«

Wie sonderbar war mir ihre Bemerkung erschienen, beinahe spaßig, als könnte ich in der Pfarrbücherei, die neben meinem Elternhaus lag, nicht nur die Abenteuerbücher von *Nonni und Manni* ausleihen, sondern auch leibhaftige Kinder. Und doch hatte es mich berührt. Mein Herz hatte zwei Takte lang wie wild gepocht, weil ich mir nicht vorstellen wollte, auch ich sei an Mutter nur ausgeliehen.

Wahrscheinlich hatte auch ihr Herz wild gepocht, weil sie sich nicht vorstellen wollte, mich eines Tages wieder zurückgeben zu müssen. Da ich inzwischen jedoch selbst Vater geworden war und von Vater die Geschichte von Antonius erfahren hatte, konnte ich ihr nachempfinden, wie verletzlich menschliche Bindungen waren und welchen Gefahren selbst ein wohlbehütetes Kind wie unsere Felizitas ausgesetzt war. Auf einmal spürte ich es selbst in den Knochen. Da begriff ich Mutters damalige Warnung, und ich musste ihr recht geben.

Noch eine Weile schaute ich zur Kunibertkirche hinüber, als könne sie mir antworten. Aber sie hatte schon so viel erlebt, sie würde mir nicht antworten. Oder die Antwort würde in der Dunkelheit versickern oder sich wie Lichtnebel verflüchtigen. Ich brachte es nicht fertig, zu Isolde zurück ins Schlafzimmer zu gehen, als sei nichts geschehen. So blieb ich fast eine Stunde auf dem Balkon, schaute mit einem Blick, der nichts fasste und leer blieb, über die Kirche hinweg, und plötzlich wehte mich ein Luftstoß an. Ich roch etwas Seltsames, und einen Moment kam mir die verrückte Idee, es sei der Duft von Buschrosen oder Heidekraut, der mir beim Abstieg nach Wietbusch in den Kleidern haften geblieben sei. Auf einmal merkte ich, dass mir Tränen über die Wangen liefen, obwohl ich seit Jahren nicht geweint hatte.

Plötzlich stand das blonde Mädchen vor mir, nein, sie war ja in Wirklichkeit brünett gewesen, nur meine Wünsche hatten sie unversehens blondiert. Obwohl ich glaubte, ich hätte sie vergessen, meldete sie sich zurück. Wieder las ich den turkmenischen Spruch auf dem himmelblauen T-Shirt, den ich in Weidenroth mühelos hatte entziffern können.

»*Warum sind Sie nicht ...*« wollte sie mich fragen. Nein, sie hatte mich sofort geduzt, was sich im Verlag und auch im Modehaus niemand mit mir erlaubte. Ich verfolgte jede Bewegungen, die Bewegungen ihrer grazilen Hände, die stummen Bewegungen ihrer Lip-

pen. »*Warum bist du nicht ins Museum zurückgekommen?*«, fragte sie
mich. Ja, warum eigentlich sollte ich mein Versprechen nicht einlö-
sen und auf der nächsten Fahrt nach Frankfurt einen Abstecher auf
den Hunsrück machen? Vielleicht begann die magische Anziehungs-
kraft des Dorfes jetzt auf mich zu wirken.

Mir fiel die mathematische Ausrede ein, mit dem ich mich bei
Hatsumomo herausgemogelt hatte, als ich ihr Vaters Verschwinden
erklären sollte. Eigentlich war es keine faule Ausrede gewesen, keine
mystifizierte Flunkerei, sondern der untrügliche Blick auf meine
täglich erlebte Wirklichkeit. Tatsächlich schob ich unaufhörlich eine Art *abarischen Punkt* auf der Skala vor mir her, der mein Unver-
mögen markierte, im Voraus zu erkennen, ob mich im Leben das
erwartete, was ich am meisten befürchtete, oder das, was ich mir am
sehnlichsten wünschte, der Punkt, wo alles scheinbar im Gefühl des
Jetzt ruhte und sich doch ständig bewegte, sodass ich ihn nie einho-
len konnte. Ich hatte mich in den Begriff verliebt. Er schien genau
auszudrücken, was ich spürte, den ewigen Zustand der Unschlüssig-
keit, in dem ich mich befand. Und auf dieser Skala, die mich ins Unbekannte führte, stand mein Vater, der mir das Wort vor Jahren am
Effelsberg erklärt hatte und den ich auch jetzt nicht punktgenau
verorten konnte.

Le Pont Arson, im Juli 2018

Norbert Heinrich Holl studierte in Köln und Paris Jura, wechselte aber nach einer kurzen Zeit als Richter in Köln in den Auswärtigen Dienst. Sein Studium der arabischen Sprache am *Middle East Center for Arabic Studies* im Libanon schaffte die Voraussetzung für zehn Jahre diplomatische Dienste in verschiedenen islamischen Ländern. 1996 wurde er für zwei Jahre zum Leiter einer UN-Sondermission für Afghanistan berufen. Holl verbringt seinen Ruhestand in der Bretagne.

Neben der Diplomatie gehörte sein Leidenschaft schon immer dem Lesen und Schreiben. 2002 berichtete er über seine Afghanistan-Erfahrungen (»Mission Afghanistan«). Es folgten Erzählungen und Romane.

Dhanyavad

Martin, ein vierzigjähriger Projektkontrolleur, wird von seiner deutschen Firma für einige Wochen nach Delhi abgeordnet, um den stockenden Bau eines Trafowerkes wieder flottzubekommen. Indien – ein unbekanntes Land, für viele ein Märchenland, voller Mythen, Rätsel und exotischer Schönheit. Aber auch ein Land bitterer Armut. Mit beiden Realitäten wird Martin bald konfrontiert.

Doch auch mit starken Gefühlen, der Liebe zu Suniti, einer verheirateten Brahmanin aus Tamil Nadu, und mit einer seltsamen Beziehung zu dem kleinen kastenlosen Mädchen Conchen, einer aufgeweckten Bettlerin. Er hat sich vorgenommen, seine zunächst kurzfristig angelegte Arbeit auf dem Subkontinent aus nüchterner Distanz zu erledigen. Dann jedoch dehnt sich der vermeintliche Kurzaufenthalt immer länger. Frustration stellt sich ein. Schließlich wird Martin vom Zauber eines rätselhaften Sanskrit-Wortes in den Bann geschlagen, von dem Wort Dhanyavad, das niemand zu kennen scheint, nur die Eingeweihten ...

BoD Norderstedt 2017 | ISBN: 978-3-743136-90-8
252 Seiten | € 8,99

Das Rätsel der Wolkenschrift

Zumbroths Ausfahrt ins Morgenland

»Schon Musil hat später behauptet, die Fresken von Qusair Amra könnten mit den Wandmalereien wetteifern, die man am Vesuv ausgegraben hat. Betrachten Sie die Tänzerin, wie grazil sie ins Wasserbecken steigt, nur mit dem Lendenschurz bekleidet. Sie streckt die Arme mit den klimpernden Goldreifen über den Kopf. Spüren Sie ihre erotische Ausstrahlung?«

Rechtsanwalt Doktor Andreas Zumbroth, ein Mann mit solidem Einkommen und gesicherten Berufsperspektiven, hat gerade erfolgreich seinen 38. Geburtstag verdrängt, als er durch das Geheimnis dreier arabischer Buchstaben dem Zauber des Orients verfällt. Bücher und Bildbände aus dem Antiquariat seiner Jugendzeit reichen ihm bald nicht mehr aus – gemeinsam mit der jungen Antiquarin Aurelie verlässt er die westfälische Heimat in Richtung seines Sehnsuchtsortes. Doch muss er bald feststellen, dass zwischen seinem Traum vom Morgenland und der Realität große, aufregende Lücken klaffen ...

Independent 2016 | ISBN: 978-1-973186-52-6
274 Seiten | € 7,45